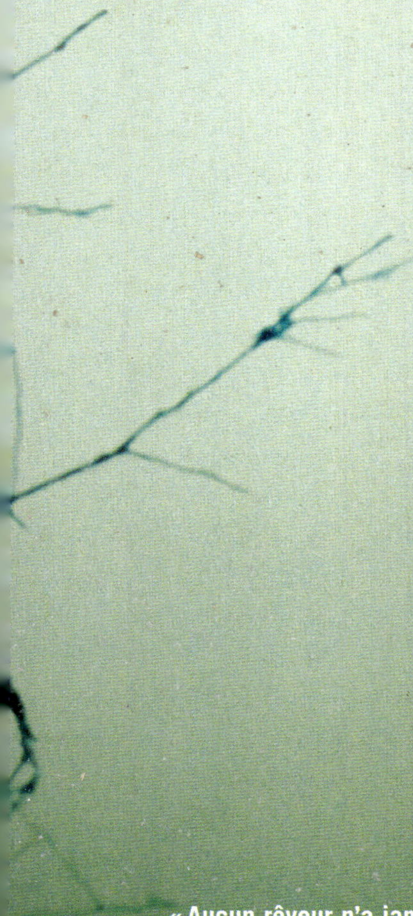

« Aucun rêveur n'a jamais trouvé son véritable paradis.

Ils ne voient pas les routes qui relient les rêves,

ils ne savent pas manipuler le vent et le feu comme un mage…

Désolé, rêveur, si tu lis ça, mais c'est la vérité. »

Scripto

Catherine Webb

La guerre des rêves

Traduit de l'anglais par Jean Esch

Gallimard

Titre original : *Mirror Dreams*
Edition originale publiée en Grande-Bretagne par Atom, 2002

Orages changeants . 1

En me réveillant dans ma petite chambre pleine de lumière et de couleurs par cette éclatante journée de printemps, je sus qu'une chose terrible allait arriver. Ne me demandez pas comment je le savais ; l'explication occuperait presque la totalité de mon récit, et il faudrait sans doute consacrer toute une vie à étudier les livres de sorcellerie de Haven. Pour l'instant, sachez simplement que chacun de mes pores me hurlait : « Une chose épouvantable se dirige par ici ! » Évidemment, c'était un sentiment assez banal à Stormpoint. En général, il y avait toujours une chose épouvantable qui dévorait mon bouclier de protection nuit et jour. Mais, cette fois, le sentiment était suffisamment fort pour me donner des picotements dans les doigts et l'envie de faire flamber tout ce qui bougeait. C'est ça le problème avec mon petit royaume : il est trop éloigné pour mériter une aide extérieure et assez grand cependant pour attirer l'attention des monstres et des démons en tous genres.

J'avais hérité Stormpoint d'un mage particulièrement ronchon, lui-même très sensible à cet aspect

« forêt maléfique et monstre dévastateur », sans doute dans l'unique but d'impressionner les diverses monstruosités qui venaient frapper aux portes. Dès l'instant où un éclair de mage bien placé, de ma fabrication, l'avait projeté dans les abîmes, la Clé de Stormpoint – c'est-à-dire le pouvoir de contrôler cette petite bulle d'existence – m'avait appartenu, profondément enfouie à l'intérieur de mon âme. En vérité, ça ne payait pas de mine. Une petite sphère de magie qui empêchait le royaume de se désintégrer s'était posée au creux de mes mains, et je l'avais prise en moi, où elle devait rester jusqu'à ce que je décide de la libérer ou que je périsse.

Ensuite, avec un sentiment du devoir civique et une certaine répulsion pour le fouillis, j'avais tout nettoyé.

A la place des murs de ronces et de lierre noir qui attiraient le voyageur trop confiant vers un triste trépas, j'installai un simple et joli bouclier qui couvrait tout le paysage. Contrairement à mon prédécesseur qui adorait voir un voyageur hébété suivre la route qui conduisait à son petit domaine, j'installai des panneaux qui indiquaient : ACCÈS INTERDIT et DRAGONS MÉCHANTS, partout où je pouvais. Croyez-moi, je n'avais aucune envie de voir quelqu'un du Conseil de Haven débarquer dans mon royaume et me demander pourquoi, étant le mage le plus puissant qui ait jamais quitté Haven pour mener une quête impossible dont il n'était jamais revenu, je perdais mon temps à l'intérieur d'une petite sphère de magie sur mesure.

Aujourd'hui, les quelques kilomètres carrés de Stormpoint m'obéissaient, et à moi seul. J'étais le roi des fées dans un royaume de conte de fées.

Il suffisait d'une minute pour me laver entièrement grâce au système de plomberie que j'avais tenu à faire installer. De jolis robinets, de l'eau chaude fumante et des serviettes propres à côté de la baignoire. Certaines personnes préfèrent peut-être une vie faite de puits étranges et pittoresques pour se laver à l'eau de source glacée, très peu pour moi. En ce qui me concerne, la tradition pouvait plonger la tête la première dans le Vide.

Le Vide. Il englobe les contours de l'île, de toutes les îles : une infinité scintillante de possibilités qui attend qu'on la remplisse. Des mages puissants ont souvent installé leurs royaumes aux extrémités des routes, exactement comme Stormpoint, dans le Vide, et étendu leurs domaines vers l'infini. Mais à notre époque survoltée, les gens n'ont plus aucune patience. On peut bâtir des royaumes à partir de rien, cependant cela nécessite d'énormes ressources magiques, une armée de mages et de la patience en abondance. Dommage que tout cela soit devenu si rare de nos jours !

Personnellement, j'étais très heureux de gérer ce petit chez-moi. J'ignore qui a fondé Stormpoint, mais il a créé un petit royaume coriace que j'aime beaucoup. Naturellement, ce n'est rien comparé à Haven, le royaume *premier*, celui qui existait avant tous les autres, mais c'était déjà assez pénible de remplir toute cette paperasserie pour ces quelques kilomètres carrés. De plus, des endroits comme Haven ou Stormpoint attirent toutes sortes d'individus. Je n'avais aucun désir de devenir la cible d'un mage errant décidé à m'expédier cul par-dessus tête dans le Vide environnant. Quand vous tombez dans le Vide, vous tombez éternellement.

Donc, grâce à ma prudence, et aussi dans une certaine mesure, à ma nature paresseuse, il n'y a qu'une seule route pour quitter Stormpoint. Son tracé sinueux n'est visible que pendant quelques centaines de mètres, devant le bouclier mauve lumineux de Stormpoint, avant que la route disparaisse dans le brouillard rouge et enflammé de « ce qui peut être ». Elle traverse des forêts denses à l'intérieur de Stormpoint, mais une fois à l'extérieur, elle flotte sur un nuage de feu.

Ça n'a aucune importance. Je sais où conduit cette route. Après une centaine d'intersections où se croisent des destinées possibles – et indénombrables –, la route vous ramène finalement à Haven. Toutes les routes mènent à Haven. Ou en partent. Tout dépend du point de vue où l'on se place.

Sauf si vous tournez au mauvais endroit, forcément. Sauf si vous suivez les routes qui traversent des royaumes plus sombres. Sauf si vous allez vers l'ouest, vers le soleil couchant. Car alors, vous tombez sur Nightkeep, l'autre ancien royaume, en tous points opposé à son jumeau. Vous seriez surpris par le nombre d'imbéciles qui ne font pas la différence entre l'ombre et la lumière et qui pénètrent accidentellement dans ce royaume de magie noire et de confusion.

Imaginez un arbre généalogique. Tout en bas, il y a les deux frères : Haven et Nightkeep. Ils ont des enfants – les royaumes – qui se propagent à toute vitesse dans le Vide à mesure que de plus en plus de mages construisent de plus en plus de domaines pour se les approprier. Avec pour conséquence qu'il existe maintenant deux familles distinctes, qui se foudroient du regard de chaque côté d'une vaste étendue de néant.

Et vous avez Haven et Nightkeep.

Mon petit Stormpoint se situe à l'extrémité du réseau de routes qui partent de Haven. De nombreux mages sont venus ici pour me demander s'ils pouvaient bâtir leurs royaumes derrière le mien, mais plutôt que de rêver aux taxes que j'aurais pu faire payer à leurs visiteurs, je les ai renvoyés. Je n'aime pas l'idée d'avoir deux routes à surveiller. Une seule voie d'accès, ça me suffit largement.

Un entêtement qui me situe à huit royaumes de Haven, le centre de la toile. En supposant que je ne me perde pas en route, chose horrible, et que les huit royaumes qui se trouvent entre moi et Haven ne se disent pas : « Voyons si on ne peut pas tuer ce mage pour s'emparer de Stormpoint pendant qu'il est vulnérable et qu'il traverse nos domaines. »

Huit royaumes, ça fait un bon bout de chemin et, de ce fait, ma position dans le grand schéma social du « qui-commande-qui ? » n'est pas très élevée.

Mais ça n'a pas d'importance. Je suis allé sur Terre, et même au-delà. J'ai vu Nightkeep, j'ai combattu aux côtés de rois. Ce n'est pas aujourd'hui qu'on va commencer à me chercher des poux dans la tête.

La Terre. Leur énorme grand-mère à tous, située encore plus bas sur l'arbre généalogique que Haven et Nightkeep. L'unique source d'où découle tout ce fouillis. L'endroit où les royaumes illuminés de Haven rencontrent les royaumes sombres de Nightkeep. L'endroit d'où viennent les rêveurs, ces ombres chimériques qui fabriquent le Vide dans leur sommeil. A en croire la théorie.

J'ai visité cet endroit étrange et je l'ai bien étudié. C'est un asile de fous. Si étrange et si incompréhensible qu'il ne peut qu'exister réellement, car je ne pense pas que l'imagination humaine soit capable à elle seule de faire naître de telles horreurs et de telles beautés, entremêlées de manière aussi redoutable et merveilleuse.

Hé, je t'interdis de t'endormir en m'écoutant !

Le Vide n'est pas seulement un endroit où il n'y a rien ; c'est le néant du sommeil, créé par toutes ces nuits sans rêves des humains sur Terre. Ou bien alors, c'est un phénomène naturel, tout dépend du camp où vous vous situez dans les guerres savantes qui font rage à ce sujet.

Mais je peux vous affirmer une chose en toute confiance, car je l'ai vue de mes propres yeux : Haven n'est pas juste une ville, c'est la Cité des Rêves, l'apogée des souhaits et des désirs de tous les rêveurs. C'est la ville dorée – le paradis, si vous voulez – où tout le monde souhaite vivre.

Nightkeep, à l'inverse, c'est le cauchemar qui attire les rêveurs dans son étreinte glacée. La ville sombre de l'enfer, où les gens se réveillent pour découvrir qu'ils sont pris au piège, incapables d'échapper à leur désespoir. Pourquoi faut-il qu'il y ait un équilibre ? je ne sais pas. J'aurais pourtant cru que personne ne le souhaitait réellement, mais je n'ai aucun droit de critiquer les lois de l'univers. Mais quand même, avoir un royaume des ténèbres, ça sème la pagaille.

Stormpoint n'est pas seulement un royaume que je gouverne, c'est aussi un paradis potentiel pour au moins un esprit humain. Si ce domaine n'a pas réussi à conquérir le cœur du rêveur errant, un seul de ses petits aspects y parviendra. Juste une image, un son, une action, qui peut-être un jour ouvrira la porte du paradis pour quelqu'un. Les créatures de mon royaume, chacune avec sa personnalité et ses idées, sont peut-être le rêve de quelqu'un, quelque part. Et pour un esprit au moins, peut-être que leur présence en fera un jour un paradis.

Et ensuite ? Si l'esprit atteignait un jour Stormpoint, ou la partie qui serait le paradis ? Qu'arriverait-il alors ? demandez-vous en haussant le ton. A dire vrai, je n'en ai pas la moindre idée. Aucun rêveur n'a jamais trouvé son véritable paradis. Ils ne voient pas les routes qui relient les rêves, ils ne savent pas manipuler le vent et le feu comme un mage. Ce sont les proies de leur propre ignorance. Désolé, rêveur, si tu lis ça, mais c'est la vérité. Dès qu'il est question de self-control pendant le sommeil, tu es vraiment nul.

Et donc, j'entretiens Stormpoint. Je maintiens en vie ce paradis pour le rêveur qui, un jour, en trouvera peut-être le chemin. Je sais que mon royaume est certainement trop isolé, que les laquais du cauchemar sont trop profondément ancrés dans le Vide, et que Haven peine à maintenir les barrières de lumière face aux ténèbres grandissantes, mais j'attends malgré tout.

Quant à la réalité de ce monde-ci ou de celui-là, je sais seulement ce que mes yeux m'ont montré. Je sais qu'il existe un territoire tordu et étrange où mon esprit endormi peut errer. Que ce territoire peut faire jaillir des ombres qui semblent sursauter dès qu'elles aperçoivent ou entendent quelque chose et qui parlent à voix basse de rêves et de souvenirs comme s'ils ne faisaient qu'un. Que ces mêmes ombres peuvent évoquer des merveilles et des sciences dont je suis sûr qu'elles n'ont jamais été créées dans notre monde. Que ces ombres se déplacent à travers le Vide comme s'il n'existait pas. Qu'elles nous affectent, en introduisant leurs histoires et leurs idées dans notre monde, et en affirmant qu'elles ont déjà vu cet arbre ou que cette femme là-bas est une épouse morte depuis longtemps... autant d'images puisées dans leurs esprits et imposées à notre monde. Qu'elles nous influencent de cette manière, j'en suis convaincu. Je vois aussi que nous les influençons. Quand nous avons livré bataille à Nightkeep, il y a eu la guerre sur Terre. Quand de grands mages ont fait naître de superbes illusions dans le Vide et ont tourné pour la première fois leurs pensées vers la Terre, de la même manière des esprits sur Terre se sont orientés vers les étoiles. Nous les influençons. Elles nous influencent. Nous sommes si intimement liés que nous pourrions presque ne faire qu'un.

De cela, je suis sûr. Ces ombres nous ont-elles créés, ou est-ce l'inverse, je l'ignore et je refuse de spéculer. Je pense que j'existe réellement et ça me suffit. Sont-elles réelles ou pas, je l'ignore. Mais elles semblent posséder un esprit qui leur est propre, alors je les traite comme des choses réelles, elles aussi. Que ce soient des fantômes, des esprits ou de simples mortels comme moi qui errent dans un autre monde, mes actes envers elles seront toujours identiques, jusqu'à ce que le changement nous affecte, elles et moi. Et je suis très doué pour attendre le changement. J'ai de l'entraînement.

Et maintenant, une chose épouvantable se dirige par ici.

Je glissai le long de l'échelle, depuis ma chambre située tout en haut de la tour jusqu'à la cuisine. Oubliez les poêles en fonte à l'ancienne et les feux de bois ; je me fichais pas mal de tout ça. Un bon four électrique (euh, pas exactement électrique, car l'électricité ne fonctionne pas très bien dans un royaume magique, mais les sorts que j'ai bricolés créent un effet quasiment identique), un micro-ondes et un évier d'une propreté immaculée constituent cette cuisine de conte de fées.

– Irinda ?

– Kite. Belle matinée, n'est-ce pas ?

Irinda poussa de côté l'assiette de son petit déjeuner et me regarda avec de grands yeux verts capables de charmer les oiseaux et de leur faire quitter leurs nids. Évidemment, je les avais créés dans ce but.

– Quelqu'un se dirige par ici.

Elle soupira et se leva. Certains mages aiment créer des animaux familiers. Certains aiment créer des éléments. Certains aiment créer des femmes incroyablement belles, nues et prêtes à faire des choses qu'il vaut mieux ne pas décrire. Je me souviens d'un mage de Nightkeep qui, pendant plusieurs jours, m'avait enfermé dans son donjon et qui avait créé une femme parfaite qui devenait une autre femme, d'une beauté encore plus envoûtante chaque jour, après qu'il eut couché avec elle, pour qu'elle puisse satisfaire son désir de manières nouvelles et intéressantes. Un jour, peu de temps avant de m'enfuir, j'avais regardé cette femme dans les yeux et j'avais vu dans leur profondeur couleur noisette bien autre chose que la passion créée par l'homme. J'y avais vu la terreur. Le désespoir. Une volonté propre qui essayait de se libérer. Alors, plutôt que de la laisser souffrir encore mille ans avec ce sale type, j'avais arrêté les battements de son cœur et je l'avais enterrée à l'extrémité de ce royaume maudit, tandis que je prenais la clé des champs. Je n'aurais pas pu l'emmener avec moi dans le Vide ; elle aurait cessé d'exister au moment même où elle aurait franchi la frontière, tant sa survie dépendait de la magie du mage. Évidemment, j'étais beaucoup plus jeune en ce temps-là – deux cents ans, disons –, mais l'âge n'a pas érodé l'expérience.

Irinda était ma version personnelle et heureuse de cette jeune femme aux yeux humides de rosée. Oh, certes, elle était belle, mais je n'avais façonné que son corps et son âme. L'esprit, cette étincelle d'intelligence qui lui donnait toute sa fougue, c'était le sien, et il était bien plus beau que n'importe laquelle de mes pensées.

– Je n'ai senti venir personne.

Je souris malgré moi.

– Tu ne sens rien en dehors du royaume, souviens-toi.

– Mais à l'intérieur, je sens dix fois mieux que toi.

– Oh, quelle vantarde !

C'est incroyable tout ce qu'un simple créateur doit endurer de la part de ses créations.

En soupirant et en secouant la tête d'un air las, face à l'homme qui l'avait créée à partir de l'imagination brute, Irinda se leva et entreprit d'empiler des assiettes dans le lave-vaisselle presque électrique.

– Tu vas les arrêter ?

– Seulement s'ils ont un comportement hostile. Je vais peut-être les laisser parcourir quelques kilomètres, puis j'enverrai Arissna pour voir ce qu'ils veulent.

Irinda fronça les sourcils.

– Impossible. Arissna est parti se baigner avec Tarmiss dans le lac... Ça fait des années que je prépare leur union. Alors, envoie quelqu'un d'autre.

– Toi et tes combines d'entremetteuse, marmonnai-je.

Pourquoi fait-elle ça ? Elle sait bien qu'il me suffit d'imaginer qu'Arissna et Tarmiss se mettent ensemble pour que ça arrive ! Oui, c'est de la triche et on le sait tous les deux.

– Pourquoi pas Basict ?

– Il sera content de changer d'air, dit-elle. Mais je ne suis pas sûre que nos invités apprécient d'être accueillis par un loup.

– Ils n'en mourront pas.

– Tu dis ça chaque fois qu'on reçoit des visiteurs.

– Je ne peux pas me tromper à tous les coups, n'est-ce pas ? Je vais aller mettre une tenue plus impressionnante, au cas où il s'agirait de quelqu'un qui veut se faire chasser par un grand mage maître de la magie et du feu.

Le rire d'Irinda était comme le vent qui souffle dans une cascade, un son d'une telle pureté qu'il aurait terni n'importe quelle musique.

– N'oublie pas de te peigner, cette fois !

Je répondis par un simple reniflement. J'empruntai à nouveau l'échelle pour rejoindre la petite salle de bains, je lançai un regard noir à la tunique bleue avec la bande blanche autour de la taille, soigneusement étendue, et je me débattis pour l'enfiler par la tête, puis m'observai dans le miroir. Laenan Kite. Mage aux cheveux bruns et aux yeux bleus, âgé de cinq cents ans peut-être. Aspect... environ vingt-cinq ans. Taille normale, corpulence normale, teint normal, normal sur tous les plans. A l'exception de la magie, évidemment. Cette magie qui avait probablement beaucoup fait pour faire du nom de Laenan Kite une légende à Haven et une malédiction à Nightkeep.

Un sourire de fierté traversa mon visage à cette pensée, je l'avoue. Certes, je vis en reclus, mais cela ne m'empêche pas d'être aussi vaniteux que n'importe qui. Et cette tunique bleue allait très bien avec mes yeux.

L'intérêt de posséder la Clé de l'un des innombrables royaumes – un des nombreux intérêts –, c'est que vous ne souffrez jamais de la solitude. Vous souhaitez une personne à la conversation brillante et qui partage vos goûts, hop, voilà un brillant causeur.

Et s'il vous arrive d'être un peu à court d'imagination, il y a toujours un rêveur qui réussit à s'introduire sur votre territoire. C'est une façon d'apprendre de nouvelles choses.

C'est à ce niveau-là que Nightkeep ne fait vraiment pas le poids. Au lieu d'écouter parler les gens venus de la Terre qui s'égarent dans son domaine, ils les envoient tourner en rond dans les profondeurs incompréhensibles du chaos. Ils broient leurs vies, et plus ces visiteurs d'une autre planète deviennent fous à cause d'eux, plus ils sont contents. La folie encourage la peur, et tous les nécromanciens aiment la peur. Alors ils font tourner en rond les rêveurs, aveugles et en même temps conscients de leur cécité, qui hurlent pour récupérer ce qui leur appartenait autrefois et ne peut plus leur appartenir. Si tout cela peut être agréable sur le plan « évacuation des émotions », c'est nul dans le domaine « acquisition de nouvelles idées brillantes ». Résultat, leurs lieux d'aisances sont vieillots, les fusils vous explosent à la figure, le mot « micro-ondes » n'est qu'un assemblage de voyelles inutiles, et tous les gens que vous rencontrez ont les connaissances informatiques d'une carotte.

Bon, je l'avoue, Haven, ce n'est pas beaucoup mieux. Le roi est beaucoup trop traditionaliste. En fait, toute la famille est restée bloquée sur l'image des chevaliers en armures scintillantes. Les rêveurs, eux, connaissent les voitures et les avions, les appareils pour prélever l'énergie du soleil et un tas d'autres trucs, alors que notre famille royale en est encore à pisser dans la nature !

Mes sens aiguisés par la Clé s'éveillèrent de nouveau. Quelqu'un venait de pénétrer à l'intérieur de Stormpoint. Je me dirigeai vers un balcon et contemplai mon royaume forestier.

Un unique messager, constatai-je. Maintenant qu'il se trouvait réellement sur mon domaine, je le voyais clairement, par la pensée. Vêtu de bleu et de blanc, il était monté sur un cheval blanc de Haven et brandissait la bannière frappée d'une aigle de ce royaume. Seuls les chevaux véritablement créés, hébergés et nourris dans le néant du Vide peuvent parcourir les routes qui relient les royaumes en toute sécurité, sans disparaître dans un nuage de pensée. J'étais inquiet, car cela signifiait que quelqu'un jugeait ce voyage suffisamment important pour gaspiller de la magie. J'observai mentalement, d'un « œil » seulement, le messager, pensant que je débarrassais la vaisselle du petit déjeuner. A moins que Nightkeep ait soudain appris l'art de la ruse, cet homme était bien ce qu'il semblait être. Un envoyé de Haven.

Quelque chose dans cette constatation amère vint ternir mon humeur enjouée. Les émissaires étaient toujours synonymes d'ennuis, et ce mauvais pressentiment qui m'habitait faisait un boucan infernal. En signe de respect à l'égard de mes sentiments, le ciel émit un sourd roulement de tonnerre. Si ça continuait comme ça, il allait y avoir un sacré orage tout à l'heure. Stormpoint était tout naturellement réputé pour ses orages, et quand j'étais vraiment de mauvaise humeur j'étais capable de provoquer des trucs à faire pleurer les météorologues.

Stop ! Cesse donc de faire l'enfant ! s'écria la partie de moi-même qui s'était donné le nom de père il y a longtemps et avait fait de moi l'enfant désobéissant.

Un envoyé de Haven.

J'aurais préféré voir des démons avec la bave aux lèvres.

– Seigneur Kite !

La voix rebondit contre les murs de la tour et revint en écho. Le loup gris, assis de manière bienveillante près du cheval, renifla lorsque j'approchai et il m'adressa l'équivalent d'un grand sourire pour un loup. Basict était un loup-garou. C'était par égard pour lui que la lune n'était jamais tout à fait pleine.

Mais, demanderez-vous, que vient faire un loup-garou dans une forêt enchantée ? Et pourquoi pas ? vous répondrai-je. Pourquoi les ténèbres auraient-elles droit à tous les animaux intelligents et dangereux pour protéger leur territoire ? C'est injuste. Les fées sont nulles pour surveiller la route, et jamais vous ne les verrez patrouiller à Nightkeep. Elles passent leur vie à glousser et elles perdent leur temps à confectionner des élixirs d'amour et des trucs comme ça. Les nains, eux, sont têtus et ils réclament sans cesse des augmentations, en menaçant de faire grève. Les elfes n'arrêtent pas de se pomponner devant des miroirs et de commander des magazines de mode hors de prix chez de lointains éditeurs.

Mais le démon de base, lui, n'est pas obsédé par son apparence, car, disons-le franchement, il n'a pas tellement de quoi s'extasier. Les gargouilles sont parfaites pour rester assises et surveiller la route, et les ogres se sentent honorés quand vous leur demandez de ne pas bouger et de croquer des pierres toute la journée.

Même Haven conserve quelques créatures monstrueuses dans ses caves, pour les périodes où la guerre bat son plein. Et Basict... Basict est excellent dans le rôle du loup-garou.

– Je le représente, déclarai-je en adoptant une posture défensive dans l'encadrement de la porte, au pied de la tour.

Le messager sursauta. Il ne m'avait pas vu approcher, mais c'était fait exprès.

– Je... je suis porteur d'un message de Haven.

– Je m'en doutais. S'agit-il d'un message en particulier ou des demandes habituelles : impôts, magie, etc ?

– Je vous apporte une convocation.

Il passa sa langue sur ses lèvres. Visiblement, le nom de Laenan Kite provoquait toujours des regards chargés de sous-entendus et des silences admiratifs et respectueux, comme je l'espérais.

– Le mage Laenan Kite, Gardien de Stormpoint et jadis maître de la bibliothèque des mages et conseiller de Haven, est attendu au palais de Haven.

L'abondance de titres m'a toujours ennuyé, et cette phrase en était pleine. J'avais porté assez de titres au cours de mon existence pour en remplir un petit carnet et savoir qu'ils ne procuraient que des ennuis.

– Dans quel but ?

– Pour assister au couronnement du roi Talsin II et au rassemblement des Gardiens pour la guerre.

Il me fallut plusieurs secondes, je l'avoue, pour comprendre. C'est ça le problème quand on vit en ermite, pas facile de se tenir au courant. Mais de là à ne pas savoir que Talsin...

– Quand est-ce que... le roi est mort ?

– Il y a trois semaines, en repoussant des envahisseurs de Nightkeep venus des territoires autour de Haven.

Cette fois, j'étais vraiment stupéfait. Des envahisseurs ? J'avais noté, en effet, une augmentation du nombre de raids sur mes terres, mais j'étais loin de penser que le cauchemar s'enfonçait si profondément à l'intérieur des rêves. Cela paraissait impossible.

Mais ça expliquait l'allusion à la guerre. Talsin avait toujours été proche de son père, c'est le moins qu'on puisse dire. La mort du roi ne pouvait donc pas rester impunie. Et qui était mieux placé pour jeter des sorts que son vieil ami le grand mage Kite ? Je m'aperçus que le messager attendait une réponse.

– Merci pour votre peine, dis-je. Je transmettrai le message à mon maître, évidemment, et je pense pouvoir affirmer qu'il obéira aux désirs du roi dans cette affaire. Que vos rêves soient éclatants.

– Que vos rêves soient éclatants, monsieur.

Je traçai dans le vide le signe de la bénédiction traditionnelle, et puis, parce que je me sentais légèrement coupable d'avoir été si dur avec cet homme, je la réécrivis avec le feu magique. Le messager eut un serrement de gorge, ne sachant pas si je venais de le bénir ou de le maudire (je l'avais béni, cher rêveur, évidemment, comment peux-tu douter de moi ?), et il prit congé aussi vite que possible. Je le regardai s'éloigner et hésitai un instant avant de le rappeler.

– Est-ce que... Lisana est toujours... proche de Talsin ?

– Oui, monsieur. Je crois.

– Je vois. Merci.

Il se hâta de repartir.

Ce n'était pas très compliqué de préparer un petit sac avec des vêtements fabriqués dans le Vide et d'enfiler une tenue de voyage rudimentaire, de couleur marron, tout ce que je possédais et qui pouvait supporter la pression de la réalité en dehors de Stormpoint. L'équipement fabriqué dans le Vide était littéralement forgé dans le feu des possibilités par des mages talentueux, et c'étaient les seules choses capables de passer d'un royaume à l'autre sans que leur nature profonde soit altérée.

– Alors, tu t'en vas.

Je jetai un bref regard à Irinda.

– Je n'ai pas le choix. Une convocation, c'est une convocation, quelle qu'en soit la raison.

– Tu n'as jamais obéi aux convocations par le passé et il n'est rien arrivé.

Je souris malgré moi en entendant cet argument tout simple, qui n'aurait pas pu être plus naïf.

– Ils n'ont jamais osé me convoquer jusqu'à maintenant. Le vieux roi me connaissait trop bien. Il se conformait au modèle du « vieil homme plein de sagesse et d'intelligence ». Jamais il n'aurait pris le risque de convoquer de but en blanc un mage tel que moi.

– Mais Talsin n'est pas comme son père, hein ?

– Oh, il a en lui de l'étoffe de « vieil homme sage », répondis-je d'un ton dédaigneux. Mais il est encore un peu rustre pour tout ce qui concerne les choses simples de la vie. Le tact. La réflexion. Les connaissances générales de toutes sortes, pour être franc. Mais au combat, c'est un homme remarquable. Il a vaincu plus de cauchemars que quiconque de ma connaissance.

– Toi, y compris ?

– Ne parle pas sans savoir. Je n'ai jamais vaincu aucun cauchemar, Irinda. J'étais plutôt un guerrier du genre à réduire en bouillie tout ce qui donnait l'impression de ne pas m'aimer.

Irinda hocha la tête. J'avais tué des hommes, elle le savait. Elle savait aussi que je tenais absolument à éviter cette vie qui consistait à courir partout avec une boule de feu au bout des doigts.

– Quand pars-tu ?

Je haussai les épaules.

– Dès que possible. J'ai hâte de voir certaines têtes à la cour quand Kite effectuera son retour théâtral. Mais il se peut que je fasse quelques détours.

– Skypoint ?

– Tu me connais trop bien, ma chère.

Je fermai mon sac et le balançai sur mon dos. Avec cette simple tenue de voyage marron, ces bottes, ce sac et ce chapeau de la même couleur et aussi rudimentaires, je ressemblais à n'importe qui. La bouteille d'eau que je transportais ne contenait aucune potion magique ; je craignais juste d'avoir soif.

Chose incroyable, j'étais prêt.

– Tu t'occuperas des rêveurs, hein ?

Elle grogna.

– On n'est plus très nombreux. Le cauchemar dévore de plus en plus d'humains, ces temps-ci. As-tu pensé à la sécurité du royaume ? Tu vas nous laisser seuls ici pour y être dévorés si je comprends bien ?

J'émis un grognement à mon tour. Eh oui, cette préoccupation revenait toujours sur le tapis, tôt ou tard. Je fermai les yeux, joignis les mains et les rouvris lentement. Le plafond craqua. Un souffle d'air tiède et extrêmement malodorant me caressa le visage. Dans la fenêtre devant moi, un morceau de ruban doré claquait au vent et captait des éclats changeants de lumière. Des écailles scintillèrent brièvement dans le soleil et je fus aveuglé. Une queue très pointue sortit de mon champ de vision en plongeant vers le pied de la tour. Le plafond craqua de nouveau sous le poids écrasant d'une chose qui faisait pression dessus. Un estomac géant gargouilla, assez fort pour faire vibrer le sol sous mes pieds.

Je me retournai lentement et plongeai mon regard dans les yeux brillants et tournoyants d'un dragon, qui avait le nez collé à la fenêtre. Irinda gémit.

– Tu as déjà vu la taille des crottes de ces bestioles ? Drôle d'accueil pour un humain qui cherche le paradis !

– Excellent engrais, répliquai-je. Le jardin a besoin d'un petit coup de punch naturel.

Et maintenant, il n'y avait plus que le Vide.

Vous êtes-vous déjà retrouvé à l'extrémité d'un très haut plongeoir, au-dessus d'une piscine, en train de contempler les minuscules vaguelettes et en entendant les voix lointaines des enfants qui jouent dans le petit bain ? Eh bien, voilà ce que je ressens chaque fois que je dois franchir la scintillante barrière pourpre le long de cette route de terre qui, bizarrement, ne repose sur rien, à quelques centimètres seulement du bout de mes doigts de pied. Certes, cette route est assez large pour laisser passer deux charrettes de front, et assez solide pour supporter le poids de l'infini ; malgré tout, j'ai quand même l'estomac qui se soulève quand je regarde en bas, en sachant que quelque part dans cette lumière dansante et silencieuse qui constitue le Vide il y a une chute sans fin.

Les rêveurs sont les seuls qui peuvent traverser le Vide sans avoir besoin d'une route. Évidemment ! Sinon, ils n'auraient aucune chance de trouver un royaume dans lequel rêver ! Quand ils ne trouvent rien dans cet infini avant que le jour se lève sur Terre, ils dorment d'un sommeil sans rêves. Mais on continue à les appeler les rêveurs, et ils dérivent éternellement à travers le Vide. Le terme de « dormeurs » serait peut-être plus approprié, mais la cour de Haven a toujours hésité à l'employer. Le mot «dormeur» implique qu'ils sont impuissants et incapables de penser par eux-mêmes, or c'est loin d'être le cas.

Certains mages ont installé des filets tout autour de leurs petits royaumes pour prendre les rêveurs au piège et les attirer ensuite dans le cauchemar ou dans le rêve. Je ne comprends pas pourquoi. Que les rêveurs soient, comme le croient quelques mages, des murs de pouvoir ambulants ou rien d'autre que des ombres créées par je ne sais quoi, je n'ai encore jamais vu un rêveur guérir une plaie, instruire un enfant ou redonner à un mage ses forces perdues.

J'avançai d'un pas, dans le Vide. Rien. Ni froid, ni chaleur, ni bruit, ni silence, ni vent, ni immobilité. La seule chose que je distinguais devant moi, sur environ deux cents mètres, c'était une couverture de lumière éblouissante. Je continuai d'avancer. Au bout de cinq minutes peut-être, Stormpoint avait disparu, et je me retrouvai seul.

Alors, je marchai, marchai, marchai.

Un rêveur me croisa rapidement. Je me souviens de son visage : c'était un jeune garçon âgé d'à peine cinq ans. Les enfants sont toujours plus doués pour découvrir les royaumes les plus éloignés de chez eux. Ils sont plus libres de voyager plus loin et plus vite. L'esprit adulte n'a pas la même capacité à rêver.

– Vous allez voyager avec moi ? me demanda-t-il d'un ton plaintif.

J'eus une seconde d'hésitation. Certes, ce jeune garçon n'était pas placé sous ma responsabilité. Les mages n'ont des devoirs qu'envers ceux qui vivent à l'intérieur de leur royaume ; ils doivent veiller à leur bonheur. Toutefois, si je n'indiquais pas à ce garçon la bonne direction, il risquait de suivre la route qui ramenait vers Nightkeep, et je n'aimais pas imaginer ces démons en train de refermer leurs griffes sur quiconque.

– Vole dans cette direction, lui dis-je en désignant l'endroit d'où il venait, vers Skypoint.

J'essayai de lui donner une image de ce royaume, en l'imprimant dans son esprit. Le rêveur disparut aussitôt.

J'avais découvert que les humains étaient capables d'une telle prouesse partout, sauf sur Terre. Ils voyagent à la vitesse de la pensée, et la pensée ne répugne pas à sauter d'un endroit à l'autre à condition d'être stimulée comme il convient. Je repris mon chemin. Une fois de plus. Je trouvais stupide que l'esprit humain soit capable de faire des bonds pendant qu'il dormait, mais pas quand il était éveillé. Le créateur s'était emmêlé les pinceaux quelque part, pensai-je.

Ce garçon était le seul à être allé aussi loin de Haven. Ce qui m'inquiétait terriblement. Si les rêveurs ne trouvaient pas les routes, c'était synonyme de sommeil vide, sans espoir d'atteindre le paradis que nous offrions, ou alors un cauchemar. Bizarrement, j'avais le sentiment que l'une des deux solutions était plus probable que l'autre. Pour employer une expression toute faite: la chance semblait tourner le dos à Haven.

Et je n'avais parcouru que quelques kilomètres à l'extérieur de Stormpoint. Si tant est qu'on puisse parler de kilomètres dans le Vide.

Le spectre du Vide. 2

Le Vide varie énormément au niveau des couleurs. Il peut être d'un rose très agréable, ou d'un orange aveuglant, ou bien d'un vert éclatant. Devant moi, traversant le brouillard bleu et boueux des « peut-être », le Vide scintillait autour d'une intersection. J'examinai attentivement les trois possibilités qui s'offraient à moi. Le problème, c'est qu'on ne sait jamais quelle route est la bonne ; elles se ressemblent toutes. Heureusement, je connaissais suffisamment bien cette partie de l'infini pour m'apercevoir que la route en face de moi conduisait à Haven ; celle de droite menait à Skypoint, quant à celle de gauche, c'était sans doute le moyen le plus rapide pour s'égarer dans un cauchemar quelconque.

Je pris la route de droite et accélérai le pas.

Il n'y avait qu'un seul royaume entre moi et Skypoint. Westpoint est un de ces étranges royaumes où les tribus nomades qui parcourent le Vide d'un bout de l'année à l'autre, à la recherche d'endroits pour camper avant de repartir vers un autre royaume, aiment passer l'été. La loi de Westpoint a toujours été une sorte de lame à double tranchant, à cause du grand nombre de personnes qui y entrent et en sortent. Résultat, le dernier seigneur en date a bâti une des armées les plus étranges du monde des rêves, composée de soldats engagés comme mercenaires. Ils sont extrêmement stricts pour décider qui a le droit de traverser leur royaume et de quelle manière, et même moi, je me gardais bien de discuter avec eux.

Quand vous pénétrez dans Westpoint, vous êtes surpris de découvrir un endroit aussi vide et désert. La première chose qui vous accueille, c'est une forêt de pins, très dense, touffue et, on s'en serait douté, pleine de loups. Quiconque est assez fou pour s'aventurer dans cette forêt doit s'attendre à ressortir en toute hâte. Les longues ombres et les aiguilles de pin qui craquent sous vos pieds sont presque aussi effrayantes que le silence du Vide, mais au moins dans le Vide il n'y a rien d'autre entre vous et un ennemi que des « peut-être » serrés comme des sardines. A Westpoint, là où les routes contournaient d'énormes éboulis et où des falaises masquaient la vue de tous les côtés, l'ennemi pouvait se trouver à quelques mètres de vous, sans que vous vous en doutiez.

Je le savais mais, Westpoint étant un endroit si vaste, je continuai à suivre la route, en envoyant un signal permanent aux mages qui m'observaient, *je le savais*. Des falaises commencèrent à se dresser devant moi, la poussière de la route se soulevait autour de mes pieds, des nuages filaient à toute allure dans le ciel bleu, des feuilles mortes traversaient mon chemin. Et pendant ce temps, j'écoutais les esprits lointains des mages, en attendant qu'ils s'adressent à moi.

Mais ils gardaient leurs distances, pour plusieurs raisons. Premièrement, en annonçant ma présence de manière si ouverte, je laissais entendre que je venais en ami. Ce qui provoque toujours la confusion dans les armées, peut-être parce qu'elles ne sont pas habituées à réagir face à la gentillesse. Deuxièmement, je faisais clairement comprendre que j'étais un mage, détenteur d'une Clé, dont les pouvoirs magiques n'étaient pas négligeables. Les boucliers compacts que je maintenais dressés en étaient la preuve ; il aurait fallu une forte dose de magie pour franchir les protections que j'avais prévues.

Alors que je traversais les ombres des falaises qui se succédaient, franchissais à gué des petits ruisseaux et m'émerveillais devant les nouvelles espèces de fourrés qui s'étaient développés en mon absence, la route se mit à faire des méandres et à grimper. Bientôt, une fois sorti des plaines, je me retrouvai en train de gravir en haletant une colline escarpée. Comme si j'avais besoin de tous ces exercices !

Juste au moment où j'en arrivais à la conclusion que le Gardien de Westpoint faisait exprès d'ajouter toujours un peu plus de chemin devant moi, pour s'amuser, j'émergeai d'un bosquet de fourrés verts hérissés d'épines et je pus contempler le plateau de Westpoint dans son ensemble.

Tout en bas, une tribu de cavaliers nomades chevauchait à travers la plaine, leurs lances levées, à la poursuite d'un troupeau de bisons, ou plus exactement leur équivalent à Westpoint. Des tentes étaient regroupées au bord d'une rivière argentée et sinueuse et, plus loin, une petite ville constituée de maisons avec des murs de terre et des toits en bois sculpté se dressait dans un paysage sans arbres. Ce qui poussait des gens à vivre ici se résumait à un seul mot : espace.

Les nomades, qui avaient planté leurs tentes dans ce paysage étrange, traversaient les royaumes par amour du changement. Parce qu'ils ne voulaient pas être dépendants. Parce qu'ils aimaient la nature et la recherchaient sous toutes ses formes. Ici, sur cette terre dénudée, les fous pouvaient se rapprocher aussi près que possible de leurs dieux païens de la nature, de la chasse et de la guerre, et oublier qu'ils restaient dépendants d'un mage pour leur subsistance.

– Si tu es armé, baisse tes armes immédiatement.

Cette voix avait le fort accent d'un garde de Westpoint. Je me retournai lentement, en prenant soin de laisser mes mains bien en vue, et mes pouvoirs magiques au repos. Les soldats de Westpoint ressemblent beaucoup aux Indiens d'Amérique. Je suppose que le seigneur de Westpoint leur a donné cette apparence, car les Indiens savaient très bien survivre dans des conditions similaires à celles qu'il a essayé de créer. Mélangez discipline, magie, unité, quelques cours de maintien de l'ordre et vous obtenez, très simplement, les soldats qui me font face à cet instant.

Ils étaient vêtus de cuir de bête, dont je n'osais pas essayer de deviner la nature, et armés de ces petites épées qui semblent pathétiques, mais qui sont très efficaces pour tuer. Leurs fusils pendaient innocemment sur leurs épaules, mais je savais qu'il était préférable de ne pas tester leurs réflexes. Leur peau sombre était tannée par les longues heures passées sous le soleil brûlant, et ils semblaient dans une forme physique tellement époustouflante que je me surpris soudain à envisager de faire du jogging chaque matin.

– Je ne suis pas armé, dis-je. Je vais à Skypoint, et ensuite à Haven.

– Tu es un mage. Et le gardien d'un royaume.

Ce n'était pas une question.

– Je ne vous veux aucun mal. Si ma présence ici est indésirable, je suivrai une autre route.

– Tous ceux qui viennent à Westpoint y sont appelés par les esprits.

Ah oui, c'est vrai. Ici, on en revient toujours à ça.

– Ce ne sont pas les esprits qui m'ont appelé, c'est le roi. Je me rends à Haven, répétai-je.

– Tous ceux qui ne sont pas appelés par les esprits doivent acquitter une taxe.

J'hésitai. Sans savoir pourquoi, je devinais que cette taxe était bien supérieure à ce que je pouvais offrir.

– Je ne suis qu'un mage d'un tout petit royaume. Je peux offrir des bénédictions, des malédictions, des défenses ou des potions. Les voyageurs qui traversent mon royaume ne paient pas de taxe, je n'ai donc pas grand-chose à offrir à mon tour. Je viens pour essayer de voir le roi !

– Notre maître est déjà parti pour la ville des rêves. Il a dit de ne laisser entrer personne qui n'était pas appelé par les esprits.

– Appelés par les esprits ? Qu'est-ce que ça veut dire, d'abord ?

Les gardes prirent des poses éloquentes, et je m'efforçai de contrôler mon agacement grandissant.

– Appelé par les esprits. Appelé par la liberté et l'amour de la chasse.

– Hein ? Comme les nomades ? Pourquoi êtes-vous donc si entêtés ?

Je perdais mon calme et je le savais. Je n'ai jamais aimé me faire embêter par des gens qui ne savent pas de quoi ils parlent. Ce n'était pas tellement la gêne occasionnée, c'était surtout leur façon de raisonner.

Un manque de rigueur dans la pensée. La confusion. Autant de choses qui m'agaçaient.

Je levai la main, traçai dans l'air mon symbole, le symbole de Stormpoint, et le poussai vers le visage du chef dans un éclat de lumière éblouissant.

– Vous voyez ? Ceci est mon royaume ! J'ai combattu aux côtés des rois et j'ai bel et bien assassiné le seigneur de Nightkeep au passage ! J'ai tué plus de possesseurs de Clés que vous ne pouvez l'imaginer, j'ai vu plus de donjons lugubres et de rêveurs perdus que vous ne pouvez en compter sur les pattes d'un mille-pattes, et je viens d'être convoqué par un homme que je méprise pour m'agenouiller à ses pieds ! Un homme qui m'a exilé dans les ténèbres et a trahi tout ce qui m'était cher ! Bref, je ne suis pas d'humeur à être convoqué également par des esprits !

Je m'interrompis, conscient d'avoir franchi les bornes. Éprouvais-je un tel ressentiment à l'idée de m'agenouiller une fois de plus à Haven qu'il parvenait à abattre toutes mes barrières de self-control ? Toute cette connaissance de moi-même que j'avais accumulée pendant des siècles me semblait soudain très incertaine.

Le chef des gardes hésita ; ses yeux s'assombrirent davantage. Un poney hennit quelque part au milieu des fougères ; la brise souleva la poussière et transforma le silence en grondement.

– Tu... dis que tu ne souhaites pas te rendre à Haven ?

J'inspirai très profondément pour me calmer et obligeai ma voix à retrouver un timbre normal.

– Oui.

– Tu ne souhaites pas t'agenouiller.

– Non.

Soudain il éclata de rire, ce qui était beaucoup plus inquiétant que les fusils, croyez-moi.

– Peut-être que les esprits sont en toi, finalement ! Un homme qui est ravagé par le feu et qui enrage à l'idée de servir un individu qui n'est pas de son sang devrait faire partie des nomades !

Je regardai mes mains. Elles étaient entourées d'un halo de feu rougeoyant, en effet. Honteux de mon échec, je fis se redresser tous les boucliers devant ma magie bouillonnante et essayai de me calmer.

Mais cette image refusait de disparaître ; je me voyais obligé de mettre un genou à terre devant ceux-là même qui avaient ri de ma chute et avaient maudit le jour où je m'étais libéré de ce rire.

– Entends-tu les esprits, mage ? me demanda un des gardes.

– Non. Jamais.

– Entends-tu l'appel de la chasse ?

– Non.

– Cours-tu avec le vent et danses-tu au milieu des flammes ?

– Non !

– Alors, pourquoi es-tu entouré d'esprits ?

– Je ne sais pas ! Qu'est-ce qui se passe ici ? Pourquoi tout le monde est-il à ce point obsédé par les esprits ?

Les gardes semblaient heureux, malgré mon éclat de colère qui enflammait mon visage et incitait mon cœur à se détourner de moi, par dégoût.

– Tu peux traverser ce royaume, les yeux bandés et désarmés.

– Les yeux bandés ? m'exclamai-je d'un ton indigné.

– Tu préfères qu'on te chasse sur-le-champ ? Tu es un mage puissant, le Gardien de Stormpoint. Mon maître a interdit à quiconque de pénétrer dans son royaume en son absence, et nous avons déjà enfreint grandement les règles pour toi.

J'envisageai de protester, puis me ravisai. J'étais pressé, compte tenu de tout ce que j'avais prévu de faire. En outre, refuser un cadeau des nomades ou de leurs gardiens, même si ce cadeau signifiait pratiquement que je devais me mettre à leur merci, n'était jamais une bonne idée.

Mais le fait d'avoir les yeux bandés allait faire resurgir des souvenirs.

– A genoux !

Je ne m'agenouillai pas. La hampe d'une pique s'enfonça dans mes genoux et je glissai à terre en poussant un grognement. Un nuage d'haleine fétide caressa mon visage. Je sentais les griffes de mes ravisseurs se planter dans la chair de mes bras, profondément, jusqu'au sang.

– Enfin ! Il vous en a fallu du temps pour le capturer.

La voix ressemblait à un ricanement, elle était tout près de moi, tout aussi immonde que les cauchemars dont j'étais prisonnier. Je ne voyais pas le visage à travers le bandeau, je ne sentais plus mes jambes non plus. Bref, c'était une situation inquiétante.

Une main humaine, Dieu soit loué, mais avec des ongles si longs qu'ils ressemblaient à des griffes, enveloppa mon visage et m'obligea à lever le menton pour que le mage invisible puisse étudier chacun de mes traits, chaque défaut.

– Oui, c'est bien lui. Je savais que tu reviendrais tôt ou tard, Kite, pour achever ton œuvre.

Je voulus répondre, mais un poing enveloppé de maille se referma autour de ma gorge, étouffant les mots avant même qu'ils se forment. De toute évidence, ils ne voulaient prendre aucun risque.

– Et voilà, ton heure a sonné, tu vas mourir… commença la voix de la terreur. Je n'aurais jamais pensé que tu survivrais aussi longtemps, je l'avoue. Ton armure est remarquable. Alors, dis-moi, mon cher Laenan, comment as-tu fait pour bloquer mon pouvoir ?

La main lâcha ma gorge, mais cette fois pas question de révéler quoi que ce soit. Une griffe balaya soudain mon visage et je fus reconnaissant au bandeau de m'avoir sans doute évité de perdre les deux yeux.

– Comment as-tu fait pour bloquer mon pouvoir ? répéta la voix haineuse.

Que pouvais-je dire ? Que j'avais observé des humains sur Terre, que j'avais copié leurs techniques scientifiques pour en faire un sort et que cela avait marché ? Pouvais-je seulement commencer à évoquer la nature des photons et de la peinture fluorescente dans le cas de ce bouclier qui m'avait rendu invisible et protégé si longtemps dans ce royaume infernal ?

– On attend, Kite.

Je décidai d'opter pour une mort rapide et inattendue, plutôt que d'affronter le long procès qui m'attendait.

– Tu n'as jamais été doué pour ce genre de choses, B'rtac. Tu aurais dû rester au fond de la classe à Haven, au lieu d'essayer de faire semblant d'être doué pour les cauchemars. Tes sorts, tes attaques, tes protections sont nuls…

Les gardes griffus me frappèrent de nouveau et je passai plusieurs minutes recroquevillé sur moi-même, à me demander si c'était le bandeau qui me plongeait dans les ténèbres ou si un point vital avait été endommagé.

Quand, enfin, je fus en état de penser de manière plus ou moins cohérente, des mains me remirent à genoux et la voix ricanante s'éleva de nouveau :

– Tu crois que je ne suis pas un seigneur du cauchemar ? Même quand tu m'as lancé du feu et quand tu m'as

vu brûler, tu as cru que je n'étais pas un maître des ténèbres ? Tu te trompes, Kite. Tu te trompes sur un tas de choses. Enlevez-lui son bandeau.

La lumière me submergea, douloureuse et floue. Je clignai des yeux et relevai la tête à la recherche d'une forme fixe pour ajuster ma vision. Le mage, mon bourreau, se pencha en avant et je plongeai mon regard dans le visage d'un monstre...

Le poney s'arrêta brusquement. Des mains m'aidèrent à poser les pieds sur la route sèche et ôtèrent mon bandeau. Le Vide tangua à quelques mètres de là, avant de se stabiliser. La nuit glaciale s'était installée et mon souffle produisait de la vapeur, éclairée par la lumière du Vide. Un garde me tendit mon sac et mon bâton, et il me salua d'un geste brusque.

J'estimais que j'avais gagné environ deux heures grâce au poney. Avoir les yeux bandés en échange, ce n'était pas cher payé.

– Les esprits sont en toi, mage, prophétisa le chef des gardes.

J'hésitai, ne sachant pas trop quoi répondre. Je n'avais pas eu beaucoup de contacts avec les nomades et je ne connaissais rien des rituels de ce lieu. J'aurais pu aisément traiter avec le Gardien de Westpoint, grâce à des années passées à la cour, mais ces soldats étaient d'une tout autre étoffe.

– Que les rêves vous accompagnent, marmonnai-je finalement.

– Bon voyage, Laenan Kite.

Je m'avançai dans le Vide, sur la route menant à Skypoint. C'est seulement dix minutes plus tard que je m'arrêtai net pour regarder par-dessus mon épaule. Le Vide emplissait tout mon champ de vision, tel un brouillard aux couleurs éclatantes. Jamais, à aucun moment, je n'avais donné mon nom à cet homme.

Skypoint jaillit du Vide devant moi de manière si soudaine que je fis un bond en l'air de plusieurs dizaines de centimètres. Vous avez beau emprunter ces routes très souvent, les royaumes ont la sale manie de surgir de n'importe où sans prévenir et ça me fiche la trouille. Je m'attardai pendant quelques minutes, pleines de nervosité, à l'orée du royaume, cela afin que d'éventuels gardiens trop zélés puissent constater que je n'étais pas un assaillant, puis je pénétrai à l'intérieur du bouclier mauve et scintillant qui délimitait le passage d'une réalité à une autre.

Skypoint est un lieu étonnant à visiter, en tous points différent de Westpoint. Je te le recommande chaleureusement, cher rêveur, si jamais tu t'aperçois un jour que tu as envie de rompre avec la monotonie des rêves angoissés et des souvenirs vagues d'une quelconque route conduisant d'un endroit ennuyeux à un autre.

L'unique bloc de pierre sur lequel je pris pied mesurait environ trois mètres carrés, et rien ne le soutenait. En dessous, disons à un peu moins de deux kilomètres, une immense mer d'un bleu aveuglant reflétait les rayons du soleil. Au-dessus, à la même distance, des dragons, des griffons et des chevaux ailés tournoyaient. Les soldats de Skypoint. Et devant moi...

Des tours se dressaient hors de la mer, hautes de plusieurs milliers de mètres, fines et blanches, toutes construites avec la même pierre et dotées d'une multitude de plates-formes d'atterrissage qui leur donnaient l'apparence d'une tige de pierre hérissée d'épines. Elles n'étaient pas reliées, mais chacune possédait au moins cent étages. Alors que j'observais la tour la plus proche, une femme sortit sur une des plates-formes, enfila une paire d'ailes et s'élança dans le vide sans la moindre hésitation. Très vite, elle disparut au milieu d'une masse tourbillonnante d'autres personnes volantes. Celles-ci vaquaient à leurs occupations en se mélangeant aux rêveurs de toutes formes et de toutes espèces, se laissant porter par les ascendances thermiques qui montaient de la mer par bouffées mélodieuses.

Skypoint symbolisait le rêve de pouvoir voler. Selon moi, c'est le rêve le plus magnifique auquel on puisse accéder, à la notable exception, peut-être, de Stormpoint. Pour quelle raison pas une seule personne n'avait encore trouvé son paradis à cet endroit, voilà une chose que je ne comprenais pas. Les rêveurs qui, ailleurs, étaient privés de substance possédaient ici une vie propre et existaient à l'intérieur des nuages, bercés par la mélodie permanente du rire et de la joie incontrôlés.

Dommage que leurs souvenirs commencent à s'effacer dès qu'ils se réveillent, et qu'ils ne puissent se remémorer les moments de bonheur que nous leur avons offerts.

– Présentez-vous !

Je levai prudemment la tête, en plissant les yeux à cause du soleil éclatant. Deux hommes ailés vêtus de l'uniforme bleu ciel de Skypoint planaient à quelques mètres au-dessus de moi. Deux fusils étaient pointés très nettement sur mon cœur. Ces gardiens étaient différents de ceux de Westpoint. On leur avait juste ordonné de rester à cet endroit pour veiller à ce que tout le monde se fasse houspiller en arrivant, après quoi ils pourraient rentrer chez et nettoyer leurs bottes ou faire ce qu'ils faisaient habituellement le soir.

Si nous avions été à Stormpoint, une seule pensée m'aurait suffi pour les chasser. Mais ici, quelqu'un d'autre détenait la Clé. Quelqu'un d'autre décidait. Heureusement, je savais qui c'était.

– Laenan Kite, Gardien de Stormpoint. Je viens voir Lord Windsight ! beuglai-je.

Il n'y eut qu'une seule seconde de flottement, le temps que cette information soit transmise à Windsight, caché sans doute dans une tour quelque part, en train de m'observer d'un œil à moitié sceptique, avant que les gardes réagissent.

– Bienvenue, Gardien Kite*. A en juger par votre nom, vous savez voler ?

Les ricanements des deux gardes me firent grincer des dents.

– Donnez-moi une paire d'ailes et je volerai comme vous n'avez jamais vu personne voler, répondis-je d'un air hautain.

Windsight aurait hoché la tête, sans insister. Il me connaissait suffisamment bien pour se douter que j'avais rencontré dans ma vie un certain nombre de rêves dans lesquels on volait. Hélas, les gardes n'étaient pas aussi intelligents qu'on aurait pu l'espérer pour des créations du vieux seigneur. Au lieu de me donner un dragon en guise de monture, comme c'était la coutume avec la plupart des VIP en visite tel que moi, ils se fièrent aux apparences et décrétèrent

---

* En anglais, *kite* signifie « cerf-volant ».

que ce petit homme banal n'était pas capable de réaliser un tel exploit.

Ils me lancèrent une paire de grandes ailes. Très bien, pensai-je, si vous voulez jouer à ce petit jeu...

Je fixai aisément les ailes sur mon dos et, d'un pas à peine chancelant, j'avançai jusqu'au bord de la plate-forme, bien décidé à ne pas regarder en bas et... je regardai en bas. Heureusement, à ce moment-là j'avais déjà sauté dans le vide, ce qui ne me laissait pas la possibilité de changer d'avis.

Au bout d'une centaine de mètres de chute libre peut-être, les ailes remplirent enfin leur office et je remontai comme une fusée dans le ciel. Tout était flou autour de moi à cause de la vitesse. Deux dragons en train de jouer regardèrent passer d'un air ébahi ce mage ailé transformé en projectile. Le vent était assourdissant mais tout était étonnamment calme, malgré mon estomac qui faisait les montagnes russes, la surface filante de l'eau qui prit rapidement l'aspect d'une immense couverture blanche tachetée alors que je suivais un rayon de lumière sur la mer, les tours qui apparaissaient et disparaissaient à chaque seconde, et les autre planeurs qui s'écartaient précipitamment de ma route en me couvrant d'insultes, car je ne savais pas voler, disaient-ils. Tout ce que j'avais à faire, c'était de virer de bord de temps en temps, en gardant les yeux fixés droit devant et en faisant abstraction du rugissement du vent, de l'eau qui filait, des tours qui défilaient...

Soudain, une bourrasque se dressa contre moi sans prévenir, et j'esquissai un sourire crispé. Windsight était attentif, donc prêt à essayer de racheter l'honneur de ses gardes. Mais ce n'était pas pour rien qu'on m'avait considéré comme un mage puissant.

Je déployai devant moi un bouclier de force éclatante et j'entortillai l'air dans mon dos, en le rafraîchissant et en le réchauffant en même temps. Cela provoqua une rafale de vent si puissante et soudaine que Windsight lui-même, avec tous les pouvoirs de la Clé de Skypoint, n'aurait pu l'arrêter.

Vous voyez ? La science ! Voilà ce que vous avez à offrir, vous autres habitants de la Terre ; voilà ce que j'aime utiliser. Mais n'allez pas le répéter à d'autres mages ou sinon les grands sortilèges de Laenan Kite perdront tout crédit, d'accord ?

Des rêveurs éclatèrent de rire en me voyant passer ainsi, et bientôt j'entraînai dans mon sillage une ribambelle d'esprits joueurs qui luttaient pour remporter la course et découvrir quelle était cette chose que j'étais si impatient d'atteindre. J'aurais pu essayer de leur expliquer que ce n'était rien comparé à la fois où un démon m'avait poussé du haut d'une falaise, avec en tout et pour tout un sortilège de contrôle de l'air derrière moi, mais ils ne m'auraient sans doute pas écouté. De plus, j'aime que les gens pensent (même si c'est ridicule) que je ne suis pas du genre à me vanter.

Je parcourus les environs en guettant une tache de pouvoir éclatante qui pourrait symboliser le mage que je cherchais. Windsight se trouvait au cœur d'un labyrinthe de tours massives ; sa magie flamboyait juste assez pour attirer mon attention. C'était bon signe : cela indiquait que j'étais accueilli en ami, même après tout ce temps.

Je ralentis légèrement pour contourner les tours de Skypoint conduisant au seigneur des lieux, mais je volais encore très vite. Pourtant quelqu'un était sur le point de me doubler. Je ne comprenais pas. Depuis cinq cents ans que je courais, que je me battais et plongeais d'endroits élevés, jamais personne n'avait même failli me doubler. Je risquai un coup d'œil derrière moi (c'est toujours dangereux à cette vitesse) et découvris une rêveuse solitaire. Elle était si près du paradis que son corps était presque solide, plus solide en tout cas que tous les rêveurs que j'avais pu rencontrer. Elle croisa mon regard pendant une seconde avant qu'une tour scinde notre chemin, et son rire parvint à mes oreilles par-dessus le rugissement du vent.

C'est alors que, la tour de Windsight surgissant juste devant moi, je m'accrochai à chaque centimètre de vent dont je disposais pour ralentir ma course et je me redressai tant bien que mal. Je ne prétendrai pas que mon atterrissage fût gracieux ; il ressemblait plutôt à une chute à peine maîtrisée.

Le seigneur de Skypoint, avec ses cheveux gris et son visage carré, me retint par le bras alors que je chancelais sur la plate-forme. Il m'aida à me débarrasser de la paire d'ailes fidèles en un tournemain et me fit asseoir sur une chaise, en prononçant ces simples mots :

– On peut dire que tu sais faire ton entrée.

J'étais flatté. Windsight m'avait toujours distancé dans les airs, et un compliment venant de lui prenait tout son sens.

– Salut, Windsight. Toujours en train de voler, je parie ? parvins-je à articuler, le souffle coupé.

Il sourit et désigna d'un geste large l'immensité du ciel qui constituait son royaume parfait.

– Comme si je pouvais faire autre chose. Je suis ravi de constater que la retraite n'a pas non plus émoussé ton goût de la course.

– On ne peut pas parler de retraite alors que je lutte chaque jour contre des envahisseurs, répliquai-je sur un ton de reproche.

Il partit d'un grand éclat de rire ; une habitude qui m'avait toujours tapé sur les nerfs.

– Dans le temps, mon vieux Kite, tu donnais l'impression que c'était un jeu d'enfant. Oh ! on en a passé de bons moments tous les deux !

Je grimaçai. Des cachots obscurs et des cauchemars, voilà de quoi étaient faits les souvenirs que j'avais conservés des « bons moments » passés en compagnie de ce mage

– Oh que oui, répondis-je sans enthousiasme, j'ai toujours rêvé de passer mes journées à être pourchassé par des monstres en tous genres.

– Où est passée ton âme de guerrier, Kite ?

– Elle n'est pas assez résistante pour le Vide, j'en ai peur. Écoute, Windsight, c'est vraiment chouette de te revoir, et je te remercie de m'avoir laissé pénétrer dans ton royaume sans éclairs ni tout ça, mais la vérité c'est que je me rends à Haven.

Le visage chaleureux et enjoué du vieux mage s'assombrit légèrement.

– Talsin ne t'a quand même pas convoqué, si ?

– Bien sûr que si.

– L'imbécile ! Il ne sait pas que... en fait, la cour...

– La cour me hait, oui. C'est sans doute une des raisons pour lesquelles il m'a convoqué. Pour montrer à la cour qu'il a suffisamment de pouvoir pour obliger des individus comme Laenan Kite à lui obéir.

– Pourquoi l'as-tu fait ? Tu aurais pu rester à Stormpoint ; personne n'aurait osé lever le petit doigt contre toi. Es-tu passé par Westpoint ?

– Évidemment.

– Et ils t'ont refoulé ?

– En fait, non.

– Ils refoulent presque tout le monde depuis des mois. Tout le monde a peur, Kite. Pourquoi es-tu venu ?

Je haussai les épaules. En vérité, je ne le savais pas trop moi-même, et j'avais espéré que le rusé Windsight pourrait m'offrir une explication ou deux.

– Peut-être que la retraite commence à me taper sur le système. As-tu été convoqué, toi aussi, pour assister au couronnement ?

– Bien sûr ! Et étant un modeste mage qui n'a pas à son tableau de chasse des hordes de démons, je dois m'y rendre. Tu as fait sacrément vite, dis donc, pour arriver ici avant mon départ.

– Je ne voulais pas te louper.

Il plissa les yeux.

– Ce n'est pas la seule raison de ta présence ici, hein ?

Je secouai la tête.

– Je sais que je ne peux rien te cacher. J'ai besoin d'éclaircir une ou deux choses avant d'approcher de Haven.

– Demande-moi ce que tu veux.

– Très bien. Le roi, le père de Talsin je veux dire, est mort au combat en défendant Haven, c'est bien ça ?

– Exact.

Je laissai l'incrédulité transparaître sur mon visage pour la première fois.

– Mais comment ? Je ne comprends pas ! Comment puis-je me retourner tout à coup et découvrir que Nightkeep a progressé jusqu'aux portes de Haven et tué un roi ? Pourquoi Westpoint, autrefois lieu de rendez-vous privilégié, vit-il dans la peur ? Pourquoi les gardes arrêtent-ils les voyageurs à chaque tournant, et pourquoi n'y a-t-il pas de rêveurs dans le Vide ?

Il laissa échapper un soupir.

– Tu vis vraiment déconnecté de tout, hein ? Quand es-tu allé à Haven pour la dernière fois ?

– Peu de temps après que Lisana eut tenté de me faire condamner pour trahison.

Lisana... Aujourd'hui encore, ce nom faisait resurgir des souvenirs peu agréables. Ah ça, on pouvait dire qu'elle avait employé toutes les ruses pour me séduire, toutes les tactiques avaient été soigneusement répertoriées, de A à Z, puis employées contre moi. En voyant qu'elle ne parvenait pas à mettre la main sur le mage qui se rangeait soudain aux côtés du roi, elle avait tenté de m'éliminer...

– Ça remonte à quand ? demanda Windsight. Une centaine d'années ?

– Grosso modo.

– Tu as vaincu le roi de Nightkeep... C'était quand ? Il y a cent dix ans.

– Un combat unique, au milieu du Vide.

– Je croyais qu'il y avait des dragons qui te hurlaient dessus de tous les côtés et que les hordes de l'enfer se soulevaient sous tes pieds.

– Les histoires sont toujours exagérées.

– Le roi avait un fils.

– Comme la plupart des rois.

– Le nom de Serein te dit quelque chose ?

Je réfléchis.

– Outre que c'est l'héritier de Nightkeep, un grand type qui ressemble un peu à un tigre, en noir et blanc... non, ça ne me dit rien.

– Eh bien, c'est un bâtard.

– Tu veux dire... ?

Windsight leva les mains au ciel.

– Non, ne te méprends pas. C'est un enfant parfaitement légitime, et Nightkeep le suivrait jusqu'au bout du Vide et retour. Ce que je voulais dire, c'est que c'est un bâtard envers Haven. On a déjà perdu une cinquantaine de royaumes, et il y a quelques semaines ses troupes sont arrivées jusqu'à la périphérie de Haven. Elles ont été renvoyées évidemment, mais il y a maintenant des milliers de cauchemars qui errent sur les routes du Vide, à la recherche d'autre chose à engloutir.

Je pris le temps d'assimiler cette information.

– Ce Serein est donc assez doué, si je comprends bien ?

– Tu peux le dire. La Terre s'enfonce de plus en plus dans le cauchemar, et de nombreuses routes sont désormais bloquées.

– Ce que Windsight oublie de dire, ajouta une voix que je ne connaissais pas, c'est que si un jeune mage intelligent ne parcourt pas toute l'étendue du cauchemar pour mettre à mort les rois maléfiques, Haven est foutu.

Je me retournai sur ma chaise et me dévissai le cou. La femme se dirigea vers moi avec grâce et me tendit sa main, sans un tressaillement sur son visage serein.

– Renna, dit-elle.

Je serrai sa main, vaguement.

– Tu... tu es la rêveuse avec qui j'ai fait la course.

– Renna est ma meilleure élève, déclara Windsight.

– Ah bon ?

– Parfaitement ! déclara la dénommée Renna avec fierté. Pendant dix ans j'ai suivi l'enseignement de Windsight et, croyez-moi, je sais voler.

– Dix ans ? répétai-je d'une voix étranglée. Mais... tu es une rêveuse !

– Coma, expliqua Windsight.

Je la regardai d'un air hébété. J'avais entendu parler de ce phénomène, évidemment. Des gens sur Terre se retrouvent catapultés dans des rêves sans jamais pouvoir retrouver le chemin de la sortie.

– Je... euh... je suis désolé, dis-je. Comment est-ce que...

– Un camion. Je me souviens du hurlement des freins, de l'énorme grille du radiateur qui fonce vers moi... et je me suis réveillée ici.

– Je me suis occupé d'elle, expliqua Windsight. Elle ne croit toujours pas qu'elle n'est pas morte.

– Évidemment que je suis morte ! répliqua Renna. Et n'essayez pas de me convaincre du contraire.

– Je n'oserais pas, dis-je, et je m'aperçus que j'étais sincère.

Il y avait quelque chose d'étrange dans l'expression de ses yeux marron foncé, et les traits de son visage...

Windsight se leva brusquement, comme pour me faire comprendre que je devais arrêter de la dévisager.

– Maintenant que tu es là, nous pouvons partir pour Haven tous les trois.

– Tous les trois ?

– Ça pose un problème ? demanda Renna... Non ? Tant mieux, voilà qui est réglé ! A moins que vous n'ayez d'autres endroits à visiter, Kite ?

Je secouai la tête.

– Je crois que j'en sais suffisamment pour l'instant. Merci quand même.

– Excellent ! s'exclama Windsight. Tu veux passer la nuit ici ?

– Avec plaisir.

Renna ne semblait pas contente, et Windsight la foudroya du regard.

– Kite est un vieil ami, Renna, et une sorte de légende. Ce n'est pas parce qu'il t'a battue à la course que c'est un être haïssable.

– Vous ne ressemblez pas à une légende.

Je compris qu'elle s'adressait à moi.

– Tu en as déjà rencontré ?

Réaction inattendue de ma fierté qui s'était emportée, en réaction à cette gifle sur son visage généralement invisible.

– Non, pas vraiment. Mais j'ai certaines attentes. Depuis quand vous n'avez pas nettoyé vos bottes ?

Là, elle marquait un point.

Windsight me tapota le bras.

– On pense que Renna travaillait dans un magasin de chaussures, c'est la seule explication. Viens, on va essayer de te trouver une chambre.

Il se dirigea vers l'extrémité de la plate-forme, mais je le rappelai :

– Windsight ?

– Oui ?

– Si on prenait l'escalier, cette fois ?

A Skypoint, les chambres ont une grande qualité : elles sont aérées. Une brise fraîche très agréable entrait par quatre petites fenêtres percées à intervalles réguliers dans la pièce. Elles avaient diverses formes d'étoiles et de croissants de lune, et quand je tirai les rideaux devant ces ouvertures, des soleils dorés m'adressèrent des clins d'œil à travers le tissu. Malgré cela, la lumière parvenait à s'infiltrer par tous les interstices, projetant une lueur grise sous forme de faisceaux qui traversaient la pièce et emprisonnaient les particules de poussière comme de minuscules flocons de neige. La température était légèrement plus fraîche que celle que j'affectionnais chez moi, à Stormpoint, mais cette brise qui faisait danser les rideaux comme des voiles de bateau était apaisante après cette marche pénible dans le décor sinistre du Vide.

Allongé sur un petit lit au milieu de cette grande pièce, je contemplais le plafond (encore des nuages et des soleils), en essayant de remettre de l'ordre dans tous ces événements. Je savais qu'il pouvait se passer énormément de choses en l'espace de simplement cent ans, mais je ne pensais pas que cela arriverait si vite.

Serein était désormais roi de Nightkeep. Et il faisait du sacrément bon travail, apparemment. Talsin était roi de Haven et il s'efforçait de faire tout aussi bien. Alors... il me convoquait ? Ça ne collait pas. Bon, d'accord, je m'étais battu accidentellement contre le vieux seigneur des cauchemars, mais c'était à une époque où on avait l'avantage sur les ténèbres, et si je l'avais emporté c'était seulement grâce à l'usage de la ruse et de la supercherie que j'avais projetées comme les balles d'une mitraillette. Oui, je sais également ce qu'est une mitraillette. Vous croyez que je n'ai pas écouté les rêveurs, que je n'ai pas écouté les histoires qu'ils racontent ?

Mais j'avais désormais d'autres soucis que les égratignures d'un univers parallèle sur le monde véritable dans lequel je vivais. Talsin espérait-il une nouvelle prestation identique ? Voulait-il que j'essaye de jouer le même tour à Serein qu'à son père ? Ce dernier était un peu lent, beau parleur plus que fin stratège. Serein, lui, semblait être un adversaire plus coriace.

Et puis, il y avait Renna. Je n'avais encore jamais rencontré de personne dans le coma, et je doutais que

Renna soit son véritable nom. Se souvenait-elle seulement de qui elle était ? Oh, Windsight était sacrément plus malin qu'il y paraissait. Si les rêveurs pouvaient réellement se souvenir de leur rêve, ou même exister à l'intérieur, ils devenaient infiniment plus puissants tout à coup.

Ils pourraient sauter d'un royaume à l'autre, s'ils parvenaient à se concentrer suffisamment. Ils pourraient créer de nouveaux univers en l'espace d'une seconde, uniquement en les imaginant, et contrôler le Vide autour d'eux comme un simple jouet, si on leur apprenait comment faire. Un rêveur qui demeurait dans les rêves assez longtemps et qui se souvenait de tout ce que vous disiez, pouvait faire basculer l'issue de la guerre.

Mais en même temps, les rêveurs étaient fragiles. Tout le monde savait que les mages de Nightkeep tiraient un surplus de puissance de la peur de leurs victimes, et une personne plongée dans le coma serait pour eux un plaisir rare. Voilà pourquoi Windsight protégeait Renna, pourquoi il la cachait et ne voulait pas dévoiler son véritable potentiel, au cas où la guerre entre le cauchemar et le rêve viendrait frapper à la porte du royaume. Car alors, Renna pourrait devenir son atout majeur.

Ce qui débouchait sur une dernière conclusion, inquiétante. Si Windsight l'emmenait avec lui à Haven, cela signifiait que la situation était devenue tellement catastrophique qu'il était disposé à offrir sa meilleure arme pour défendre la cause du rêve. Une chose que le rusé seigneur de Skypoint ne ferait jamais dans des circonstances normales.

Cette nuit-là, j'eus beaucoup de mal à trouver le sommeil.

La Cité des Rêves . 3

Haven. Cité des Rêves. Je vous assure, c'est exactement ça. Elle trône au centre d'une toile d'araignée constituée d'une succession de rêves, et pour tous ceux qui rêvent c'est le seul endroit par où ils peuvent débuter leur voyage.

La bulle de réalité qui compose Haven mesure à peu près 150 km^2. Sur toute cette surface, 3 km^2 seulement sont occupés par la capitale des rêves. Le reste est un étrange mélange de fermes, de lacs, de falaises, etc. On a calculé que vingt nouvelles races nomades environ traversent Haven chaque année, se nourrissant de cette terre jamais aride et s'abreuvant à l'eau des rivières qui ne sont porteuses d'aucune maladie.

Par conséquent, Haven est une ville extrêmement animée.

– Vêtements « Spécial Vide », monsieur ! Capables de résister aux pressions de la réalité, pour un prix très raisonnable !

– Fruits frais, venus directement de Hillpoint ! Achetez mes bons fruits frais !

– Eau divine de Healpoint, un remède pour toutes les maladies, monsieur !

– « Les rêveurs : mythe ou réalité ? » Venez assister à la conférence à l'université !

– Tu as l'air nerveux.

Je sursautai, malgré mes efforts pour demeurer de marbre. En vérité, j'étais à cran. Je ne cessais de scruter les toits des maisons pour guetter d'éventuelles ombres, je n'arrêtais pas de vérifier et de revérifier mon bouclier, juste pour m'assurer que je n'avais pas oublié une couche de sort vitale. Haven était peut-être la Cité des Rêves, les rêves peuvent parfois mal tourner.

Je suppose que vous vous demandez : « Que font ici tous ces marchands, Kite ? Sont-ce des gens véritables, des rêveurs ou bien le produit de l'imagination du type qui gouverne cet endroit ? » A vrai dire, c'est variable. On a connu des rois qui inventaient des marchands vendant de la fausse marchandise, uniquement pour donner un aspect animé à leur ville, mais la plupart des marchands qui viennent à Haven sont de véritables gens. Simplement, ce ne sont pas des mages. Si vous n'êtes pas mage, vous ne pouvez pas diriger un royaume. Si vous ne pouvez pas diriger un royaume, vous devez demander l'autorisation pour rester dans le royaume de quelqu'un d'autre, et vous avez intérêt à ne pas faire d'histoires.

Mais les rêveurs ? demandez-vous en poussant des cris étranglés. Désolés, les amis, les rêveurs ne restent jamais assez longtemps dans les royaumes (au maximum, vous pouvez les voir pendant une dizaine d'heures) pour monter un commerce. Conclusion, si vous voulez travailler, vous devez rester sur votre petite planète ennuyeuse.

Il n'est pas facile de décrire le véritable visage de Haven. Cet endroit change trop souvent. Un pub situé dans une ruelle et baptisé le King's Head* au moment où vous y entrez par une douce soirée d'été se nommera le Queen's Arms* quand vous en ressortirez, et la ruelle sera devenue une grande place blanche qui scintille sous le givre hivernal.

Nous étions arrivés en hiver. Un bel hiver bien sec qui transformait les toits haut perchés de Haven en un tableau noir et blanc, et les cris des enfants qui construisaient des bonshommes de neige à tous les coins de rue envahissaient l'air. Les tuiles rouges des toits des guildes étaient recouvertes d'une épaisse couche blanche ; une enseigne couinait dans la douce brise au-dessus de la tannerie située en face d'une fontaine qui déversait une lumière dorée au cœur de la place. Des charrettes cahotaient sur les pavés ; les fenêtres des habitations étaient embuées. Des lanternes pendaient à chaque coin de rue, baignant d'une lueur chaude les rêveurs qui se lançaient dans une nouvelle bataille de boules de neige avec les élèves de l'école aux grands murs de pierre grise, dont la cloche de cuivre, nichée dans la tour la plus haute, venait de cesser de se balancer.

Les gardes postés aux portes de la cité nous donnèrent même des capes en laine pour nous protéger du froid.

– Avec les compliments du Conseil, déclarèrent-ils.

J'examinai les capes et, constatant qu'elles n'étaient pas résistantes au Vide, je déclinai poliment leur offre. Pas question de me mettre sur le dos un truc qui risquait de se changer en serpent.

---

* La Tête du Roi.

* Les Bras de la Reine.

Nous continuâmes à avancer dans les rues enneigées ; nos souffles formaient des petits nuages de condensation qui captaient l'éclat du soleil et scintillaient. Nos mains étaient gelées et engourdies, mais sur chaque place brûlait un feu magique, autour duquel se rassemblaient les habitants heureux de se réchauffer et d'échanger ces grands sourires que tout le monde arborait dans cette ville.

Ça m'agaçait. Ça m'horripilait, même. Talsin avait déjà réussi à contrôler l'humeur des habitants et à programmer le climat, froid et humide certes, mais suffisamment beau pour créer l'unité de tous les habitants. Il avait gagné le cœur de la foule et la cité hivernale brillait de sa propre énergie.

Des milliers de gens allaient d'une rue à l'autre, en bavardant gaiement, toujours prêts à croiser le regard d'un passant et à lui adresser un sourire. Des jongleurs et des cracheurs de feu s'étaient rassemblés sur plusieurs places, malgré le froid, et un dragon de givre promenait les enfants sur son dos. Malgré ma carapace de souvenirs amers, de détachement cynique et de regrets acides, je ne restais pas insensible devant cette joie, et je sentais renaître un peu de l'amour que j'avais éprouvé jadis pour cette ville.

Pourquoi Haven est-il le seul royaume à accueillir autant de personnes de notre monde, mais venues aussi d'autres univers ? Pourquoi ton royaume ne fait-il pas de même, Laenan Kite ? Parce que je suis situé à l'extrémité de la toile. Parce que je risque d'être envahi par le cauchemar à tout moment. Haven manie ces royaumes excentrés à la manière d'un bouclier, en étant protégé par la distance. Il peut se permettre d'accueillir des milliers d'âmes. Moi, je ne peux avoir qu'une poignée de vies sur mes terres, et la plupart d'entre elles doivent être des créatures de mon imagination.

De cette façon, je peux localiser l'agresseur, découvrir la tache d'obscurité avant qu'elle me trouve. A Haven, il y a trop d'âmes pour que quiconque puisse en trouver juste une seule.

A moins que cet homme ait commencé à chercher avant l'arrivée de l'âme.

C'est ainsi qu'au moment où je quittai le Vide pour pénétrer à Haven je le sentis qui cherchait. Je sentis la caresse magique, à l'orée de mes sens, courant sur mon bouclier, sondant plus profondément pour tenter, en vain, de déterminer si j'étais bien celui que je semblais être. Je la repoussai sans peine, mentalement, et concentrai mon attention sur les longues rues pavées qui s'étendaient devant moi, en essayant de dissimuler mon inquiétude.

Il existait un pub où bien des rêveurs nomades et moi avions ingurgité quantité de pintes de bière, en parlant de la Terre. Il y avait aussi le marché, où un technicien en train de rêver m'avait expliqué le principe qui se cachait derrière le moteur à combustion interne, et la grande pelouse où un autre rêveur m'avait parlé d'un jeu étrange appelé football. Il y avait la fontaine, avec son eau figée par le gel et remplacée par une lumière magique qui s'élevait à une centaine de mètres dans le ciel, et où un enfant rêveur m'avait montré une drôle de manipulation avec une ficelle. Il y avait l'université, lieu de longues et ennuyeuses conférences et de grands bonds dans de nouvelles dimensions magiques. Il y avait le corps de garde où j'allais écouter les rumeurs du Vide et les récits des rêveurs qui racontaient comment ils avaient échappé au cauchemar.

Ici, il y avait des rêveurs. Des ribambelles de rêveurs qui se réjouissaient de la liberté de Haven, heureux, car ils ignoraient qu'au matin ils se réveilleraient dans leurs vieux lits, dans leur monde gris et vide, sans aucun souvenir des merveilles que nous avions à leur offrir.

Qu'y avait-il d'autre ? Il y avait les intersections entre deux points de la réalité. Nul n'avait jamais réussi à suivre plus d'une seule route avant que l'autre réalité ne le fasse revenir chez lui. Mille fois j'avais rêvé de la Terre, sans avoir le moyen de contrôler le monde autour de moi, exactement comme les rêveurs ici. Le lien fonctionne dans les deux sens. Ils viennent ici pendant leur sommeil, nous allons là-bas pendant le nôtre.

Mais nous, on se souvient. Nous sommes plus forts qu'eux.

– A quoi vous pensez ?

C'était la voix de Renna. Durant tout le trajet jusqu'à Haven, elle était restée étrangement silencieuse ; sans doute se remémorait-elle son premier voyage à travers le Vide, après son coma. Maintenant que nous étions arrivés à destination, elle paraissait plus sereine. Les vraies maisons et les vrais gens faisaient renaître un peu de chaleur sur son visage crispé.

– Je pensais aux rêveurs, si tu veux savoir.

– Et quelles conclusions en avez-vous tirées ?

– Je me disais que je ne regrettais pas d'être tel que j'étais.

– Heureusement ! A votre place, je me réjouirais même !

J'étais sincèrement surpris.

– Pourquoi ?

– A cause de ça, dit-elle en désignant la ville d'un geste large. Parce que vous allez vivre pendant des milliers d'années dans un paradis qui change sans cesse. Parce que vous pouvez faire surgir le feu, voler sans ailes et faire pousser des plantes à vos pieds.

Ce fut cette remarque qui me fit réfléchir.

– On n'a aucune chance de te convaincre ? Tu ne veux vraiment pas venir au palais avec nous ?

Je secouai la tête. Nous avions fait halte dans une ruelle située à quelques centaines de mètres d'une place grouillante de vie et je ne cessais de scruter le ciel pour guetter la présence de dragons espions.

– Pas ce soir, dis-je. J'ai des gens à voir.

Windsight fronça les sourcils.

– Tu crois que la Main d'Argent sera toujours là, après tout ce temps ?

Renna fronça les sourcils à son tour.

– C'est quoi, la Main d'Argent ?

Windsight et moi échangeâmes un regard, tout en renforçant discrètement nos boucliers réflecteurs destinés à nous protéger des oreilles indiscrètes. Renna plissa les yeux.

– Vous êtes obligés de me le dire.

– Je sais, je sais, soupira Windsight. Et je te promets que quand nous serons arrivés au palais et que je pourrai nous protéger correctement, je te dirai tout. (Il m'adressa un regard inquiet.) Je peux lui en parler, hein ?

Mais Renna saurait-elle garder le secret ? En croisant son regard de nouveau, je sus que cette fille ne dirait rien à personne, même sous la menace d'un fer chauffé au rouge.

– Bien sûr, répondis-je. Tu peux lui en parler. (Je serrai la main de Windsight avec reconnaissance.) On se retrouve au palais.

– Tu assisteras aux cérémonies des éléments ?

– Évidemment.

Je les regardai partir et attendis que leurs signatures mentales s'atténuent jusqu'à disparaître presque totalement pour abaisser lentement mon bouclier.

La présence de Talsin fondit sur moi comme un ouragan. Il était bien décidé à me trouver. Je me cramponnai et commençai à communiquer doucement avec le cœur de cette présence magique.

< Oui. Je suis là, monseigneur. >

Un portail s'ouvrit dans le mur à côté de moi, sans un bruit, une ouverture noire et scintillante sur un autre lieu. Je souris.

< Au palais ? Non, pas tout de suite. De plus, j'ai si souvent été dupé par des gens détenant les Clés que je n'aime pas marcher dans les coupe-gorge. Sans vouloir vous offenser. Je vais emprunter le bon vieux chemin. >

Le portail se referma lentement, presque à contrecœur. Le fait que Talsin soit capable de modifier la matière même de Haven ne m'inquiétait pas outre mesure. Dès que je me retrouverais dans la foule et que je commencerais à lancer des boucliers à droite et à gauche, il ne pourrait plus me suivre à la trace, et il ne saurait plus à quel endroit plier Haven à ses volontés. Toutefois, il était roi, ou il le serait bientôt. Alors, je m'empressai d'ajouter mentalement : < Je reste votre serviteur, monseigneur >.

Pour de bon ? A dire vrai, je n'en suis pas si sûr. Mais cette phrase me semblait s'imposer à cet instant.

Habité par cette pensée joyeuse, je pivotai sur moi-même et partis à la recherche du Consortium de la Main d'Argent. Après toutes ces années, j'avais rudement besoin d'un cours de rattrapage.

Parfois, cher rêveur, j'envie ta technologie. On a essayé de l'adopter ici aussi, mais il semblerait que rien ne fonctionne si on ne l'enveloppe pas d'une petite touche de magie et, bien sûr, ce n'est pas du jeu. Parfois, j'aimerais tant avoir un émetteur radio qu'on peut régler sur une fréquence particulière pour envoyer un message à une seule personne. Ça évite bien des tracas.

Je dus essayer au moins cinq tavernes, je crois, avant qu'un tenancier daigne lever la tête pour s'intéresser à l'argent que je lui proposais. La plupart des pièces, qu'elles soient en argent ou en or, sont frappées à l'effigie de celui qui gouverne à ce moment-là, ou de son grand-père, ou bien d'un gars quelconque qui possède un visage majestueux. Rien de tel sur les pièces de la Main d'Argent. D'un côté il y a juste une main, paume ouverte, et de l'autre une toile d'araignée. J'étais dépité de voir tant de tenanciers froncer les sourcils en regardant ma pièce et de les entendre dire : « Désolé, monsieur, cette monnaie n'a pas cours ici. » Jadis, il suffisait de laisser entrevoir une de ces pièces, dans n'importe quelle taverne respectable, pour qu'aussitôt le patron se mette en quatre pour vous fournir tous les contacts que vous désiriez.

Finalement, c'est derrière un long comptoir, où il était occupé à laver des chopes, que je découvris un homme qui se souvenait vaguement de cette époque. D'un seul regard furtif, il enregistra les vêtements du voyageur, le bâton rudimentaire et le visage juvénile (et pourtant je me sentais plutôt vieux à cet instant, croyez-moi) et, tout aussi rapidement, il se désintéressa de moi.

Il y avait quelque chose de familier dans son visage barbu et grisonnant. Je fouillai dans ma mémoire un long moment, à la recherche d'un nom que je finis par retrouver. Essayant de prendre un air nonchalant, je m'accoudais au bar.

– Qu'est-ce que je vous sers, monsieur ? demanda l'homme.

– Juste un peu d'eau et quelque chose à manger, Virisin.

Il semblait fâché que je lui réclame de l'eau mais, après avoir visité cinq pubs dans lesquels j'avais commandé des pintes de bière dans l'espoir d'être reconnu, je préférais préserver ma lucidité.

– Vous êtes nouveau par ici ? me demanda-t-il.

– Je suis déjà venu.

Il me tendit un pichet.

– Ça fera combien, Virisin ?

Cet idiot ne réagissait toujours pas.

– Deux sous.

– C'est du vol qualifié ! m'exclamai-je. Je me souviens d'une époque où Virisin me réclamait ce prix pour une pinte de bière.

Je vis enfin une étincelle s'allumer dans son regard ; une marque d'étonnement.

– On se connaît ?

– Il existe une théorie, sur Terre du moins, selon laquelle chacun de nous n'est séparé de n'importe qui d'autre que par six personnes. (Je fis glisser la pièce en argent sur le bar.) Je suppose que les données sont sans doute un peu différentes dans le monde réel, mais qui suis-je pour juger, hein ?

Ses yeux se posèrent sur la pièce, ils virent le dessin de la main et remontèrent aussitôt vers moi. Maintenant, il savait qui j'étais. L'espace d'une seconde, son expression trahit son hébétude, avant que le professionnalisme ne la dissimule derrière le visage sévère et impassible du tenancier habitué à flanquer les ivrognes à la porte au petit jour.

– Je ne peux pas accepter cette pièce, monsieur, déclara-t-il. Elle est beaucoup trop ancienne ! Suivez-moi derrière, nous allons voir s'il y a dans mes livres de comptes quelque chose qui pourrait y ressembler pour faire le change.

Je me redressai vivement, impatient d'échapper à tous ces regards insistants que je sentais peser sur moi. Virisin me précéda dans une petite arrière-salle en pierre brute abritant des fûts de bière, et il attendit que la porte soit refermée pour se tourner vers moi avec un sourire.

– Je ne pensais pas que je reverrais un jour ton visage, Laenan Kite !

– Je sais. Tu m'as manqué. Mais je ne pouvais pas faire autrement.

– Je t'ai manqué ? Sais-tu ce qui s'est passé durant ton absence ? Ce bâtard de Jehirer a traîné le Consortium dans la poussière ! Il est incapable de diriger sa propre maison, comment pourrait-il nous gouverner !

– J'ai remarqué combien il était difficile d'établir un contact. Il fut un temps où chaque commerçant de Haven connaissait quelqu'un qui connaissait quelqu'un qui connaissait un membre de la Main d'Argent. J'ai failli prendre le risque de faire un signe de mage après les trois premières tavernes, mais ce foutu palais me pourchasse depuis que j'ai franchi les portes de la ville. Qu'est devenu Terime ? J'avais donné des instructions claires et précises pour qu'il me remplace après mon départ !

Virisin secoua la tête.

– Il s'est aventuré dans un cauchemar de trop. Cela a toujours été le grand problème de Terime : il voulait absolument ajouter sa touche personnelle.

– C'est donc Jehirer qui a pris le pouvoir ? Et le réseau des éléments ? Jehirer n'a quand même pas réussi à l'endommager ?

– Non, non. Les éléments sont toujours en contact. Mais le réseau s'amenuise. (Soudain, il éclata de rire et le soulagement apparut sur son large visage.) Nous souhaitions tous ton retour, tu sais. Tu es le seul qui a jamais réussi à faire avancer les choses. Es-tu venu pour reprendre les rênes ?

– Je suis ici seulement pour le couronnement. Ensuite, je repars.

– Pourquoi ?

– A cause d'une petite chose nommée « royaume ». Crois-moi, c'est presque aussi difficile à gérer qu'un réseau d'espions.

Un réseau d'espions. Voilà, vous savez la vérité maintenant. Le Consortium de la Main d'Argent est le plus grand réseau de mages et de non-mages de tout l'univers. Toujours en mouvement à travers le Vide, ils tiennent leurs chefs informés, ils veillent les uns sur les autres et, surtout, ils décèlent et résolvent tous les petits problèmes internes.

– Pourquoi est-ce que tu les cherches ? me demanda Virisin, alors que je franchissais sa porte pour retourner dans la rue.

Il avait gardé cette question pour la fin même si, visiblement, elle avait occupé son esprit durant toute notre conversation.

– Parce que... j'ai le sentiment que je dois savoir. Mais c'est une raison que je ne confierais à personne.

– Quelle raison donnerais-tu, alors ? me demanda Virisin avec un sourire.

– Je dirais qu'ils savent des choses. Qu'ils peuvent m'apprendre des choses. Qu'ils voient des choses que personne d'autre ne voit. Du moins, c'est ce que je me dis. En vérité, je crois que je veux juste m'en assurer.

– T'assurer de quoi ? Que le Consortium se porte bien ou que Haven se porte bien ?

– Les deux.

C'est ça le problème avec Haven. Étant donné qu'il s'agit d'une ville des rêves, rien ne peut aller de travers à l'intérieur de ses murs. C'est du bidon ! Vous avez fait des rêves, vous savez qu'ils peuvent changer brutalement ; une belle journée ensoleillée peut se transformer en sinistre nuit en un clin d'œil. Quand un mage trop faible s'empare d'un royaume faible, le Consortium de la Main d'Argent ne rechigne pas, parfois, à apporter en douce un peu d'aide à l'intérieur de ses frontières et à donner un coup de fouet aux actes magiques. Et quand un cauchemar s'empare d'un royaume et a besoin de renforts ? Eh bien, disons que nous n'hésitons pas à revêtir l'étrange tunique noire pour psalmodier des histoires de démons et de sang, tout en mettant le feu à son palais par la même occasion.

Où est-ce que je me situe dans tout ça ? Au centre, à vrai dire. Certes, ce n'est pas moi qui ai tout fondé, mais je suis le mage qui a créé le réseau des éléments. Une toile constituée d'êtres magiques provenant des quatre sphères du pouvoir, et capable de résister au Vide. Voilà le point intéressant. Tout comme on fabrique des vêtements et des armes à l'intérieur du Vide pour qu'ils résistent au Vide, j'ai créé la vie. Esprits de feu, feux follets, éléments aquatiques, géants de la terre, tous ont vu le jour à l'intérieur du Vide, et tous se sont montrés aimables et coopératifs quand je leur ai dit : « Salut, ça vous dirait de jouer les espions à mi-temps ? » Ils étaient tous loyaux et bons, remplis de compassion et de compréhension, exactement tels que je les avais faits. Ils furent ma plus grande réussite, l'immense triomphe de la magie. Mais comme tout ce que j'avais réussi à assembler à partir de rêves éparpillés, ils avaient tous leur caractère. Voilà pourquoi j'étais enchanté quand 99 % d'entre eux, après avoir jeté un simple coup d'œil à ma proposition, répondirent « oui ». Ceux qui constituaient le 1 % restant sont repartis de leur côté, et sans doute travaillent-ils comme des fous maintenant dans leurs divers milieux.

Nombreux sont les mages qui ont tenté de me copier, de me soudoyer et même de me faire chanter pour connaître le sort capable de créer un être à la commande, à partir de rien. Jusqu'à présent, ils ont tous échoué, pour les raisons suivantes :

En essayant de copier, de créer des êtres vivants par la magie, et non pas de banales créations issues du Vide, cela a provoqué un taux élevé de décès. Les tentatives de corruption ont bien failli marcher, croyez-moi, mais je n'ai toujours pas trouvé une proposition que je juge digne de moi. Quant au chantage, il a toujours été rejeté par le Consortium. Ils étaient tellement ravis de posséder un réseau de créatures capables de pénétrer dans les royaumes sans être repérées, pour faire ensuite des rapports précis et concis, et rentrer à la maison pour l'heure du thé, qu'ils feraient n'importe quoi pour le jeune mage qui leur a rendu un tel service.

Voilà comment je me suis hissé tout en haut de ce mât glissant, et comment je suis resté assis au sommet pendant plusieurs centaines d'années, au cœur de la plus grande police secrète que l'on puisse trouver.

C'est nous qui observons Dieu, et qui décidons s'il mérite le pouvoir qu'il détient. Nous sommes le pouvoir caché derrière le trône de tous les bons rois, le pouvoir qui se dresse devant tous les mauvais rois.

Mais quand un homme comme Jehirer obtient le pouvoir, cela fait naître la grande question qui vous tracasse depuis des milliers d'années, vous autres rêveurs.

Qui va garder les gardiens ?

Il n'y a qu'une seule réponse.

Je croisai le regard inquiet de Virisin.

– Tu veux que j'aille trouver Jehirer et que je lui dise de dégager ? grommelai-je.

Qui garde les gardiens ? C'est bibi, voilà la réponse.

Ainsi débuta mon séjour à Haven.

Les Mains d'Argent. 4

Le tumulte régnait dans la salle. Silverpoint est un si petit royaume que la plupart des gens le loupent, car ils passent à côté sans le voir. Il n'est situé qu'à quelques royaumes de Haven. Mais tout comme Stormpoint, il a toujours refusé qu'une route le traverse, ce qui réduit son pouvoir politique à des proportions microscopiques.

Le mage qui dirige cet endroit est bien évidemment courageux, noble et plein de sagesse, et il a été élu par un conseil composé de membres du Consortium pour être le détenteur de la Clé de ce minuscule territoire. C'est donc là, dans cet endroit si petit que toutes les armées se contentent d'y jeter un coup d'œil avant de décider qu'il ne mérite pas d'être conquis, que se réunit le Consortium.

Des membres de tailles et d'apparences variées affluaient après avoir entendu l'appel ; ils parlaient entre eux avec animation et comparaient les récits de leurs exploits dans des royaumes lointains. J'avais été obligé d'attendre trois jours pour assister à cette réunion, et je savais que ce serait la première et la dernière avant bien longtemps. Bientôt, dans tous les coins du palais on se demanderait « Où est Kite ? », je serais alors obligé de repartir pour aller faire des ronds de jambe pendant au moins quelques semaines.

Par conséquent, je devais régler le problème dès maintenant.

Une cloche sonna dans la salle grouillante de monde. Posté au milieu d'une foule turbulente d'espions, au premier rang du balcon, j'avais une vue parfaite sur ce qui se passait en bas. Et c'est ainsi que je vis Jehirer.

La plupart des gens vieillissent plus vite dans cette profession que dans toute autre, car c'est une tâche étonnamment difficile. Mais Jehirer, lui, semblait plus jeune qu'avant. Plus fort aussi. Et cela m'inquiétait.

La vision de ce fauteuil capitonné, qui ressemblait fort à un trône, était une autre source de préoccupation, tout comme cette tunique rouge et cette main d'argent que Jehirer arborait avec beaucoup d'aplomb. La plupart des anciens chefs auraient été heureux d'avoir seulement une table sur laquelle s'appuyer. De plus, alors que le Consortium de la Main d'Argent encourage vivement ses membres à être autonomes, j'imaginais mal Jehirer en train de coudre lui-même cette tunique.

Je perçus des chuchotements près de moi.

Un groupe d'éléments aquatiques, de ravissantes dames à la peau bleue, dont les habits chatoyaient avec des reflets verts et violets au gré de leurs mouvements, pointaient le doigt vers moi. Quelques éléments de feu, enveloppés de flammes grésillantes, se parlaient à voix basse en me montrant du doigt eux aussi. S'agissant de mes créations, il n'était pas étonnant qu'elles me reconnaissent. Mais j'étais soulagé qu'elles soient les seules à m'avoir repéré. Je leur adressai un petit clin d'œil et reportai mon attention sur le parterre, où Jehirer venait de s'asseoir sur le fauteuil avec l'assurance d'un roi.

– Le Consortium est rassemblé, que la réunion commence, déclara-t-il d'un ton solennel. Pour quoi sommes-nous réunis ?

On procéda à la lecture des habituels rapports. Le seigneur d'un royaume externe projetait de signer un traité avec Nightkeep. Le monarque d'un autre royaume avait tenté d'attraper et d'agresser une rêveuse. Dans un autre royaume encore, un mage recevait des menaces de mort. Une tribu nomade venant d'un quelconque coin du Vide avait débarqué dans ce royaume pour réclamer l'asile. Que fallait-il faire ?... Que fallait-il faire... ? Que fallait-il faire... ?

Jehirer écoutait attentivement chaque orateur, en hochant la tête. Finalement, il se tourna vers le premier membre qui avait pris la parole.

– Tuez-le.

Autrefois, si j'avais dit une chose pareille, j'aurais provoqué un tollé dans l'assistance. Le Consortium de la Main d'Argent ne tue pas ! J'avais envie de hurler. Cet ordre violait tout ce que nous, en tant que sujets de Haven et des rêves, défendions.

Pourtant, il n'y eut qu'un faible murmure dans l'assistance et nul n'éleva la voix pour protester. Je me tournai vers Virisin, qui secoua la tête. Une voix douce chuchota à mon oreille :

– On raconte qu'il a tué Terime. Personne n'ose s'opposer à lui, monsieur. Plus maintenant.

Je connaissais la voix de cet élément de l'air et je cherchai à retrouver son nom. Il me revint brusquement.

– Je sais, R'niss. Je comprends.

Je me retournai vers le parterre, j'inspirai profondément et me levai.

– Je ne pense pas que l'on doive tuer qui que ce soit, monsieur.

Jehirer leva la tête. Ses yeux plissés trahissaient son agacement.

– Vous contestez ma décision ?

– C'est le but de cette réunion.

– Pas à ma connaissance.

– Dans ce cas, je vous conseille d'étudier vos textes plus attentivement. Ils stipulent clairement que le leader du Consortium peut être contesté, démenti et même destitué si l'on estime qu'il entreprend une mauvaise action.

< Il contrôle le mage de Silverpoint, monsieur. C'est lui qui le choisit, qui le commande. Méfiance >, murmura la voix de l'élément dans mon esprit.

< Rassemble tes frères et tes sœurs. Dis-leur de s'approcher le plus possible du mage qui est le plus près de Jehirer. Si quelque chose commence à changer, frappez-le. >

< A vos ordres, monsieur. >

Ah, que j'aime ces créatures !

– Vous me menacez ? demanda Jehirer.

– Absolument pas. J'essaye simplement de combler quelques lacunes de votre culture générale.

Un homme qui se tenait debout près de Jehirer se pencha vers lui avec un empressement soudain pour murmurer quelque chose à son oreille. Le leader de la Main d'Argent leva lentement la tête, avec un rictus de mécontentement sur le visage.

– Mon mage m'indique que vous possédez une Clé. Aucune Main d'Argent ne peut gouverner un royaume sans consultation préalable.

– Sauf s'il s'agit d'un mage et qu'il participe activement à l'infiltration de Haven. Pour veiller à ce que ces idiots de la cour ne nous détruisent pas tous. Et s'il *fait quelque chose d'utile* au lieu de rester assis sur son gros derrière.

Comme Jehirer, j'avais cité un passage du livre, grosso modo. Et j'ajoutai :

– A cet égard, je réponds aux conditions requises.

Quelqu'un dans l'assistance me montra du doigt et je sentis un changement dans l'air. De toute évidence, un vieux membre du Consortium venait de comprendre pourquoi cet étrange agent lui semblait si familier.

Ma réaction alors fut quelque peu tapageuse, je l'avoue, mais il fallait le faire. Je m'avançai brusquement, grimpai sur la balustrade du balcon et m'élançai dans les airs. Un *Oooh !* collectif s'éleva de l'assistance, tandis que je descendais au milieu de la foule du parterre, en contrôlant ma chute grâce à une dose de magie bien supérieure à celle que j'aime utiliser généralement. Ce genre d'exploit tape-à-l'œil exige beaucoup trop d'énergie pour pouvoir être utilisé au cours d'une bataille, mais si vous cherchez juste à impressionner le public, alors vous pouvez donner libre cours à votre envie.

Néanmoins, j'étais loin de me prendre pour Dieu lorsque mes pieds touchèrent le sol. Jehirer me foudroyait du regard, même si j'étais persuadé de l'avoir impressionné avec ma démonstration de maîtrise des airs.

– Quel est le sens de cette exhibition ? demanda-t-il.

– Le sens, c'est que vous n'êtes qu'un bâtard corrompu et j'ai le pouvoir de rester en vie assez longtemps pour en apporter la preuve !

Sur ce, je grimpai sur l'estrade et me tournai face à l'assistance.

– Voyons voir comment ces cent ans écoulés ont affecté votre mémoire, dis-je. Qui a créé le réseau des éléments ?

Seuls quelques espions, parmi les plus âgés, répondirent à ma question, mais ils le firent avec tant de passion et de conviction que leur cri unique résonna dans toute la salle :

– Kite !

– Qui a empêché la révolte des Sept Royaumes ?

– Kite !

De nouvelles voix s'étaient jointes aux premières, à mesure que les souvenirs refaisaient surface.

– Qui a introduit la cantine pour tous ?

– Kite !

– Qui a fait la soupe qui a intoxiqué tout le monde pendant une semaine ?

– Kite !

J'aurais parié qu'il ne manquait pas une voix à la clameur.

– Qui se tient sur cette estrade maintenant pour vous dire (je pointai le doigt sur Jehirer de manière théâtrale) que vous n'êtes pas à la hauteur de cette tâche ?

La clameur ébranla le plafond et résonna longtemps dans la salle, gagnant en intensité à mesure que la psalmodie s'élevait vers des sommets enfiévrés. J'étais heureux et soulagé, car pendant un moment terrifiant j'avais craint qu'ils ne me reconnaissent pas et se contentent de racler le sol avec leurs pieds en marmonnant des « hummm »...

– Kite ! Kite ! Kite !....

Je me retournai vers Jehirer avec un large sourire.

– Je réclame un vote de défiance contre Jehirer. Il aura lieu dès que tout le monde aura retrouvé son calme et sera en état de réfléchir clairement. Vous avez le droit, dis-je en m'adressant à Jehirer, conformément aux textes, de faire un discours pour défendre vos choix, et moi aussi...

Le mage qui se tenait à côté du chef livide leva brusquement les mains dans un geste magique. Un grondement monta d'un rassemblement d'éléments. Un élément aérien, jailli de nulle part, lui rentra dedans. Un élément terrestre s'éleva à travers le sol et enroula ses bras autour des jambes du mage. Un élément aquatique emprisonna son nez et sa bouche dans son étreinte liquide jusqu'à ce qu'il glisse à terre, à demi inconscient, le souffle coupé.

Je reportai mon attention sur Jehirer. Ses yeux lançaient des éclairs.

– Vous n'avez pas le droit ! hurla-t-il.

– J'ai tous les droits.

– Vous croyez que vous pouvez revenir ici du jour au lendemain pour reprendre votre ancien poste ? Au bout de cent ans ?

– Je n'ai pas l'intention de récupérer mon ancien poste.

La clameur se tut brusquement. Je me tournai vers les rangées de visages ébahis.

– Non. Je n'ai pas le courage de reprendre cette vie. Toujours en partance, obligé de réfléchir sans cesse pour déjouer complots après complots. Au tour de quelqu'un d'autre, j'ai déjà donné.

L'assemblée marmonna son assentiment à contrecœur. Je levai le doigt pour émettre une condition.

– Quelqu'un que j'aimerais rencontrer d'abord, au cas où.

Comme un seul homme, le Consortium de la Main d'Argent fit jaillir un tonnerre d'applaudissements et, au cours de cette longue minute d'ovation, je compris que j'étais de retour chez moi.

C'est le moment le plus heureux de chaque histoire. Celui où vous traversez des couloirs familiers, où vous entendez des voix familières qui crient votre nom avec une joie sincère, sur tous les tons. Le moment où vous vous asseyez à côté de personnes que vous pensiez ne plus jamais revoir et avec qui vous rattrapez cent ans de potins en retard. Le moment où vous voyez une chose que vous avez autrefois aimée, chérie et élevée, tomber, puis se relever toute seule avec un sourire.

– Pourquoi ne veux-tu pas être le chef ? demanda Virisin. Tout le monde voterait pour toi.

– Je ne peux pas. Il y a bien trop de problèmes, trop de procès, trop de conflits.

– Nightkeep ?

Je hochai la tête avec gravité.

– Serein. Dieu seul sait ce qu'il manigance, mais je n'ose pas le perdre de vue pour l'instant.

– On pourrait peut-être découvrir de quoi il s'agit. Tu sais bien que nous avons des espions infiltrés partout.

– Oui, je sais. Et ta proposition me touche. Mais je ne peux pas être le leader.

Virisin comprit qu'il était inutile d'insister.

Et puis, il y avait les éléments. Je ne pouvais pas imaginer qu'ils seraient si heureux de me revoir. Ils ne cessaient de m'appeler « père », ce que j'étais d'une certaine façon.

Je passai la nuit à Silverpoint, dans mon lit, dans mon ancienne chambre, et je rêvai.

J'ouvris les yeux dans une pièce blanche, violemment éclairée. Une infirmière, visiblement très pressée, passa à travers moi. Des infirmières, c'était synonyme d'hôpital. Ou de quelque chose de médical, du moins. Je n'avais pas souvent rêvé d'hôpital de mon temps, je dois le reconnaître. Étrange esprit que celui qui se projette dans de tels endroits. Mais puisque j'étais là, je décidai de jeter un coup d'œil. Au cas où je trouverais quelque chose de scientifique qui pourrait m'être utile.

Les hôpitaux sont des endroits sinistres, je m'en rendis vite compte. Mon rêve idéal, ce serait de me réveiller dans une de vos universités. Je pourrais y passer quelques heures délicieuses, assis dans une grande salle avec plein de jeunes gens, garçons et filles, à écouter un bonhomme parler de machins techniques. J'adore apprendre, surtout des choses qui vous semblent évidentes et qui pourront peut-être me servir plus tard. Vos enseignants sont des gens très utiles, et je regrette qu'ils ne visitent pas Stormpoint plus souvent. Mais pourquoi certains d'entre eux parlent-ils de mathématiques, voilà qui me dépasse, d'autant que la moitié du temps je ne comprends pas ce qu'ils racontent. Qu'est-ce que c'est que toutes ces formules avec des lettres et des chiffres, d'abord ? Pourquoi x *est-il au-dessus de* y*, et pas l'inverse ? Mais vous autres, jeunes rêveurs, vous hochez simplement la tête, vous soupirez et, parfois, vous vous levez pour poser une question du genre : « Si* v *n'était pas une variable intégrée, faudrait-il diviser* z *par le carré ? » Ou quelque chose dans ce goût-là.*

Les hôpitaux sont peut-être des lieux sinistres, mais au moins je les comprends. J'ai même utilisé certaines de vos techniques. La seringue hypodermique, par exemple. La stérilisation. La défibrillation. Autant de machins utiles et pratiques.

Mais cet hôpital n'offrait rien d'intéressant et, en plus, il n'y avait même pas de gens affairés que je pouvais observer ! Juste une infirmière qui passait de temps en temps entre les longues rangées de lits.

N'ayant rien de mieux à faire, je m'avançai vers le lit le plus proche et déchiffrai l'étiquette qui était attachée au poignet du malade. M. Thomas Oakly. Au pied du lit était accroché un tableau de température qui ne ressemblait pas à l'image que j'avais des tableaux de température, qui représentent généralement des zigzags qui grimpent vers le haut de la feuille. Sur ce tableau, la ligne était presque plate.

Je me tournai vers le lit voisin. Mme Sophie Peterson. Encore une ligne presque plate. L'infirmière me passa à travers encore une fois, maudite bonne femme ! Elle atteignit l'extrémité de la grande salle, poussa un soupir et sortit.

Eh bien, me dis-je, ce rêve promettait d'être le meilleur que j'avais fait depuis bien longtemps. Mais il n'était pas aussi intéressant que celui dans lequel j'avais vu le président se faire tirer dessus, il y a quelques années. Là aussi l'assassin n'arrêtait pas de passer à travers moi. Il n'était pas aussi amusant que le rêve dans lequel une femme possédant le don de double vue me répétait sans cesse que j'étais l'esprit de ses ancêtres. Ressemblais-je vraiment à son père ?

Comme je semblais parti pour une longue nuit et que je ne me sentais pas prêt à me réveiller, je remontai lentement la rangée de lits. Un homme ronflait dans un fauteuil. Tiens, il me ressemble un peu, me dis-je avec fierté.

A vrai dire, il me ressemblait vachement. Je ne plaisante pas. Il avait les mêmes yeux bleus, les mêmes cheveux châtains, les mêmes nez, menton et visage ordinaires... Les seules choses qui nous différenciaient, peut-être, c'étaient quelques touches de gris dans les cheveux et des rides supplémentaires autour des yeux.

J'ignore combien de temps je restai planté ainsi, dans un silence pétrifié, à regarder sa poitrine se soulever et retomber lentement, tandis qu'il tressaillait dans son fauteuil. Sa main pendait par-dessus le bras du fauteuil et serrait la main d'une femme alitée qui avait la même ligne plate sur son tableau, la même expression vide, le même souffle régulier et les mêmes yeux immobiles.

Transi, sans trop savoir pourquoi, je regardai l'étiquette attachée à son poignet. Mme Jane Kiteler.

Je revins sur son visage et découvris Renna qui dormait devant moi. Soudain, elle ouvrit les yeux et me regarda fixement. Je reculai dans un silence horrifié. La femme me regardait fixement avec ses yeux aveugles. Mais je savais qu'elle observait chaque trait de mon visage. La peur se saisit de mon cœur et le serra dans son poing. Je ne pouvais plus respirer. Mes jambes refusaient de bouger, je ne les sentais plus. Le camion fonçait vers moi, le klaxon poussait un hurlement lugubre qui déchirait le ciel, le visage blême et crispé du conducteur me regardait à travers le pare-brise, il criait quelque chose, il freinait de toutes ses forces...

– Kite ! Kite, réveille-toi !

Je grognai et plaquai l'oreiller sur ma tête.

– Fiche-moi la paix !

– Kite, Jehirer est parti. Les gardes l'ont vu s'en aller il y a environ une heure.

Je me redressai d'un bond dans mon lit, en reprenant brutalement conscience du monde réel. Comprenant que la fête était terminée, la nuit poussa un soupir et se faufila dans les profondeurs de mon esprit.

– Parti ? Et ils l'ont laissé filer comme ça ?

– Ils ne pouvaient pas l'en empêcher. Les éléments sont partis à sa recherche, mais on s'est dit qu'il fallait te prévenir.

– Comment un imbécile tel que Jehirer a-t-il pu entrer dans le Consortium ? marmonnai-je en me levant de manière hésitante. Sait-on où il est allé ?

– Quelque part vers Nightkeep. En passant par Waterpoint sans doute. Nous avons alerté tous nos agents, sur presque toutes les routes, mais il a pris une bonne avance.

– Waterpoint. C'est le domaine de... Lisana, n'est-ce pas ?

– Exact.

– De mieux en mieux, murmurai-je. Il a pris un cheval ?

– Et il a laissé les autres s'enfuir des écuries.

– Bon sang ! Je crois qu'on a un gros problème sur les bras.

Et qu'as-tu l'intention de faire ? me dis-je.

Je vais... Je vais utiliser mes pouvoirs magiques pour le résoudre, voilà.

– Où est R'niss ? J'ai besoin d'un coup de main.

Bon, d'accord, j'ai exagéré en disant que mes éléments étaient merveilleux. Certes, ils sont brillants dans le Vide. Certes, ce sont les seules créatures de l'univers capables de pénétrer dans des royaumes sans se faire repérer et sans suivre une route. Certes, ils sont d'excellente compagnie, et d'une grande intelligence quand il s'agit de raisonner dans l'urgence.

Mais ils tirent leur pouvoir de la possibilité brute à partir de laquelle ils ont été forgés. Placez-les trop longtemps dans un endroit ordonné comme un royaume, et cette possibilité devient de moins en moins probable ; et ils s'affaiblissent. Si les réunions à Silverpoint sont traditionnellement entrecoupées de pauses de cinq minutes toutes les dix minutes, ce n'est pas uniquement parce que nous sommes d'une incroyable paresse. Parole !

Pour des espions qui vont et viennent à toute allure comme le coude d'un violoniste, cette perte de réalité n'est pas un problème. Mais ils feraient une armée pitoyable ; il suffirait à l'ennemi de les faire tourner en rond sans s'arrêter, jusqu'à ce qu'ils deviennent aussi inconsistants que le brouillard. Quant à constituer une force d'occupation, n'en parlons même pas !

Toutefois, si vous cherchez quelqu'un qui puisse traverser le Vide d'un bout à l'autre, à toute vitesse, alors là, il n'y a pas mieux qu'un élément aérien.

Généralement, je suis contre les cartes parsemées de symboles mobiles : les petits drapeaux sur des bâtons qui font des manœuvres sont souvent synonymes de victimes. Mais, à l'intérieur du Consortium, je découvris que le fait de posséder une carte, même vague, était une bonne chose, et quelques petits drapeaux pouvaient se révéler plus utiles qu'il n'y paraissait.

Je déroulai donc une carte de l'univers (à échelle réduite, bien évidemment). Elle ressemblait à deux toiles d'araignée, constellées de gouttelettes d'eau entre de gigantesques croisements et reliées entre elles par des routes si nombreuses que je ne me sentais pas capable de les compter.

Jehirer avait eu la bonne idée de mettre la carte à jour. Des points noirs indiquaient les cauchemars ; ils s'étendaient sur toute la surface de la première toile et occupaient une proportion inquiétante de la seconde.

Des points rouges indiquaient les royaumes des rêves où les dissensions couvaient, où un énorme complot se tramait, où il était nécessaire de rester vigilant. (J'étais offusqué de découvrir Stormpoint en rouge.)

Le bleu était la couleur des royaumes qui restaient totalement fidèles aux rêves. Il y en avait affreusement peu.

Et puis, il y avait les drapeaux. Verts pour la terre, rouges pour le feu et ainsi de suite pour toutes les catégories d'éléments, éparpillés le long des routes. Marron pour les personnes réelles, toutes rassemblées par groupes de trois ou quatre à l'intérieur des royaumes. Jaunes pour les mages, placés à chaque intersection ou presque, plus un ou deux à l'intérieur des royaumes rouges.

Je me souviens d'une époque où cette carte grouillait de drapeaux. Aujourd'hui, il en restait très peu. Je découvris Silverpoint et repérai la route la plus proche conduisant au cauchemar. Ce n'était pas très loin.

Deux éléments, de terre et de feu, se trouvaient sur cette route. Je croisai le regard de R'niss.

– Ils sont au courant au sujet de Jehirer ?

Elle secoua la tête.

– Les messagers ont foncé vers Haven et les rêves tout d'abord. On ne pensait pas que Jehirer se précipiterait vers le cauchemar.

– Tu n'es plus ce que tu étais. Il faut toujours s'attendre au pire, et ensuite se réjouir éventuellement quand ça n'arrive pas.

– C'est du cynisme, dit un Main d'Argent, penché lui aussi au-dessus de la carte.

Je lui lançai un regard noir. Malgré son jeune âge (je ne lui donnais pas plus de deux cents ans environ), il examinait la carte comme un général qui s'apprête à commander ses troupes. Si tu me commandes, jeune homme, je serai... surpris. Impressionné, mais extrêmement surpris.

– C'est cynique, mais exact, répliquai-je.

– Je saurai m'en souvenir. Vous êtes conscient, évidemment, que Jehirer n'ira jamais dans cette direction.

– Je pensais qu'il pourrait peut-être traverser Waterpoint, dis-je. Mais c'est parce que je le connais, et je connais aussi d'autres abrutis qui pensent comme lui et qui sont susceptibles de lui donner un coup de main en échange d'informations.

– Oui, Waterpoint est une destination probable, confirma le jeune homme. Surtout que la route est relativement déserte. Jehirer a certainement consulté la carte avant de partir. Ce n'est pas un imbécile.

– Il croit qu'il peut distancer un élément ? demandai-je, incrédule.

– Il a une large avance, une bonne connaissance de la route et cent ans à l'intérieur du Consortium pour l'aider.

Je jetai un coup d'œil à R'niss.

< Qui est ce gosse ? >

< Un nouveau membre de la Main d'Argent, c'est tout ce que je sais. Tu ferais bien de prendre une décision rapidement, il faut que je retourne dans le Vide. La réalité commence à m'épuiser. >

< Je suis désolé. Attends encore quelques minutes. >

– Que devrait-on faire à ton avis ? demandai-je d'une voix calme.

Le jeune Main d'Argent pianota sur la carte pendant un moment, avant de tendre l'index.

– Vous avez un élément aquatique posté à cet endroit. Faites-lui traverser Waterpoint pour se placer sur la route entre Jehirer et le cauchemar. Même s'il ne parvient pas à l'arrêter totalement, il le ralentira. Ce délai devrait vous permettre de gagner assez de temps pour faire venir les éléments aériens par-derrière, et le ramener au bercail.

J'étudiai la carte. Le jeune homme avait raison, il n'y avait pas d'autre solution.

– R'niss ?

Celle-ci haussa les épaules.

– Personne ne peut battre un élément aérien, confirma-t-elle, avant de se diriger vers la sortie.

La porte se referma derrière elle dans un souffle, et les rangs compacts d'éléments aériens s'élevèrent pour plonger dans le Vide.

Je me retournai vers le jeune homme qui m'observait sans ciller.

– Je crois que nous ne nous connaissons pas. Laenan Kite, dis-je en lui tendant la main.

– T'omar.

T'omar, T'omar… Je fouillais dans ma mémoire, en vain.

– Tu dois être nouveau.

– Oui, je fais partie du Consortium depuis soixante-dix ans environ. J'étais général à Mountpoint, avant que ce royaume soit envahi par un cauchemar.

Voilà qui expliquait pas mal de choses.

– Je vois. Et tu as décidé que le rôle d'espion était plus à ton goût ?

– Vous avez décidé que le jeu de cache-cache était plus à votre goût ? répondit-il avec décontraction.

Je me sentis rougir.

– Désolé. Ce n'est pas ce que je voulais dire.

– Très bien. A dire vrai, reprit-il comme s'il ne s'était rien passé, j'ai toujours été fasciné par le Consortium, dès la première fois où j'en ai entendu parler. C'est vous autres qui nous avez fait sortir de Mountpoint, mes hommes et moi. On devait être exécutés, quand soudain, *bang!* voilà que les portes s'ouvrent, le château est en feu, le détenteur de la Clé est mortellement blessé par un tueur que personne ne parvient à attraper et des éléments aériens bombardent les lieux du ciel. Sur le coup, j'étais très impressionné. Dommage, seulement, que vous n'ayez pas pu intervenir avant que la plupart de mes hommes soient éliminés.

Je me souvenais parfaitement de cette opération. C'était moi qui l'avais planifiée, et la blessure mortelle infligée au détenteur de la Clé faisait partie des actions dont j'étais le plus fier. Malgré tout, les paroles de cet homme attisaient en moi la culpabilité, comme un feu. Si nous étions arrivés plus tôt...

– Nous avons appris la nouvelle de l'attaque bien après qu'elle se fut produite. J'étais à Haven, des individus me surveillaient à chaque seconde. A cette époque, ce n'était pas facile d'entrer en contact avec le Consortium, et encore plus dur d'obtenir des informations et de préparer des opérations.

– Lors du déclin de votre pouvoir, en effet.

Bon sang, cet homme n'était pas du genre à prendre des gants. Chacune de ses paroles était un coup en plein visage.

– A votre avis, demanda-t-il, combien de temps leur faudra-t-il pour rattraper Jehirer ?

Voilà que ça recommençait, ce passage brutal d'un endroit à un autre, sans une seule seconde d'hésitation. Cet homme était capable de sauter du passé à l'avenir mentalement, sans même perdre le fil de ses pensées. Ne sachant trop que dire, je haussai les épaules.

– Si tout se passe bien, ils devraient être de retour dans quelques heures.

– Et dans quelques heures, vous partez pour Haven. Je vous admire, je l'avoue. Ce n'est certainement pas l'endroit le plus sûr pour vous.

– Aucun endroit ne paraît sûr de nos jours.

– C'est juste. Les rêves s'effondrent de tous les côtés.

Mme Jane Kiteler. Et cet homme assis à côté d'elle, qui ne pouvait pas être moi, et qui pourtant l'était.

– En effet, dis-je à voix basse, en essayant de chasser cette image de mon esprit. Les rêves deviennent bizarres.

Croyez-moi, lorsque les éléments revinrent enfin, en tenant dans leurs bras un Jehirer ivre de rage, j'étais dans tous mes états. Haven devait m'attendre avec impatience, on avait besoin de moi, qu'allais-je dire à Windsight... ?

– Salaud ! cracha Jehirer.

– Main d'Argent Jehirer, dis-je d'un air impassible, il est de mon devoir de vous informer qu'un vote de défiance a été prononcé contre vous. Vous êtes démis de vos fonctions et vous devrez répondre de vos actes devant un tribunal.

– Votre tribunal illégal ! J'incarne le pouvoir du Consortium ! C'est moi qui bâtirai notre grandeur ! Vous ne cherchez qu'à vous emparer du pouvoir !

– Monsieur, cette attitude ne vous mènera nulle part.

– Non, monsieur, c'est vous qui n'irez nulle part! *Il* a juré vengeance, vos crimes ne resteront pas impunis!

Impunis?

– De quoi parlez-vous?

Ce n'est pas le genre de questions que devrait poser un questionneur déterminé, mais j'entendais résonner des petites sirènes d'alarme au fond de mon cerveau.

– Vous ne vous déplacez pas assez rapidement. Vous voyagez à la vitesse de la magie; ils vont à la vitesse de la pensée! Les mondes sont trop proches désormais pour être séparés.

Je croyais entendre les divagations d'un fou, mais un fou bien trop proche de la réalité à mon goût.

– Quels mondes? De quoi parlez-vous?

– Ils seront entraînés avec nous. Les ténèbres d'ici apporteront les ténèbres là-bas, vous ne pouvez plus l'arrêter maintenant...

Toutes les alarmes de mon sixième sens s'étaient déclenchées. Un élément aquatique qui se tenait tout près de moi avait blêmi; son visage était déformé par un masque qui ressemblait à de la compassion. Je perçus le mouvement, avant même qu'il se produise réellement, et je m'élançai vers l'avant.

– Du poison!

Non, ce n'était pas du poison...

– Allez chercher un médecin! Quelqu'un a placé en lui un sortilège de rupture! hurlai-je.

Agrippant Jehirer qui chancelait, j'envoyai toute la puissance de ma magie face à une vague de pouvoir destructeur focalisé sur un unique sort, conçu pour se libérer quand un certain point était atteint.

– Qui a fait ça? demandai-je, alors que la confusion explosait autour de moi et que l'homme se transformait en poids mort entre mes bras.

Ses yeux vitreux croisèrent les miens, avant de dériver vers un couple d'éléments muets de stupeur et pétrifiés. Il sourit, son esprit dériva vers un lieu où je n'osais pas le suivre, et il murmura :

– Elle voyage à la vitesse de la pensée. Elle prouve...

– Que prouve-t-elle ? Qui est-elle ? Répondez !

– Elle prouve... que les mondes... sont trop proches... pour la première fois...

Sentant que la vie l'abandonnait, je le lâchai. Jehirer tomba sur le sol avec un petit bruit sourd et resta couché là. Premier cadavre d'une liste qui promettait d'être longue.

Deux éléments s'avancèrent sans un mot et ramassèrent le corps.

– Nous allons l'emporter dans le Vide, chuchota l'un des deux.

– Ça n'aurait pas dû arriver, murmurai-je en sentant l'effroi se répandre dans mes veines.

Merde, merde et encore merde. Tu vas te retrouver embarqué dans des ennuis qui te dépassent...

Je levai les yeux vers l'endroit où le Vide brillait en dehors de la bulle de réalité. Rouge comme du sang, il s'accrocha aux éléments lorsque ceux-ci y pénétrèrent. Le premier sang avait coulé et c'était un meurtre. Il ne s'agissait pas de politique ni d'un complot sophistiqué qui s'accomplissait, mais d'un meurtre.

Le Vide avait senti des choses que je ne pouvais pas sentir, et il se préparait pour la guerre.

Les préparatifs de la guerre . 5

– Alors, tu as trouvé quelque chose ?

T'omar referma brutalement les livres.

– Rien. Du moins, rien de très utile.

– Pas même un tout petit peu ?

– Eh bien... (Il semblait mal à l'aise.) J'ai cherché tout ce qui concernait le Vide qui devient écarlate...

– Rouge sang, rectifiai-je, les nerfs à vif.

– C'est mauvais signe, d'après cet auteur.

– Explique-moi.

– C'est un présage de destruction, de guerres... les trucs habituels, quoi. Mais il y a un passage qui rejoint les paroles de Jehirer. La couleur rouge sang est généralement interprétée comme une émanation de la Terre. Quand la réalité prend cette couleur, c'est parce que la Terre évolue vers les guerres et le sang, et nos deux univers si proches sont sur le point de... se rentrer dedans. Tout ce qui se passe là-bas influe sur ce qui se passe ici. Les choses doivent s'équilibrer.

– Merci. Ton aide m'a été très utile, mentis-je.

Nous échappâmes à d'autres présages de destin funeste grâce à l'intervention d'un membre de la

Main d'Argent qui glissa la tête par la porte de la bibliothèque.

– Excusez-moi, messieurs. Mais nous allons voter pour élire un nouveau chef.

Déjà. Le cadavre du précédent est à peine refroidi que l'on passe au suivant. Le passé n'est rien, seul compte l'avenir... La partie la plus morbide de mon esprit s'en donnait à cœur joie, pensai-je. L'autre partie ne se sentait pas d'humeur assez enjouée pour lutter.

Le silence qui régnait dans la salle était étouffant. Les trois candidats et leurs colistiers débitèrent leurs discours interminables, et j'éprouvai un pincement au cœur. Aucun d'eux n'incarnait le chef passionné et guidé par la sagesse que je cherchais. A en juger par les visages renfrognés autour de moi, les membres de la Main d'Argent partageaient mon avis. Plusieurs d'entre eux m'adressaient des regards qui semblaient dire : « Nous savons que M. Kite va faire une chose remarquable. » Ce n'était pas un sentiment agréable. Tout le monde s'attend à ce qu'une légende sorte de sa manche un grand projet, au lieu d'être un simple pion comme les autres au fond de la salle.

Mais que pouvais-je faire ? Dans quelques heures je serais en route pour Haven, où un tas d'autres problèmes m'attendaient déjà, en train de mijoter dans leur jus.

– Les candidatures sont bientôt closes. Y a-t-il d'autres prétendants ? demanda l'espion guindé sur l'estrade.

Je me tournais les pouces... et décidai de larguer ma bombe. Qu'avais-je à perdre ? J'avais déjà insulté le futur roi, tué un homme (accidentellement) qui savait bien plus de choses que moi, et j'avais vu le Vide devenir rouge sang. Ce type m'avait fait bonne impression quand j'avais introduit en douce une ou deux sondes mentales dans sa tête pour jeter un rapide coup d'œil à la couleur générale de son âme. Je me levai. Toute l'assemblée laissa échapper un soupir de soulagement : ils attendaient ce moment.

– J'aimerais proposer un candidat.

Les plus intelligents d'entre eux comprirent immédiatement. Les autres attendaient impatiemment que je propose mes services de mage et de chef.

– J'aimerais proposer T'omar.

Un murmure de surprise courut dans la salle. Mon regard dériva vers T'omar qui restait bouche bée. Ah ah, pensai-je, pas mécontent de moi. Tu ne t'attendais pas à ça, hein, mon gars ?

– Le candidat est-il disposé à se présenter ?

Le silence sembla durer une éternité. J'adressai une prière muette à tous les dieux qui étaient à l'écoute en cet instant. Puis les paroles que j'espérais entendre résonnèrent :

– Je... Je crois.

J'avais envie de serrer T'omar dans mes bras.

Un murmure incontrôlable s'empara de l'assistance. T'omar était relativement nouveau dans les rangs de la Main d'Argent. Pour la plupart des gens, il n'était rien d'autre que ce personnage silencieux qui examinait des cartes dans des pièces sombres, d'où il sortait parfois pour apprendre à tel ou tel à manier une épée ou à viser avec un fusil.

Mais si Laenan Kite, le mage honoré et respecté, était prêt à le soutenir...

C'est à cet instant que je commençai à me détester. Je réapparaissais brusquement, après m'être caché pendant cent ans, et d'un seul mot, en utilisant le pouvoir de mon nom, j'ébranlais une société que j'avais abandonnée depuis longtemps en la laissant se défendre seule. Avais-je le droit d'agir ainsi ?

Je plongeai dans un océan de visages qui attendaient tous mon prochain geste, qui attendaient d'entendre ce que j'avais à dire.

– Le candidat et son parrain auraient-ils l'obligeance de monter sur l'estrade ?

Je traversai une masse qui s'écartait devant moi pour me laisser passer, comme si j'étais un grand roi et non pas celui qui avait plaqué son boulot à cause d'un simple revers, et je sentis renaître ce sentiment de répulsion. Comment osais-je penser que, parce que j'avais été un personnage important autrefois, je pouvais m'immiscer dans ce monde pour le changer ?

Mais mes jambes continuaient d'avancer, et mon esprit ne cessait de trouver de nouvelles paroles à prononcer, de nouveaux arguments destinés à convaincre cette foule redevenue muette. Puis je me retrouvai sur l'estrade et, dès lors, je n'eus plus la possibilité de penser à ce que je faisais, plus le temps de faire demi-tour. Les autres candidats m'observaient d'un air dubitatif et, une fois de plus, je vis ce regard qui me soulevait l'estomac. Ils croyaient bien faire en se présentant à cette élection, mais si Laenan Kite affirmait que cet homme était le meilleur, comment pourraient-ils oser dire le contraire ?

– Eh bien, fis-je avec un petit haussement d'épaules. On a une impression de déjà-vu, non ?

Je ne peux décrire ce que j'éprouvais à cet instant. Tous ces yeux, toute cette attention qui faisaient pression sur moi, et la certitude que tout ce que je pouvais dire n'avait aucune espèce d'importance. Même si je restais planté là comme un idiot, à marmonner, à parler de changement d'une voix à peine audible, ils me suivraient quand même. Sauf que ce ne serait pas vraiment moi ; ils suivraient le souvenir d'un grand et fougueux chef qui parcourait toutes les routes du Vide, qui élevait la magie vers le ciel et faisait naître la vie dans le néant. Voilà celui qu'ils écoutaient. Voilà celui qu'ils aimaient tant, qu'ils idolâtraient et respectaient.

Je ne lui arrivais pas à la cheville.

T'omar m'observait lui aussi, mais sans doute était-il la seule personne de l'assistance à percevoir le conflit qui traversait mon visage, et ce fut finalement ce regard qui me convainquit. Il ne s'agissait pas de moi. Il s'agissait du Consortium et de trouver un chef fort. T'omar serait un chef fort. Mon instinct me le disait, et ce sentiment qui m'emplissait tout entier me redonnait des forces. Je retrouvai ma voix, le feu se ralluma dans mes yeux ; soudain, je sentis revivre dans mon cœur le chef que j'avais été, et c'était bon.

– Vous me connaissez tous, sans doute. Laenan Kite, bon mage, piètre cuisinier. J'aimerais vous faire un long et beau discours, mais je n'ai pas grand-chose à dire qui n'ait déjà été dit. T'omar est... je pense qu'il fera un excellent chef, voilà tout. D'accord, je le connais à peine, mais il m'a déjà prouvé que j'étais un cancre. Je pense qu'il serait prêt à se battre pour vous. Je pense même qu'il mourrait pour vous, mais ça, il ne voudra jamais l'admettre. Je ne vous garantis pas que sa soupe sera meilleure que la mienne, mais en revanche, je peux vous assurer que la Main d'Argent survivra. (Je dansais nerveusement d'un pied sur l'autre.) Et dire que j'étais doué pour ce genre de choses, autrefois. Voyez un peu l'effet produit par ces cent ans. Où sont les discours inspirés, les feux d'artifice théâtraux pour annoncer une ère nouvelle ?

Un océan de visages, qui m'observaient, qui attendaient. Ils s'accrochaient aux paroles prononcées par un souvenir et il les transformaient en autre chose. Une chose formidable.

– Je vais vous dire où ils sont... ils sont là-bas ! dis-je en m'efforçant de me concentrer sur mes pensées. Dans d'autres royaumes, dans les rêves. Si quelqu'un rêve de feu d'artifice, il jaillira, quelque part, tôt ou tard. Et là-bas, pas dans le néant du Vide ni derrière les murs grouillants de Haven, il y a un rêve qui peut devenir le paradis de quelqu'un. Si une seule personne, un enfant, une vieille femme sur son lit de mort parvient à trouver cet endroit, alors l'univers entier sera changé, et toutes ces morts, toutes ces larmes, toutes ces nuits sombres dans le cauchemar auront un sens. Le cauchemar plonge dans le rêve et transforme le paradis en poussière. Il injecte des ombres dans chaque recoin et se moque de l'homme qui ose accueillir le soleil à bras ouverts. Nous devons accueillir le soleil pour tous ces endroits qui ne peuvent pas le faire. Voilà ce que défend la Main d'Argent, mille fois mieux que ne le feront jamais Haven, Skypoint ou Stormpoint, ou tout autre royaume autonome. Nous sommes probablement la seule démocratie dans l'univers, et la Terre elle-même a mis plusieurs milliers d'années pour inventer cette idée. En tant que démocratie, nous pouvons œuvrer contre le côté sombre des esprits des rêveurs, tout en sachant, *en sachant*, que si l'on échoue, on peut toujours se relever et recommencer, et malheur à celui qui ose se dresser sur le chemin de nos volontés !

J'essayai de reprendre le contrôle de mes paroles, d'écouter ce que je disais, de retrouver une voix normale.

– Un jour, j'ai rencontré un homme, un rêveur, venu de la Terre. Il s'était aventuré dans mon royaume par une belle journée d'été et avait réclamé un Noël blanc, comme ceux qu'il avait chez lui. J'ai exaucé son vœu et nous avons passé la journée à faire du snowboard avec les blocs de glace. Quand nous nous sommes arrêtés pour manger, il m'a parlé de la Terre, de son métier et de sa vie. Je me souviens qu'il m'a dit que dans les machines qu'il réparait – je crois que ça s'appelait des magnétophones – la qualité des haut-parleurs dépendait de l'amplificateur. Et inversement. Si vous avez d'excellents haut-parleurs et un amplificateur pourri, vous obtenez un son pourri.

... C'est la même chose ici. Notre force dépend de l'homme qui nous dirige. D'accord, je ne vous ai pas prouvé que T'omar était un homme fort et supérieur, mais les preuves ne sont pas faciles à trouver ces temps-ci, et sans doute sont-elles un peu suspectes après notre dernière avalanche de désagréments. On ne peut pas prouver la couleur de l'âme d'un individu.

... Mais je peux vous dire ceci : si je me trompe, vous pourrez m'envoyer un message, je reviendrai en courant à Silverpoint et, par tous les rêves de l'univers, je continuerai à monter sur cette estrade et à faire des discours, les uns après les autres, jusqu'à ce que nous trouvions enfin celui qui peut nous diriger.

Je regardai leurs visages et esquissai un sourire sans joie.

– Oh oui, ça je peux le prouver. Quelqu'un a un couteau ?

Sans un mot, T'omar me lança un couteau. Je m'entaillai la paume et levai la main pour que tout le monde puisse voir le sang se mélanger à la magie, puis je m'agenouillai au bord de l'estrade et plaquai ma paume contre le bois. L'explosion de pouvoir éclatant traversa chaque planche et chaque pierre de la salle pour revenir en moi en une fraction de seconde. Quand je me relevai, une empreinte de main était imprimée dans le plancher, et elle luisait faiblement, éclairée par sa propre lumière.

– Et voilà, dis-je, soulagé au-delà des mots. Si cet homme se révèle être un pauvre type, je reviendrai et je verrai ce qu'on peut faire pour remédier à cela. Et si le gars qui lui succède est aussi un crétin, je reviendrai de nouveau, et ainsi de suite. J'espère que cet arrangement vous convient ?

Je n'attendais pas vraiment une réponse, mon esprit parcourait à toute allure des ruelles trop sombres pour que le reste de mon corps le suive. Les choses vont toujours beaucoup trop vite pour que je les maîtrise quand elles ont besoin d'être comprises. Parfois, j'ai envie de me cogner la tête contre les murs.

Pour la deuxième fois, l'assistance se déchaîna.

Je ne restai pas pour attendre le résultat du vote. Je savais, comme tout le monde, que T'omar l'avait emporté. Cette empreinte de main dans le bois resterait là pour rappeler éternellement les erreurs commises mais, d'une certaine façon, elle conférait de la force à toute cette assemblée. Grâce à ce souvenir du héros qui les avait dirigés autrefois, grâce à cette promesse de retour, ils étaient heureux.

Et je me retrouvai une fois de plus au bord de la route ; les éléments attendaient impatiemment dans le Vide à l'extérieur de la réalité, ils attendaient le retour de leur père. Ils ne semblaient pas préoccupés par le fait que le monde rayonnant des possibilités prédisait la mort et un bain de sang. Ils étaient habités par une confiance dans leur créateur qui me donnait la chair de poule, plus que n'importe quel cadavre.

T'omar regardait ses pieds.

– Vous ne ressemblez pas du tout à ce que j'imaginais, mage, dit-il finalement.

– On essaye toujours de surprendre, répondis-je avec un sourire.

– Vous savez que vous venez de vous lier au Consortium pour toujours, hein ? Cette empreinte de main ne va pas disparaître du jour au lendemain. Elle a été tracée avec du sang.

Je haussai les épaules.

– Tu sembles inquiet. Je pensais que, plus que tout autre, tu aurais compris ce que j'ai fait.

Il rit.

– Oh, je comprends très bien. Vous pensez que vous n'aurez jamais besoin de revenir, car je serai un bon chef, je vais rendre au Consortium sa puissance d'autrefois. Vous avez jeté ce sort uniquement pour convaincre ces gens que vous aviez une foi absolue, et qu'ils devaient vous imiter. C'est un moyen astucieux de faire d'une pierre deux coups.

– Mais ? fis-je, car je sentais venir un « mais ».

T'omar se pencha vers moi avec un certain empressement.

– Et si je ne sais pas diriger ? Et si je détruis tout d'un simple geste malencontreux ? Si je commets une seule erreur qui ébranle tout ? Vous chuterez vous aussi, et le jour où Laenan Kite disparaîtra, il en ira de même du Consortium qui dépend tellement de lui.

Je secouai la tête.

– Tu ne causeras pas la chute du Consortium. Tu seras un bon chef.

– Comment pouvez-vous en être sûr ?

– Parce que tu as peur d'échouer. Parce que tu crains de ne pas être à la hauteur de tes responsabilités. Chez un leader au début de son règne, c'est très bon signe.

– Les gens qui veulent le pouvoir ne devraient pas l'avoir, c'est ce que vous êtes en train de dire ?

Je souris de bon cœur.

– Tu as assisté à cette conférence également !

Il secoua la tête, lentement, comme un homme qui tente de saisir le sens de la vie et qui tombe sur une énigme à chaque tournant.

– Vous êtes un homme incroyable, Laenan Kite.

– De la part de mon ego, je te remercie.

Il regarda ma main tendue, hésita, puis la serra dans sa poigne de fer.

Je quittai Silverpoint avec un ami de plus, et la certitude que je n'aurais pas besoin de revenir avant plusieurs centaines d'années.

Comme j'étais prétentieux et stupide, ce jour-là !

Diplomatie guerrière . 6

Vous devez certainement penser, désormais : cet homme n'est pas du genre à perdre son temps. Il saisit les problèmes à bras-le-corps. Votre foi (si vraiment vous pensez cela) est très gratifiante, mais permettez-moi de vous rappeler que, jusqu'à présent, un quart seulement des problèmes que j'ai rencontrés a été résolu. Et c'était le quart le plus facile, par-dessus le marché. (Et si vous ne pensiez rien de tel, vous auriez dû !) Ce n'est pas aussi agréable qu'on l'imagine de pouvoir diviser les problèmes en tout petits morceaux. On oublie toujours quelque chose.

Avez-vous déjà... éteint un feu qui prenait dans un cendrier, par exemple ? Devant quelqu'un qui n'avait jamais vu ni feu ni cendrier ? Le lendemain, on dira que le feu s'est propagé aux papiers qui se trouvaient près du cendrier ; le surlendemain, toute la table aura pris feu et, le jour suivant, une bonne partie de la pièce aura été dévorée par les flammes. Et, chaque fois, vous aurez calmement éteint le brasier.

Tel est le pouvoir de la rumeur. C'est elle qui m'a donné le nom que je porte désormais, et parfois j'aurais préféré ne jamais l'acquérir. A Silverpoint, on m'adore à cause de ce nom, à Nightkeep on me hait pour la même raison.

Et à Haven ?

Les choses étant ce qu'elles sont, c'est certainement la question la plus délicate qu'on puisse poser. Si le seigneur du cauchemar me hait, alors Haven devrait se mettre en quatre pour trouver grâce à mes yeux, non ?

Ce n'est pas demain la veille.

Le palais était en pleine effervescence. La première des quatre cérémonies des éléments ayant lieu le lendemain, les seigneurs aussi bien que le personnel s'affairaient, avec l'air de celui qui fait son travail et qui le fait bien. Je refusais de spéculer pour savoir si tel était le cas. Les spéculations sont presque aussi mortelles que les rumeurs.

Je déclinai mon identité et j'eus droit aux habituels regards méfiants et aux mines hébétées. Alors, je montrai quelques documents officiels et on me donna une chambre dans une petite tour située dans un coin reculé de ce château de conte de fées. Pendant que d'autres seigneurs d'autres royaumes déambulaient dans le palais pour renouer d'anciens liens et préparer le terrain pour de nouvelles et meilleures routes commerciales, je restai assis devant mon unique fenêtre pour contempler les rues de Haven.

Je n'avais pas l'intention de chercher les ennuis en montrant mon visage prématurément. De toute façon, les ennuis savent où me trouver, généralement.

Heureusement, la première personne qui vint frapper à ma porte n'était pas synonyme d'ennuis. A moins qu'ils aient revêtu un déguisement ami. C'était Renna.

En la voyant dans cette somptueuse robe de bal que Windsight avait découverte dans la penderie d'une des chambres du palais, il était facile d'oublier la femme immobile et silencieuse que j'avais vue dans mes rêves, couchée dans cette grande salle au milieu de ces gens inanimés. Elle prit une pose et haussa un sourcil, comme pour me mettre au défi de dire que cette robe ne lui donnait pas l'air d'un ange – ce qui était le cas –, et elle entra en virevoltant.

– Jolie chambre, commenta-t-elle quand elle comprit que j'étais trop abasourdi pour parler.

Je répondis par un petit haussement d'épaules nerveux ; faire la conversation aux belles dames, ce n'est pas mon point fort. De plus, nous savions tous les deux que je logeais certainement dans la chambre la plus miteuse et la plus sale du château. Ne contrarie jamais la royauté, cher rêveur.

– Jolie robe, parvins-je à bafouiller.

Elle tournoya sur elle-même, visiblement ravie.

– Elle vous plaît ? Windsight a dit que je devais la porter pour le bal de ce soir. Et je dois faire semblant d'être sa pupille, pour l'instant du moins. (Elle fit la grimace.) Pourtant, j'ai plus de vingt ans !

– C'est très astucieux de la part de ce vieux Windsight, dis-je pour la calmer. Si les gens savaient qui tu es, et ce dont tu es capable, on te donnerait la plus vilaine chambre du château, à toi aussi.

Elle ouvrit de grands yeux pour réclamer une explication.

– A cause de la politique, dis-je.

Dans ma bouche, cela ressemblait à un gros mot.

– Ah ! l'excuse du riche pour rester les fesses sur une chaise et ne rien faire.

– Exactement. Cette robe est très jolie, tu sais. J'ai une sœur qui serait prête à tuer pour avoir la même.

– Une sœur ? demanda-t-elle avec une curiosité sincère. Comment elle s'appelle ?

– Saenia.

– Elle est mage, elle aussi ?

– Oh, oui. Elle est plus puissante, plus sensée et plus intelligente que moi, je le crains. Il faudrait que je te la présente.

– Que fait-elle ?

– Elle enseigne la magie à Haven.

– Oh ! Elle n'assistera pas au bal, alors.

Renna semblait déçue.

– J'ai peur que non.

– Et vous, vous viendrez ?

– Oui.

– Vous avez trouvé le Consortium ?

– Oui.

– Windsight m'a tout expliqué.

Lui aussi avait été membre de la Main d'Argent ; il avait rejoint le Consortium en même temps que moi.

– Très bien.

– Combien de personnes connaissent son existence ?

– Tout le monde, depuis les paysans jusqu'en bas.

– Ça fait beaucoup de gens.

– Moins que tu peux l'imaginer. N'oublie pas que les règles sont différentes ici.

Elle baissa la tête pour accueillir la vérité contenue dans mes paroles avec la grâce que possédaient toutes les dames qui étudiaient sous l'autorité de Windsight.

– Évidemment, dit-elle. Au bout de dix ans, je devrais pourtant être habituée à cet endroit.

Je ne pouvais contenir ma curiosité. Assis au bord du lit, je me penchai en avant et je demandai :

– Te souviens-tu de ta vie avant ton arrivée à Skypoint ?

Elle haussa les épaules et s'assit en face de moi, en relevant sa robe comme une parfaite lady pour ne pas froisser la belle soie.

– Presque pas. Je me souviens... du camion. D'une grande maison pleine de livres. Une église. Un arbre avec une balançoire. Rien de très précis.

– Tu étais mariée ? demandai-je, prudemment.

– Je ne sais pas.

– Sais-tu ce qui est arrivé... après l'accident ?

– Non. Je n'ai jamais rêvé de la Terre, pas une seule fois.

Elle était impatiente de changer de sujet, ce qu'elle fit sans la moindre gêne.

– Et vous ? demanda-t-elle. D'où venez-vous ? Qu'étiez-vous avant de devenir un grand mage ?

Je ris. Parmi toutes les questions qu'elle aurait pu me poser, celles-ci étaient les plus simples.

– Je viens de nulle part. Ou bien de Haven. Tous les gens vrais viennent de Haven, quelque part dans leur ascendance. J'étais apprenti chez un bottier.

Elle fit la grimace.

– Vous faisiez des chaussures ?

– Oui. Le bottier me conduisait dans le Vide chaque jour, et il me disait de tendre les mains dans la lumière et de penser très fort, très longtemps à des chaussures. C'était de l'effroyable exploitation, évidemment. La loi dit que les mages capables de fabriquer des choses dans le Vide doivent se présenter devant le Conseil et bénéficier d'une formation correcte, d'un bon salaire et de nombreux jours de repos pour ne pas être épuisés par la tension. Mais j'ignorais que j'étais un mage. Je croyais que tout le monde pouvait en faire autant.

– Votre maître n'était pas un mage ?

– Non. Pas une fois je ne l'ai vu mettre les mains dans le Vide. Il se contentait de mesurer les pieds des clients, de s'occuper des livres de comptes, et il me battait quand j'étais trop fatigué pour travailler.

– Quel sale type !

– En fait, je n'y pense pas très souvent.

C'était la vérité. Voilà des siècles que je n'avais pas repensé à ces pénibles années de jeunesse. C'était étonnant d'ailleurs que j'aie pu les oublier. Inquiétant également.

Un gong résonna. La fête allait commencer.

Renna se leva d'un bond, débordante d'excitation. Évidemment, c'était son premier bal royal.

– On y va ?

– Je ne suis pas habillé, fis-je remarquer. Et il est toujours bon d'observer le champ de bataille avant d'envoyer la cavalerie.

Je me tournai vers la fenêtre et ouvris les volets.

Un jour, dans un songe, j'ai visité un endroit chez toi sur Terre, cher rêveur, baptisé Chine. Il y avait cette grande ville à l'intérieur même de la ville. Je me souviens de m'être dit : « Comme ces toits sont beaux » et « comme ce mur est haut » et « tout est plein de couleurs ». Il était évident, en regardant non seulement le palais mais l'ensemble de Haven, que Talsin était d'accord avec moi.

Toute la ville médiévale, avec ses églises et ses toits de chaume, avait disparu. Remplacés par les formes chinoises, des ornements tarabiscotés et dorés sur toutes les portes, de grandes tours où des gongs avaient pris la place des cloches, et d'énormes murs ornés de drapeaux claquant joyeusement au vent, principale source de couleur sur le fond noir et blanc de l'hiver.

La tenue de Renna avait changé, elle aussi. On peut dire que Talsin s'amusait avec la réalité. Je regardai son kimono de soie bleue agrémenté d'un mélange complexe de fils d'or et d'argent, et je remerciai Dieu que les vêtements que j'avais l'intention de porter soient les miens et résistants au Vide ; ils ne risquaient pas d'être transformés par un quelconque roi amoureux des chinoiseries.

Renna et moi regardions par la fenêtre en plissant les yeux. Juste en dessous se trouvait une cour éclairée par des lanternes en papier, et de jeunes hommes courtisaient de jeunes femmes comme ils le faisaient depuis mille ans et continueraient certainement à le faire pendant des millénaires. Des serviteurs vêtus de soie se déplaçaient entre les colonnes, la tête baissée en signe de respect. Une musique plaintive s'éleva. Le dîner allait se dérouler assis en tailleur, dans le calme et le raffinement, et j'essayais désespérément de me souvenir comment on mangeait avec des baguettes.

– Eh bien, commenta Renna à voix basse, les décorateurs n'ont pas chômé aujourd'hui.

– Si c'est bien un palais chinois que nous avons devant les yeux, les règles ont changé. Pas de beuverie, pas de blagues salaces, ce sera une soirée consacrée au plaisir de la musique. Pas de duels à l'épée spectaculaires entre seigneurs, mais du respect et des bonnes manières du début à la fin.

Je fronçai les sourcils. Il m'avait fallu au moins vingt ans pour m'habituer à la signification de chaque cour, aux subtilités de chaque décor inventé par le roi. Les palais grecs ou romains signifiaient généralement que le roi souhaitait que tout le monde se tienne bien en public, mais on pouvait comploter en coulisses. Chaque fois que je me réveillais dans un palais de marbre blanc avec des colonnes, je savais que le roi essayait d'introduire ses espions dans les chambres.

Un palais médiéval, c'était généralement le signe que quelqu'un allait mourir. Un seigneur qui avait franchi les bornes et exaspéré le roi encore plus que moi, pouvait s'attendre à se réveiller dans un sinistre palais de pierres grises, plein de couloirs vides qui résonnent. Il comprenait alors que son complot avait été découvert, et que bientôt il y aurait du sang sur les tapis.

Quand le palais se mettait à flotter littéralement dans les airs, c'était qu'une douzaine de conspirateurs avaient été arrêtés alors qu'ils essayaient de s'échapper de l'enceinte, ce qui était impossible, évidemment. Quand tous les murs du palais étaient faits d'eau, cela voulait dire que le roi avait besoin de faire quitter Haven à une de ses nombreuses maîtresses avant l'arrivée d'une foule en colère. Les fois où toutes les pièces étaient privées de toit, ça signifiait qu'une délégation de dragons arrivait d'un royaume lointain pour discuter d'un nouveau traité. Et ainsi de suite. Ce que je veux dire, c'est qu'au bout de quelques centaines d'années, on apprend à déchiffrer les signes.

Personnellement, j'estimais que Talsin prenait un risque avec ses palais chinois. Ils étaient étonnamment insonorisés et, par le passé, les meilleurs complots avaient toujours été ourdis dans un palais de style oriental.

Je balayai du regard les hauts murs. Au moins, il avait eu assez de jugeote pour poster des rangées de samouraïs et de mousquetaires. En revanche, j'étais inquiet de voir qu'il avait opté si vite pour la beauté au lieu de choisir le côté pratique. Cela signifiait qu'il était insensible à la vision de la cour qui l'entourait.

– Vous êtes très inquiet, n'est-ce pas ?

Je ricanai.

– Tu te souviens de cette formule : « La beauté est vérité, la vérité est beauté » ?

– Oui.

– Eh bien, c'est complètement faux.

– Alors, tu essayes d'enseigner la politique à ma pupille ? demanda Windsight, debout sur le pas de la porte.

– Il faut qu'elle apprenne.

– Exact. Mais pour l'instant, elle doit rencontrer le roi, avant le début du bal.

Je remarquai la réaction de Renna, ce petit hoquet, le regard nerveux.

– A-t-il exigé sa présence ? demandai-je d'une voix enrouée.

En fait, j'étais plus inquiet qu'elle. *Qu'est devenu le conseil de guerre ? Assurément, des combats à l'épée et par le feu seraient préférables à la torture que représentait cette attente de la guerre dans ce monde de sourires forcés.*

– Sa présence ainsi que celle de tous les nouveaux arrivants, répondit Windsight en m'adressant un regard appuyé et sévère. Je pense que tu fais partie du nombre, Kite.

Soudain, j'aurais voulu être très loin d'ici.

Visiblement, Talsin avait tenté de donner à tout cela un parfum de décontraction. Il aurait pu tout aussi bien planter une pancarte annonçant : « Bonjour, je suis votre meilleur ami ! » Je fus parmi les derniers à entrer dans l'immense salle – volontairement, je vous assure – et je pris place à l'extrémité d'une longue file de nobles, réfugié derrière mes boucliers créés par un sort de « Qui ? Moi ? ». Windsight, qui savait qu'il était préférable d'être vu, faisait la queue cinq personnes devant moi. Pendue à son bras, Renna se tenait bien droite comme une parfaite dame. Je balayai du regard la file de dignitaires et remarquai, avec un sourire amer, que Lisana, la blonde, la magnifique, se tenait si près de Talsin qu'elle aurait pu être sa mère.

Lisana. Son plus fort élément était l'eau ; elle a d'ailleurs construit son royaume sur ce principe. Toutefois, on la voit rarement en dehors de Haven, et maintenant que le vieux roi (qui était suffisamment malin pour se méfier de ses charmes) n'était plus dans le tableau, il était fort probable qu'elle ne se contente pas de passer quelques vacances aux côtés du nouveau souverain.

Elle est la maîtresse du roi depuis aussi longtemps que je m'en souvienne ; j'en déduisais qu'il y avait donc autre chose que les plaisirs de la chambre à coucher dans sa relation avec Talsin. Et j'étais prêt à parier qu'elle marcherait bientôt vers le trône de reine.

Mais il faut reconnaître une chose : j'ai beau la mépriser, à cause de tout ce qu'elle a fait et essayé de faire pour m'abattre, elle a fière allure. Y avait-il un seul pli de travers sur sa robe ? Y avait-il un seul de ses sourires irrésistibles qui ne vous mette pas du coton dans les jambes ? (Des jambes d'être humains, en tout cas. Je ne me prononce pas au sujet des habitants du cauchemar.) Y avait-il un seul scintillement de son aura de mage qui ne s'accordait pas au lustre étincelant de ses cheveux, à ses bijoux éclatants et à ses yeux brillants ?

Tout cela ne m'empêchait pas de la mépriser. C'était elle qui avait glissé à l'oreille du roi que j'étais un traître, elle encore qui était restée à l'intérieur de ce cachot exigu et sombre dans les sous-sols du palais, avec un petit sourire, pendant qu'on me rouait de coups et qu'on m'interrogeait. C'était elle qui s'était moquée quand on avait traîné cet ancien grand mage de Haven devant le tribunal, en haillons.

C'était elle que je tenais pour responsable, et sur qui s'abattrait toute la puissance de ma colère si j'avais un jour l'occasion de me venger. Elle n'avait jamais été mon égale sur le plan de la magie. Elle méritait à peine le titre de mage et, dès la première minute, elle m'avait haï. Si ma meilleure arme était aujourd'hui mon nom, la sienne c'était son corps. Cela me rendait malade, cela faisait enfler et exploser ce noyau de haine qui pourrissait en moi depuis si longtemps.

Tu es surpris, rêveur ? Tu t'étonnes que je puisse être aussi faible à l'intérieur ? Tu as tort. Parfois, j'aimerais être un seigneur du cauchemar, à la cour de Nightkeep. Je ne serais pas obligé de m'agenouiller devant mon ennemie en lui disant qu'elle est belle. Je pourrais rassembler tous les esprits des ténèbres et lacérer cette fausse beauté. En y prenant plaisir de surcroît.

– Tiens-toi droit, mon garçon !

Je tournai la tête. Un seigneur et son fils se tenaient juste devant moi, tirés à quatre épingles l'un et l'autre. Le père donna une claque derrière l'oreille du garçon avachi.

– Tiens-toi droit ! Tu ne vas pas me faire honte ici !

J'observai cet homme. Il était enveloppé d'une auréole ardente de magie, d'une grande netteté par endroits, mais parfois floue. C'était un mage de combat. Tout pour l'attaque, peu de défense. Son épouse, une dame aux proportions modestes, possédait la même magie féroce. Mes yeux dérivèrent vers le garçon. Sa magie était plus faible, et d'une tout autre teinte. Avec mes sens normaux, j'étudiai d'abord le visage de l'homme, puis celui du garçon. Aucun doute, la ressemblance était présente, mais la mère n'aurait pas pu être plus différente du garçon, même si elle avait essayé. Un enfant illégitime ? me demandai-je. Probablement. Cela signifiait-il que la mère était stérile, ou que le père avait un peu trop bu un soir et choisi la première jeune domestique qui lui tombait sous la main ? Impossible à dire.

Mais, quelle que soit son hérédité, je plaignais ce garçon. Il valait mieux être le fils d'un ivrogne possédant une horde d'autres fils illégitimes et inconnus, vivant à la périphérie du cauchemar, qu'un jeune prince que tous les royaumes observaient. Surtout un prince à l'ascendance douteuse.

Personnellement, j'avais grandi dans un endroit baptisé Sunpoint. Ce royaume n'était pas réellement aligné sur Haven, mais il n'était pas tombé aux mains de Nightkeep. C'était un royaume désertique, très chaud, très sec. J'avais environ onze frères, et au moins autant de sœurs. Combien de mères comptait notre famille en définitive ? Je ne m'en souviens même plus. Seule ma sœur, ma vraie sœur, possédait des dons magiques, et tous nos demi-frères et demi-sœurs nous haïssaient profondément.

Toutefois, il vaut mille fois mieux être haï dans un désert ! Vous pouvez vous précipiter dans une tempête de sable et vous cacher dans ses bras, avec la sœur que vous aimez près de vous, protégés par le réconfort de la magie. Il vaut mille fois mieux grandir dans une famille où chacun est seulement à demi apparenté aux autres et ne se soucie guère, ou pas du tout, de savoir qui vous êtes ni où vous allez. De toute façon, on courait beaucoup plus vite qu'eux.

Mais le pauvre garçon qui se tenait devant moi n'avait nulle part où aller ni personne pour le réconforter. Il serait obligé de rester là jusqu'à ce que son père meure, dans des centaines d'années ; il deviendrait alors le prince bâtard, celui qui ne méritait que la moitié de la Clé de son royaume. Il y aurait des complots, des « vrais héritiers », des rumeurs et des scandales.

Aucun désert où s'enfuir. Aucun monde de rêves à contempler à travers le Vide.

Certes, quand j'ai fini par m'enfuir, j'ai échoué comme apprenti chez cet infâme bottier, mais au moins, c'était un sale type d'un genre différent.

– Et s'il n'approuve pas ? murmura une voix angoissée derrière moi.

– Il approuvera, mon amour.

Un soupir craintif de petite fille, le crissement de la soie. Des affaires comme celle-ci, j'en avais trop vues à la cour. Un jeune mage puissant, sur le point d'hériter d'un grand royaume, tombe amoureux de la fille qui traie les vaches ou quelque chose comme ça. Papa n'approuve pas cette union, mais ils se sont quand même rendus à Haven pour obtenir la bénédiction du roi.

Mon regard revint se poser sur Talsin, qui était en train de recevoir deux vieux seigneurs légèrement hébétés. Allait-il accepter la requête du couple ? me demandais-je. S'il disait oui, il gagnerait le soutien du public, mais il mettrait en colère le père.

Évidemment, Talsin saurait qui était le père. S'il s'agissait d'un mage avec un long passé et assez de magie pour faire disparaître un petit château, Talsin trancherait en défaveur du jeune couple. Mais si le père était un vieux fou proche de la fin, le roi observerait le futur jeune seigneur et déciderait de gagner sa loyauté par le biais d'un mariage impromptu.

Renna était arrivée devant le trône. Elle exécuta une jolie révérence et Windsight s'inclina. Personne ne leur en tiendrait grief : ils étaient placés suffisamment haut dans l'échelle sociale pour ne pas être obligés de s'agenouiller, contrairement à moi. Mon estomac se souleva quand Renna et Lisana échangèrent une poignée de mains et des sourires. Le visage sombre, debout à côté du roi, Windsight écoutait les paroles de Talsin en hochant la tête.

– Laenan Kite ! Tu étais très occupé, à ce qu'il paraît.

Je me retournai. L'homme qui se tenait devant moi était habillé d'épaisses fourrures et avait noué ses cheveux noirs en une longue natte qui descendait presque jusqu'à la taille. Le Gardien de Westpoint. Je m'inclinai légèrement.

– Monseigneur.

– Mon royaume t'a plu ?

J'hésitai, puis, repensant au bandeau sur les yeux, je décidai de miser sur la franchise.

– Le peu que j'ai vu était très agréable.

– Tant mieux. Westpoint est souvent mal perçu.

– J'en suis sûr. (J'humectai mes lèvres sèches avec ma langue.) Ça ne vous ennuie pas que j'ai traversé votre territoire ?

– Pas du tout ! Tu as beaucoup impressionné mes gardes. Ils se font parfois de drôles d'idées, figure-toi. Ils semblaient persuadés que tu étais entouré d'esprits. J'ai essayé de leur parler de l'aura des mages, mais ils sont entêtés.

Je parvins à émettre un grognement évasif, impatient de voir cet homme s'en aller. Rien à faire !

Zut. Où que j'aille, les ennuis me suivaient, on dirait.

– Les nomades semblaient penser que tu étais un présage ou une sorte de prophète.

– Je me suis contenté de rester assis sur un poney, monsieur. Je ne savais même pas qu'on avait traversé un camp de nomades.

Zuzutzutzut ! Va-t'en, vieil idiot ! Zutzutzut !!!

– C'est ce que je leur ai dit. Tu n'as pas de nomades dans ton royaume, hein ?

– Non, monsieur. Il est tout petit, et ce sont surtout des forêts.

– Bravo. Sage décision. Les nomades ne causent que des ennuis. En tout cas, si tu souhaites repasser par Westpoint pour rentrer, n'hésite pas. Celui qui est capable de satisfaire ces énergumènes pendant quelques semaines de plus est le bienvenu dans mon royaume.

Sur ce, il repartit en coup de vent, comme ça, me laissant seul avec ma colère. Le protocole, voilà le nœud de l'affaire. Je m'incline légèrement face à lui parce que son royaume est situé devant le mien, je m'incline un peu plus devant l'homme qui se trouve devant lui, et je m'agenouille devant le roi.

– Laenan Kite, Gardien de Stormpoint ! annonça le héraut.

Talsin m'observait, avec ses yeux marron brillants d'attente et de réflexion, avec sa barbe et ses cheveux roux qui lui donnaient l'apparence d'un lion, comme dans mon souvenir. Étais-je déjà arrivé devant le trône ? J'avais envie de rester planté là, rayonnant de toute cette magie que personne n'avait jamais surpassée, le mettant au défi de nier que j'avais servi Haven bien mieux qu'il ne l'avait jamais fait dans le rôle du prince sur son cheval blanc. J'avais envie de pointer sur lui un doigt rageur et de lancer : « C'est vous qui avez fui, pas moi ! »

Je m'agenouillai, la tête baissée, obligeant mes yeux à rester fixés sur le sol. Combien de fois avais-je accompli ce rituel ? J'avais si souvent été obligé de rendre hommage au cauchemar. Tant de fois j'avais été obligé de m'agenouiller devant un roi ou un grand mage pour l'écouter me terrasser avec des mots. Mais jamais ça n'avait été aussi douloureux qu'aujourd'hui, même si aucune main ne me retenait et si les seules chaînes étaient celles du passé, aussi immatérielles que le brouillard, mais très lourdes autour de mes poignets.

– Talsin, Seigneur de Haven et des Royaumes du Rêve, accueille Laenan Kite, déclara-t-il d'un ton solennel. Tu peux te lever.

Je m'empressai de me remettre debout, soulagé, mais gardant les yeux baissés. Je savais que si je levais la tête, ils verraient la haine et les regrets dans mon regard.

– Tu as été convoqué à la cour royale de Haven. Dis-nous ce que tu apportes dans la Cité des Rêves et quelles prouesses tu as accomplies contre le cauchemar.

Sans doute répugnait-il à poser cette question, autant que je répugnais à y répondre, mais la tradition voulait que tous les rois évoquent avec leurs visiteurs les batailles menées contre les ténèbres. Il savait que j'aurais pu réciter une longue liste, et il redoutait que cette liste soit plus fournie que la sienne. Je laissai passer un long moment délectable avant de répondre.

– J'ai voyagé jusqu'aux remparts de Nightkeep et j'ai frappé des mages démons avec mon feu, du haut des tours. J'ai parcouru toutes les routes du royaume et j'ai vu danser les possibilités dans le Vide. A la Cité des Rêves j'offre ma magie du feu et de la vie. Au roi j'apporte ma bénédiction.

Talsin répondit d'une voix grave ; il était évident que je l'avais frappé à un endroit douloureux. Avez-vous déjà fait une très vilaine chose à une personne proche de vous, une chose que vous avez ensuite regrettée du fond du cœur ? Eh bien, quand cette personne vous pardonne, ça fait mille fois plus mal encore.

Mon pardon était destiné à blesser mais, curieusement, je n'éprouvais aucune satisfaction.

– Le Seigneur des Rêves accepte ton hommage et il t'accueille dans cette cour. Profite du bal.

Et voilà, c'était tout. Quelques secondes plus tard, j'étais reparti et je ne ressentais ni tristesse ni joie. Et au sujet du Vide, alors ? La couleur rouge sang, les signes de mort, les présages de guerre ? On ne pouvait pas simplement hocher la tête et leur dire : « Profitez du bal ! »

Il y eut des danses, des chansons et des rumeurs, et pendant tout ce temps, je demeurai assis derrière mes sorts protecteurs pour observer et attendre.

Renna dansait au bras d'un petit seigneur, venu d'un royaume encore plus petit que le mien sans doute. Elle dansait bien mieux que lui et j'avais pitié de ce jeune homme qui trébuchait à ses côtés. Un bouclier miroitant, à l'endroit où Windsight détournait tous les regards inquisiteurs lancés en direction de sa pupille, était tissé de manière si subtile que je me devais de complimenter mon ami lorsque nous nous croisâmes. Il me sourit, sans joie.

– On n'est jamais trop prudent, dit-il.

Renna apparut à mes côtés tout à coup.

– Bonsoir, Kite.

Je lui rendis son bonsoir et levai les yeux vers l'horloge. Il était déjà bientôt minuit. La nuit était-elle si avancée ?

– Ces réjouissances durent généralement jusqu'à deux heures du matin, lui dis-je, tandis que nous nous dirigions vers une table à tréteaux surchargée de nourriture.

– Vous ne resterez pas jusqu'à la fin, je suppose ?

– Non. Je suis toujours le premier à partir dans ce genre d'occasions, et tout le monde sera sans doute soulagé. Cela leur permettra de comploter sans risquer d'être espionné par le grand mage qui a *peut-être* des liens avec un réseau d'espions qui *peut-être* n'existe pas. Tu as bien dansé ?

– C'était nul. Ce crétin n'arrêtait pas d'essayer de...

– Ce n'était donc pas un homme intéressé par le mariage.

– J'espère que non, car je serais obligée de lui briser le cœur.

– Tu vas devoir briser plusieurs cœurs ce soir, murmurai-je, avec un petit mouvement de tête rapide vers la droite.

L'enfant illégitime dont j'avais eu pitié avançait vers nous à l'aveuglette en trébuchant, sans doute poussé par la beauté de Renna et l'insistance de ses parents.

– Zut, marmonna-t-elle.

– Sois gentille avec lui. C'est un enfant très malheureux.

– Vous parlez sérieusement ?

– Absolument.

Elle poussa un soupir, alors que le garçon approchait en traînant les pieds.

– Puisque Kite est sérieux, je serai gentille.

Je la regardai s'éloigner vers la salle de bal en tournoyant, avec le garçon à son bras, et je souris intérieurement. Sur un plateau de pâtisseries, je pris une étrange chose au goût de miel, que je mangeai en regardant Renna. Elle était tout ce que pouvait désirer Windsight, me dis-je. Gracieuse, intelligente, compatissante…

Tu vas dire ensuite que c'est la fille la plus belle que tu as jamais vue. Je ris en moi-même. Je suis un mage. C'est une rêveuse. J'ai cinq cents ans. Pas elle. Ne t'autorise pas ce fantasme.

En me retournant pour chercher autre chose à manger, je constatai un changement subtil, mais indéniable, dans les conversations autour de moi. Le ton était monté légèrement et les gens ne faisaient plus vraiment attention les uns aux autres, ils se parlaient de manière automatique, avec parfois des hochements de tête et des sourires distraits. Cela signifiait…

– Lady Lisana. Je suis heureux de vous voir en parfaite santé, dis-je sans me tourner vers elle.

Je sentis le sifflement léger de son souffle.

– Tu ne changes pas, Kite.

– Oh, quelle attaque ! Les mages sont censés devenir plus sages de jour en jour, non ?

– Es-tu devenu plus sage ?

– Vous êtes-vous laissé pousser la barbe ?

Estimant que l'instant était stratégique, je me retournai et soutins son regard sans ciller. Un point à zéro.

– Quoi de neuf à Stormpoint ?

– C'est orageux.

– Il y a des forêts, certainement.

– Et des rivières.

– Des gens aussi ?

– L'imagination peut créer toutes sortes de choses.

– Je me réjouis de voir que ton esprit est toujours aussi agile, malgré les épreuves de l'accusation de trahison.

Je tressaillis. Un point partout.

– Une petite accusation est un stimulant de plus pour travailler.

– Et une grave accusation dope l'esprit en lui faisant créer des orages, des forêts, des rivières et des gens imaginaires, ajouta-t-elle d'une voix douce.

Deux à un, admis-je. A vous de servir

– Vous devriez peut-être essayer. Il paraît que l'exercice, mental et physique, fait des merveilles pour la silhouette.

– Oui, j'ai entendu dire ça par quelqu'un en qui j'ai une absolue confiance.

– Où irait le monde sans confiance ?

– En effet.

J'éprouvai un picotement de satisfaction. Deux partout. A vous de servir.

– Combien de temps as-tu l'intention de rester à Haven ?

Oh, pitoyable !

– Le temps qu'il faudra. J'ai des gens à voir, des obligations à remplir. Les services d'un bon mage sont très recherchés de nos jours. Il y a beaucoup à faire, vous devez savoir ce que c'est.

Brillante réplique de Laenan Kite, avec une allusion à des réseaux d'espions, à une magie d'une puissante nature et à des complots qui éclatent à droite et à gauche ; et en même temps, une attaque visant la faiblesse de la magie de Lisana ! Trois points à deux !

Le « Qui ? Moi ? » est un sort formidable, cher rêveur. Faible dépense d'énergie, terriblement difficile à détecter, insaisissable, et recouvrant un si grand nombre de plans astraux qu'on ne peut quasiment pas le briser. Après ma petite joute avec Lisana, je me réfugiai derrière ce sort pour le restant de la soirée, et j'observai. Les gens ne semblaient pas très contents de voir la maîtresse du roi se faire écraser par son vieil ennemi, mais je m'en fichais. La victoire me faisait planer. D'accord, c'était un triomphe modeste et infantile, mais c'était une victoire malgré tout.

Lorsque je regagnai ma chambre à la fin de la soirée, avec la tête dans du coton et pouvant enfin abaisser mes protections, je m'effondrai comme une masse sur mes oreillers, avec ou sans victoire pour alimenter ma fierté.

Et je plongeai dans un profond sommeil, sans rêves.

Quatre éléments pour le trône . 7

La première journée de l'épreuve des éléments débuta dans la lumière joyeuse de l'aube de Haven. Je me levai et sortis avant tous les autres occupants du palais car j'avais des visites à effectuer. Je fis d'abord une halte chez le fleuriste, où j'achetai un énorme bouquet. Je me rendis ensuite à la grande tour blanche des mages.

Le « sort de clé » de la porte avait été changé depuis ma dernière visite. Mais c'était un système très simple, conçu pour que les mages débutants aient au moins une chance de le contourner. Évidemment, d'innombrables alarmes et sorts de défense se déclencheraient si jamais quelqu'un franchissait cette barrière. Mais pour moi, ce n'était pas un problème. Avec le romantisme de la jeunesse et le sens dramatique propre à tous les grands mages, je fis le tour pour passer par la porte de derrière.

– C'est pour quoi ? demanda le chef cuistot en faisant émerger son visage rougeaud dans un nuage de vapeur.

– Oh, je suis désolé, monsieur, mais un jeune homme de mes relations m'a demandé de bien vouloir livrer ces fleurs et un... message personnel au mage... Saenia.

L'homme regarda les fleurs d'un œil méprisant.

– L'imbécile. Saenia ne s'intéresse à personne, à part au mage Zeryan. Allez le dire à votre ami.

La porte commença à se refermer. Je glissai mon pied dans l'ouverture et poussai pour la rouvrir.

– Mon ami a beaucoup insisté. Il m'a même dit : « Kite sera furieux si sa sœur n'a pas ce message. »

Une fois de plus, le redoutable pouvoir du nom fit son effet.

– Kite ? Laenan Kite ?

– Oui, je suppose. Vous le connaissez ?

Le comportement de l'homme changea immédiatement.

– Évidemment ! C'est un de mes meilleurs amis !

Triste, hein ? C'est un mensonge si répandu. Je plaquai un sourire vide sur mon visage.

– Dans ce cas, peut-être accepterez-vous de me laisser entrer ? J'ai cru comprendre que le message était urgent.

– Euh... s'il s'agit de Laenan Kite... Le mage Saenia est certainement avec Zeryan. Soit dans ses appartements, soit dans les siens, ou dans la bibliothèque, ou en train de donner des cours avec lui.

– Merci.

J'entrai en coup de vent. Quelle est la morale de cette scène, cher rêveur ? Ne jamais se servir d'un canon quand une aiguille suffit.

Tandis que j'errais à travers ces vieux couloirs familiers, j'essayai de situer ce nom : Zeryan. En vain. J'avais beau me creuser la cervelle, ce nom ne me disait rien. J'étais heureux de voir qu'après être restée seule pendant si longtemps dans cette même vieille tour, Saenia avait enfin rencontré quelqu'un, mais si je ne connaissais pas le nom de cet individu, c'était probablement un nouveau mage. Or, les nouveaux mages étaient de jeunes mages. Ma sœur et moi ne sommes plus aussi jeunes que nous aimerions le croire. Peut-être était-ce de la jalousie fraternelle de ma part, un désir de protection, ou quelque chose de la sorte que ressentent les frères dans ce genre de circonstances.

En approchant de la chambre de ma sœur, j'étais nerveux. Et si cet homme était un salaud ? Et si c'était un ange ? Comment expliquer les fleurs ? Et s'il me reconnaissait ? Je résolus un des problèmes en avisant un vase contenant des fleurs légèrement fanées, que je réduisis en cendres pour les remplacer par mon bouquet plus frais. Jeter des fleurs allait à l'encontre de tous les principes d'ordre, surtout dans un lieu qui continuait à faire vibrer en moi une corde sensible en murmurant le mot « maison ». Je poursuivis mon chemin, l'ego gonflé à bloc.

La porte des appartements de ma sœur est située dans un couloir particulièrement agréable, et elle est ornée d'une plaque en cuivre avec son nom. Je frappai, attendis, fronçai les sourcils, puis j'envoyai quelques sondes mentales à l'intérieur, sans détecter la moindre présence. Zut. Si j'étais arrivé plus tôt...

Me fiant au hasard désormais, je pris la direction du secteur résidentiel où devaient se trouver, supposais-je, les appartements du dénommé Zeryan. Après avoir perdu plusieurs minutes à envoyer des sondes et à poser des questions, je les localisai enfin et frappai à la porte.

L'homme qui vint ouvrir avait des cheveux blonds, des yeux bleus et une auréole de magie terrestre que contenaient à peine ses boucliers fragiles. Il me foudroya du regard, avec mépris, convaincu que rien de ce que je pouvais dire ne saurait justifier l'insolence de ce dérangement.

– Si je frappe à la mauvaise porte, je suis désolé, mais je cherche le mage Saenia. On m'a dit qu'elle était peut-être ici.

– Elle n'y est pas.

Pas besoin d'être aussi fort que moi pour savoir qu'il mentait.

– Ah ! Je vois que nous sommes confrontés à une situation délicate.

Je lui laissai voir mon aura, éclatante, ordonnée et bien plus puissante que la sienne.

– Je suis son frère, ajoutai-je, avec le maximum de tact, compte tenu des circonstances.

– J'ignorais qu'elle avait un frère.

– Je suis le genre de frère dont elle évite de parler. Je sens sa présence derrière cette porte, ne vous donnez pas la peine de mentir.

Il hésita, puis la porte se referma brutalement devant mon nez. J'attendis patiemment, en écoutant d'une oreille distraite les bruits de la tour qui se réveillait à peine. La porte se rouvrit.

Ma sœur fait partie de ces filles étranges qui peuvent être incroyablement belles ou au contraire bizarres et tordues. Tout dépend du point de vue où l'on se place. Elle a les mêmes cheveux bruns, presque noirs, que moi, et les mêmes yeux bleus éclatants, encore plus brillants par contraste. Son visage d'elfe lui donne l'apparence fragile d'une poupée, mais il est endurci et tanné par les longues heures de travail et une jeunesse passée dans le désert.

Sa magie est au moins aussi forte que la mienne et quand, enfants nous nous battions, ce qui arrivait souvent, c'était toujours moi qui finissais avec le nez en sang. Ce qui ne faisait rien pour redorer mon blason aux yeux des garçons les plus coriaces de la maison, vous pouvez me croire. Quant aux filles, elles idolâtraient ma sœur, et ceci dès le jour où elle m'envoya dinguer pour la première fois. Malgré cela, nous restions le couple le plus uni de la famille, uni par la magie.

Les seules véritables différences entre nous, ce sont quelques trahisons, quelques batailles, quelques sortilèges concoctés dans le Vide. Et le fait qu'elle détestait son don et tout ce qu'il impliquait.

– Salut.

– Salut.

Je dansais nerveusement d'un pied sur l'autre, les mains jointes, comme toutes les fois où ma grande sœur m'avait réconforté quand j'étais un enfant solitaire.

– Je pensais que euh... on pourrait peut-être parler. En privé ?

Elle jeta par-dessus son épaule un regard à Zeryan qui affichait un air de profonde indignation.

– S'il te plaît, dis-je.

Ma sœur détestait la magie. Dans ce cas, pourquoi était-elle mage ? me demanderez-vous. A vrai dire, je n'en sais rien. Elle aurait pu prendre n'importe quel royaume de son choix, elle aurait pu exercer n'importe quel métier sans magie. Elle avait toujours été le cerveau de la famille, bien plus intelligente que moi. Et pourtant, elle vivait enfermée dans cette tour depuis des centaines d'années, comme une prisonnière, pour des raisons que je ne pouvais même pas imaginer.

La porte claqua derrière moi et je sentis les sorts se mettre en place. D'épaisses protections qui veilleraient, de bien des façons, à ce que notre conversation reste secrète. J'ouvris la bouche pour parler, mais Saenia me devança.

– Comment oses-tu ?

Ce n'était pas ce que j'espérais entendre. Alors que ces mots s'enfonçaient dans mon cœur comme des couteaux, je sentais enfler la colère de ma sœur.

– Qu'y a-t-il ? m'entendis-je murmurer.

– Comment oses-tu faire irruption de cette façon ? Comment oses-tu revenir en pensant que tu vas pouvoir reprendre le contrôle comme si de rien n'était ?

Ses paroles étaient plus terribles que n'importe quel cauchemar ; chacune d'elles me faisait reculer d'un pas vers le couloir.

– Je ne comprends pas, gémis-je. Tu n'es pas contente de me voir ?

– Il y a quelqu'un qui m'aime, pour la première fois de ma vie ! Tout le monde ici m'admire, m'idolâtre ! Pour la première fois, je peux faire tout ce que je veux. Et toi… (Ses yeux s'assombrirent, des flammes dansaient aux bouts de ses doigts.)… tu décides de réapparaître, juste au moment où je commence à croire en moi !

– Je ne comprends pas ! répétai-je, alors qu'une magie incontrôlable et incontrôlée jaillissait de mes doigts. Je voulais juste te voir ! Je voulais juste te parler !

– Tu vas tout gâcher. Quand ils apprendront que tu es là, je redeviendrai la numéro deux. Les complots et les combats recommenceront !

Qu'ai-je donc fait ?

– Saenia…

Elle continua sur sa lancée.

– J'étais bien contente quand tu n'étais pas là, petit frère ! Tu n'as apporté que des ennuis, de la haine. Tu m'as obligée à chasser tous mes amis, uniquement pour être plus fort, meilleur. J'ai fait tout ça pour toi, et tu as fichu le camp !

La révélation, glaciale et maléfique.

– Saenia...

Elle leva ses boucliers. *Ma propre sœur a levé ses boucliers contre moi !* Ce rejet m'atteignit en plein visage et me brisa le cœur en deux. Comme pour me mettre au défi de nier, elle dit :

– Ton nom ne signifie rien ici, Laenan Kite. Je sais ce que tu es réellement, je n'écoute pas les légendes. La porte est derrière toi. Je te conseille de la prendre et de t'en aller.

Combien de temps demeurai-je ainsi hébété, je l'ignore. Sans trop savoir comment, j'atteignis la porte, sortis dans le couloir froid et m'adossai contre un mur. J'avais la tête qui tournait. Je ne savais pas quoi faire ni où aller.

– Oh, mon Dieu, murmurai-je. Que suis-je devenu ?

Les cérémonies des éléments sont une des plus anciennes traditions de Haven. N'importe quel roi qui s'apprête à porter la couronne doit passer les quatre tests, plus un cinquième test, spirituel. J'avais dû accomplir quelque chose de semblable dans le cadre de mon examen pour devenir mage, mais à une échelle beaucoup plus petite. Le roi, lui, doit se soumettre à ces épreuves en suivant le rituel et avec panache.

Imaginez le temple de la Terre. Il est tout petit, avec juste quelques fenêtres haut perchées, d'où la lumière tombe directement sur l'autel, lui-même à peine plus gros qu'une pierre. Du lierre s'enroule autour des colonnes, jusqu'au plafond ; le sol est en pierre brute. Les acolytes du temple se déplacent à pas feutrés, pieds nus, vêtus de longues tuniques vertes, transportant des branches de divers arbres. Des psalmodies récitées à voix basse résonnent à travers le plafond et s'insinuent dans les fissures des poutres et des colonnes, tandis que les prêtres murmurent leurs prières adressées aux éléments – lesquels ne sont pas considérés comme des dieux, mais plutôt comme les incarnations des forces essentielles qui font fonctionner le monde.

Les courtisans attendent dehors, vibrants de tension, tandis que leur roi vêtu d'une tunique toute simple entre dans le temple. La porte se referme violemment, avec un grand boum qui résonne pendant plusieurs secondes.

La cour attend.

On perçoit vaguement les psalmodies à l'intérieur du temple, et les oreilles exercées écoutent attentivement les paroles archaïques récitées par un mage choisi spécialement pour l'occasion. « Béni soit le sol d'où jaillit l'arbre... » Talsin devait être en train de prier. « La plus haute branche touchera le soleil. » Maintenant, il était certainement en train de déverser de la magie dans les fleurs, en les incitant à grandir. « Et de nouveau, vers la terre nous retournerons. » Il était maintenant couché dans une tombe, le souffle rapide à cause de l'appréhension, mais à aucun moment sa détermination ne faiblissait pendant que les acolytes jetaient sur lui des pelletées de terre, soutenu seulement par un fin bouclier de magie.

Le roi devrait rester ainsi pendant trois heures, comme je l'avais fait. Si son bouclier faiblissait à un moment ou à un autre, la terre retomberait, il n'aurait plus d'air et il étoufferait. C'était un test d'endurance. Si vous échouiez, les acolytes étaient obligés de venir à votre secours ; vous étiez alors couvert de honte pour toujours et banni des cercles de la magie.

La cour attend.

Renna et Windsight, assis côte à côte devant les portes du temple, semblent s'ennuyer. Ils étaient habitués à voler dans les airs, aux frissons, aux rires. Cette attente anxieuse pour un homme dont le sort leur importait peu leur tapait sur les nerfs, et ça ne m'étonnait pas. J'étais comme eux.

La cour attend.

Lisana lève la tête lorsque retentit un coup de gong. Les trois heures sont bientôt écoulées. Elle se précipite vers la porte, rectifie sa coiffure parfaite et attend de voir ressortir l'homme qu'elle épousera certainement. En la voyant bouger, les courtisans se lèvent eux aussi pour se diriger vers le temple. Je recule dans la pénombre.

La cour attend.

Le gong retentit de nouveau, le son résonne dans la cour. La porte du temple s'ouvre et Talsin, couvert de terre, rendu blême par la tension de la cérémonie, apparaît, entouré des prêtres à la mine sévère. Il sourit fièrement et, comme un seul homme, les courtisans font jaillir un tonnerre d'applaudissements.

Maintenant, seul Kite attend.

Lisana, le visage semblable à un soleil radieux, dépose un baiser sur la joue de Talsin, Renna fait un joli sourire et une révérence, Windsight félicite le roi du fond du cœur, les seigneurs comme les dames tapent dans le dos de Talsin en lui disant : « Sire, vous êtes un grand mage. » Le roi, le visage illuminé par le pouvoir de la victoire, se retourne au milieu de la foule, et l'espace d'un instant son regard se pose sur moi, l'ombre obscure, l'observateur silencieux. Moi qui étais jadis le pouvoir caché derrière le trône, j'attends aujourd'hui que ce sourire faiblisse et que le roi me dise enfin : « Je t'ai fait du tort. »

Mais son regard se durcit et il se retourne sans un mot.

Les courtisans vident les lieux.

Je ne me suis jamais très bien entendu avec la terre, en tant qu'élément. Certes, je peux la manipuler, mais tous les prêtres de la terre m'ont toujours paru renfrognés, jamais un sourire ; à tel point que j'ai juré de ne pas leur ressembler. L'air a toujours été mon élément préféré. L'air et le feu. Mélangés à la science, évidemment.

Les portes du temple étaient restées ouvertes. Je balayai du regard la cour maintenant déserte, et je pris une décision.

Le temple n'avait pas du tout changé. Deux jeunes garçons aux yeux humides passèrent rapidement devant moi, transportant un pot d'encens fumant et échangeant des murmures enfiévrés. Je faillis tomber dans le trou où Talsin était resté allongé ces trois dernières heures. Je l'observai de plus près. En effet, on apercevait les résidus de la magie du roi accrochés à la terre. Certains rois n'avaient pas réussi à maintenir un bouclier aussi longtemps et, bien des fois, on avait détecté la magie de quelqu'un d'autre dans la terre.

– Vous croyez que notre roi n'est pas capable de jeter un simple sort ? demanda une voix ironique.

Je sursautai. L'homme se déplaçait sans bruit, comme le font généralement les prêtres dans ces temples magiques.

– Je suis sûr que si, répondis-je d'une voix plus ou moins maîtrisée.

– Dans ce cas, vous êtes ici pour prier ? demanda le prêtre en se rapprochant.

Je reconnus l'homme aux cheveux gris qui était responsable du temple à l'époque où je n'étais encore qu'un enfant qui fabriquait des chaussures, mais je ne l'avais jamais rencontré en personne.

– Je ne sais pas, dis-je. Je ne suis pas très croyant.

– Mais vous êtes perplexe.

Il faut s'attendre à ce genre de réponse de la part d'un prêtre.

– Oui, on peut dire ça.

– Vous souhaitez vous confesser ?

Je n'hésitai qu'une seconde.

– Non merci. Après tout, on se connaît à peine.

Le prêtre rit et me tendit la main.

– Dans ce cas, faisons connaissance ! Je suis le grand prêtre de ce temple. Je m'appelle Kassir. Et vous ?

– Lenian Kiret.

Pourquoi avais-je menti ? Demandez donc à ma sœur. Je ne voulais pas que mon nom me fasse davantage de tort.

– Je suis ravi de vous connaître, Lenian.

Je serrai la main qu'il me tendait et risquai un sourire.

– Je… je me demandais si… pourriez-vous m'aider à régler une énigme morale ?

– Certainement. La plupart des gens qui viennent ici me demandent la même chose.

– Voyez-vous, je connais un homme qui est un peu idiot, en fait. Les ennuis lui collent à la peau, et dès qu'il faut les éviter, il est nul. Voici quel est le problème : au fil des ans, il s'est bâti une sorte de réputation dans le royaume d'où je viens, et quand il est revenu ici, il y a quelques mois, après des années d'absence, il a essayé de fourrer son nez dans des choses qui lui semblaient mauvaises. Mon problème, c'est qu'on ne veut pas qu'il s'occupe de ça, et en même temps on ne sait pas comment l'en empêcher. Il est convaincu de faire le bien, et la simple mention de son nom incite les gens... crédules à le suivre jusqu'aux extrémités du rêve et à revenir.

– Dites-moi... quel genre de choses veut-il changer ?

– Eh bien... il y a le mage qui dirige notre royaume. C'est un bon roi, ou du moins, quelqu'un qui pourrait être un bon roi. Il est respecté quasiment par tous et il fait le bien dans son royaume. Mais cet homme déteste le roi, pour une raison que j'ignore. Il se promène en marmonnant et en complotant, en imaginant des trahisons, et il est incapable de s'agenouiller devant notre bon seigneur.

– Je vois. Autre chose ?

– Euh... il y a aussi ce réseau d'individus. Des bannis, des marginaux. Il les utilise comme espions et il croit les contrôler d'un mot. Et ils lui obéissent, à cause de son nom ! Mais il ne peut pas faire irruption comme ça, en disant : « J'étais grand autrefois, je veux retrouver cette grandeur, gratuitement ! »

Kassir prononça alors le mot qui finit toujours par sortir, tôt ou tard, et qui peut probablement transformer le plomb en or.

– Pourquoi ?

J'hésitai.

– Pourquoi quoi ?

– Pourquoi ne pourrait-il pas faire tout ça ? Vous dites qu'il possédait la grandeur autrefois. Assurément, même s'il est resté longtemps loin de ces hommes, ces années n'ont pu diminuer sa grandeur ?

– Mais... un simple nom ne peut commander des hommes.

– Bien sûr que si. Les noms sont importants.

– Mais... comment celui qui porte ce nom peut-il juger le bien et le mal ? Qui est-il pour dicter ce qui est bien et ce qui est mal ?

– C'est le nœud de toute dictature. Un nom est synonyme de pouvoir, et s'il est utilisé avec sagesse il peut procurer un immense bonheur.

– Mal utilisé, il peut tout détruire.

– C'est le problème.

Kassir s'assit par terre, avec un petit sourire en coin.

– Qu'y a-t-il de si amusant ? demandai-je.

– Vous, à vrai dire. Vous n'aviez pas besoin que je vous raconte tout ça, vous le saviez déjà. Vous vouliez entendre que cet homme ne devait pas utiliser le pouvoir de son nom, car c'est mal. Vous vouliez que je justifie votre combat contre lui, que je vous donne le courage de l'affronter. Je ne le ferai pas. Tant que vous ne m'aurez pas prouvé qu'il est malfaisant. Un grand homme ne perd pas sa grandeur du jour au lendemain, sauf si cette grandeur était usurpée au départ. Si vous vouliez du réconfort, je suis désolé de vous décevoir.

Je secouai la tête. J'avais les pensées claires pour la première fois.

– Non. Je pense que vous m'avez aidé à mieux voir les choses. Je vous remercie.

– De rien.

Je quittai le temple de la Terre avec la conscience légèrement plus claire et une meilleure idée de ce qu'il fallait faire. C'était bien. C'était juste. Je me mis à sourire, et je ne sentis pas le regard soucieux de Kassir dans mon dos alors que je repartais d'un pas plus léger.

Je reconnus immédiatement la ville : Sydney. J'ai rêvé assez souvent de ce coin de Terre particulier pour reconnaître la forme de l'Opéra, la chaleur étouffante et la lumière du soleil aveuglante. Je pénétrai dans le bâtiment imposant en traversant le mur le plus proche, et j'écoutai les conversations sans rien découvrir d'intéressant. Je déambulai ensuite dans les rues familières, traversai encore plusieurs murs, je m'amusai à faire naître quelques rafales de vent qui énervèrent sérieusement un gratte-papier qui radotait de la manière la plus odieuse, et je ressortis dans les rues.

L'hôpital. Il se dressait juste devant moi, d'une blancheur étincelante. Je jetai des regards nerveux aux alentours, m'attendant presque à découvrir un tas de gens en train de m'observer tandis que je flottais dans les airs. Peut-être que… un rapide coup d'œil ? Pour me prouver que ce n'était pas le même endroit ?

– La direction est composée d'une bande d'idiots incompétents ! lança une voix d'un ton cassant.

Je me retournai dans les airs et observai le jeune médecin. Il tenait quelques dossiers sous le bras et foudroyait du regard un homme légèrement plus âgé, à l'air obséquieux, vêtu d'une blouse blanche.

– Ils ne seront pas contents de savoir que tu penses ça d'eux, répondit l'obséquieux.

– C'est la vérité ! Le règlement dit clairement qu'on ne peut pas débrancher quelqu'un qui présente des signes de

conscience ! Or, le rêve exige un état de conscience très élevé !

– Elle est consciente depuis dix ans, dans ce cas-là, et elle consomme mille fois plus d'argent que de nourriture !

– La direction va donc passer outre le règlement ? Et tu vas les laisser faire ?

– J'ai surtout l'intention de quitter cet endroit pourri pour trouver un vrai boulot !

– Je n'en crois pas mes oreilles ! Tu sais que son mari doit venir aujourd'hui ? Il va devenir fou.

– Il s'en remettra.

Je me réveillai à ce moment-là. Dommage. Si j'avais dormi plus longtemps, les choses auraient peut-être été plus simples par la suite.

La mer des « peut-être ». 8

– Je peux me joindre à vous ?

Je souris en voyant approcher Renna, vêtue de manière plus raisonnable : les fourrures hivernales avaient remplacé les robes sophistiquées. Je lui offris mon bras.

– J'espère que tu aimes les marchés.

– J'adore. Que cherchez-vous ?

– Me croirais-tu si je répondais : « les ingrédients pour confectionner un grand sort » ?

Elle eut un large sourire.

– Ça ne semble pas improbable. Savez-vous qu'on a demandé à Windsight de présider la cérémonie de l'air ?

– Tant mieux pour lui. C'est un des mages les plus puissants, et il possède une sorte de génie pour voler. C'est l'homme idéal, en effet. C'est pour ça que tu es ici ?

– Comment ça ? demanda-t-elle d'une voix douce.

– Tu es là, pendue à mon bras, au lieu d'être pendue au sien, ce qui va certainement donner lieu à des centaines de rumeurs.

– Les rumeurs, c'est méprisable.

– Malheureusement, oui.

Nous vîmes apparaître la place du marché, accompagnée de la clameur d'un millier de voix qui toutes essayaient de vendre quelque chose. J'ouvris mon porte-monnaie pour sortir les pièces d'argent frappées d'une main, et je les glissai dans ma poche. Pas question de les exhiber devant tout le monde, vu l'état dans lequel se trouvait le Consortium.

– C'est quoi, ces pièces ?

– Un moyen d'obtenir des renseignements. Si tu vois un marchand de bougies, crie.

Nous nous promenâmes en silence pendant quelques minutes, en écoutant les interpellations des marchands et le brouhaha des clients.

– Les meilleurs vêtements à l'épreuve Vide de tout Haven, monsieur ! Avec le signe de la Lune et de l'Épée sur chacun d'eux !

Je fis non de la tête au vendeur de vêtements et poursuivis mon chemin, sans afficher la moindre expression. A mes côtés, Renna fronça les sourcils.

– Qu'est-ce qu'il voulait dire ?

– Le Consortium se ressaisit, répondis-je simplement, en m'arrêtant pour examiner un étal d'herbes.

– Cet homme, il était du Consortium ? demanda-t-elle d'une voix proche du murmure.

– Humm. Le signe de la Lune est mon appel-signature.

– Votre appel-signature ?

– Windsight ne t'a donc rien expliqué ? Combien pour ces mandragores ? demandai-je au commerçant.

– Répondez-moi, insista Renna.

– C'est un symbole magique, gravé dans de la magie brute. Seules les personnes très proches peuvent le connaître car c'est un moyen qui permet, même à des non-initiés, de contacter d'autres personnes à des distances incroyables.

– Et le signe de l'Épée ?

– C'est un autre appel-signature.

– De qui ?

Je répondis par un haussement d'épaules, payai le commerçant et récupérai mes achats.

– Tu ne crois quand même pas que je vais te le dire !

– Vous m'avez bien parlé du Consortium !

– Parce que Windsight te fait confiance, et que je fais confiance à Windsight. Mais un appel-signature, c'est comme... c'est comme si tu donnais ton numéro de téléphone à un inconnu, en plus grave.

– Je peux me servir de votre appel-signature ?

Je ris de bon cœur.

– Si tu trouves comment faire pour l'imprimer dans la magie, à quoi ressemblent le signe de la Lune et le schéma individuel de ma magie, pas de problème ! Fais comme chez toi !

– Ça veut dire « non » ?

– Je suis désolé. Je joue à ce jeu depuis trop longtemps, c'est difficile pour moi de faire confiance à un étranger.

– Même une rêveuse ?

– Oui, même une rêveuse.

Soudain, Renna m'agrippa le bras et pointa le doigt de manière si inattendue que je faillis faire jaillir le feu à l'extrémité de mes mains.

– Des bougies !

Après avoir examiné les bougies, j'en achetai cinq qui me paraissaient convenir plus ou moins à ce que je voulais faire. Pas trop coulantes, des bougies simples, capables de supporter la pression de la magie qu'on y injectait. Les bougies coulantes sont celles qu'utilisent les imbéciles, avec des crânes de bélier, des autels de sang… sans aucun sens des proportions.

– Ça te dirait d'être l'assistante d'un mage pendant quelques heures ? demandai-je, alors que nous déambulions au milieu des étals du marché.

– Vous avez vraiment besoin d'une assistante ou vous dites ça comme ça ?

– En théorie, je pourrais me débrouiller seul, mais ce sort demande des heures de préparation et j'aurais bien besoin d'un coup de main.

Renna m'adressa un grand sourire et ses yeux se mirent à briller. J'eus le sentiment qu'elle attendait que je dise quelque chose comme ça.

– De la vraie magie ?

– Ce qu'il y a de plus vrai.

– Un sort important, pas comme les machins que fait Windsight ?

Je réfléchis avant de répondre.

– Oui, sans doute un des plus importants.

– Et je pourrai être votre assistante ? demanda-t-elle d'une voix rendue presque hystérique par l'excitation.

– Oui, si tu en as envie.

Elle laissa échapper un grand rire extatique, comme si le ciel venait de s'ouvrir devant elle pour lui annoncer qu'elle était un archange réincarné.

– Si j'en ai envie ? Oh, Kite, j'adore la magie ! J'ai toujours rêvé de participer à un grand sort, même si ma participation se limite à tracer des traits à la craie par terre ou à tenir une bougie !

C'était curieux de voir une rêveuse qui aimait la magie bien plus qu'un mage. Assurément, la réalité s'était emmêlé les pinceaux.

– C'est de la mandragore.

Renna plissa le nez d'un air dégoûté.

– J'imagine qu'on ne peut pas ouvrir les volets ? Ça pue vachement, ce truc.

Je croisai les bras.

– Ce sort doit être jeté dans l'obscurité, ou pas du tout.

– A cause des bougies ?

– Exact. (Je plongeai la main au fond de mon sac.) Ah ! voici de l'herbe de sorcier.

– Ensuite, je parie que vous allez me sortir... de la mousse de mage ou bien... des racines de harpie ?

– Ce que je vais sortir ensuite, dis-je en ignorant sa remarque, vient de Stormpoint. Je l'ai développé exprès.

– Vous l'avez... développé ?

– Évidemment ! Tu as entendu parler de tous ces mages qui voyagent d'un royaume à l'autre pour ramasser un certain type d'herbes ?

– Oui... répondit-elle avec prudence.

– Eh bien, ce sont des imbéciles. S'ils possèdent un royaume, ils peuvent demander simplement à la terre de créer une plante qui fait ceci ou cela. Bon, d'accord, ils risquent de se retrouver avec un arbre rose de quinze mètres de haut à mettre dans leur chaudron, mais ça évite quand même pas mal de désagréments.

Elle fronça les sourcils en voyant la simple fleur violette que je sortis de mon sac.

– C'est quoi ?

– Du poison de nuit.

– Du poison de nuit ? répéta-t-elle. Ça sert à quoi ?

– Ça donne de l'énergie temporairement. Tu es complètement vidé ensuite, mais c'est très utile si tu veux jeter un sort puissant ou une succession de sorts en peu de temps. Je ne pensais pas m'en servir, mais comme le mage sur lequel je comptais pour me donner un coup de main ne peut pas venir...

– On va jeter un sort super puissant, hein ?

Je ris, sans croiser son regard.

– C'est moi qui jette le sort. Toi, tu as le droit de regarder.

– Je suis sûre que le roi y trouverait à redire.

– Nous voulons que le roi y trouve à dire justement. Je veux qu'il n'en perde pas une miette.

– Pourquoi ?

– Parce que je serais très content de moi, ça apporterait une preuve irréfutable et ça inciterait peut-être Talsin à agir de manière sensée, pour une fois. Le Vide vire au rouge sang et il s'en fiche. Nightkeep tambourine aux portes et il donne des bals. C'est mauvais signe.

Renna croisa les bras.

– Vous êtes un des hommes les plus frustrants que je connaisse. Windsight, lui, m'explique toujours ce qu'il fait, avec des mots simples. Vous, vous lâchez des allusions de temps à autre, et vous me laissez me débattre toute seule. J'en ai assez ! Alors, soit vous m'expliquez immédiatement ce qu'on fait, soit vous perdez votre assistante sur-le-champ !

– Tous les mages enseignants font pareil, répondis-je, sur la défensive. Ils essayent toujours d'être le plus confus possible.

– Hé, j'ai un scoop pour vous ! Vous n'êtes pas un mage enseignant, et je ne suis pas votre élève !

Je poussai un soupir.

– D'accord, je vais tout t'expliquer, mais seulement après avoir attiré l'attention de Talsin. Je veux qu'il puisse entendre chaque mot.

– Vous promettez de m'expliquer ?
– Promis.
– Parfait. Alors, comment on fait pour attirer son attention ?

C'est un des sorts les plus compliqués qu'un mage puisse jeter. Il convoque littéralement le Vide et il le répartit ensuite dans l'ordre le plus élevé de réalité. Le Vide étant d'une nature chaotique, l'étape de la répartition peut se révéler dangereuse, et même souvent mortelle si vous n'avez pas pris quelques précautions simples.

C'est pourquoi je m'agenouillai dans la pièce sombre et traçai sur le sol, avec une craie, un cercle entourant une croix ; après quoi, Renna et moi plaçâmes soigneusement quatre des cinq bougies à l'extrémité de chaque trait de la croix. La mandragore et l'herbe de sorcier furent disposées avec le même soin au centre du cercle, puis brûlées. La fumée envahit la pièce et vint me chatouiller les poumons. En quelques secondes seulement je sentis avec délice disparaître toutes les douleurs et les souffrances de la journée, et je pus penser de manière simple et claire. Prudemment, en observant la magie avec toute la concentration d'un homme qui dompte un lion, je versai une dose de pouvoir dans chacune des quatre bougies. Elles s'enflammèrent.

– Ça y est, il regarde ? demanda Renna.

Je souris.

– Le sort n'est pas encore prêt. Il n'a pas rassemblé suffisamment de pouvoir pour attirer son attention. Le poison de nuit maintenant.

Sans un mot, elle me le tendit. J'inspirai à fond, puis je mordis dans la racine. Ce truc avait vraiment un goût immonde, il me brûlait l'estomac, mais il fallait le faire.

– Bougie.

Renna me tendit la dernière bougie. Je plongeai la main au cœur de ma magie, tirai et exerçai une torsion. La bougie tout entière, pas uniquement la mèche, explosa sous la forme d'un feu blanc aveuglant. Sans se consumer.

Je sentais la présence de Talsin ; elle pesait sur moi avec une violence soudaine, alors que la Clé le mettait en garde contre le sort qui se déroulait sous son propre toit.

– Prends la bougie, murmurai-je.

Au crédit de Renna, je dois préciser qu'elle n'eut pas la moindre hésitation. Elle prit le feu vif au creux de sa main, avec une confiance qui fit gonfler mon cœur de fierté.

– On appelle ça une divination, dis-je. Elle... regarde le Vide, d'une certaine façon, et elle trouve la réalité qui a le plus de chances de devenir... réelle. C'est comme une prophétie à très court terme. Des questions ?

– Pourquoi jetez-vous ce sort ? demanda-t-elle d'une voix frêle et intimidée.

– Pour plusieurs raisons, en fait. La plus importante, je pense, c'est qu'il serait bon d'avoir une petite idée de l'avenir. (Car si l'avenir s'annonce bien, je m'en tiendrai à mon plan, pensai-je. Et s'il s'annonce mal, j'y renoncerai.) La divination... observe les intentions de tous ceux qui peuvent influencer le Vide, et elle en tire des conclusions. Dès lors, si une seule personne modifie ses plans, toute la divination change.

Renna acquiesça.

– Alors... si je décidais brusquement de m'enfuir d'ici en criant, au lieu de rester, comme j'en ai l'intention... l'avenir serait différent ?

– Bien sûr.

– Je crois que je comprends.

– Tout ce qui t'échappe, tu pourras le rattraper plus tard en cours de route. Pour l'instant, place-toi au bord du cercle et tiens la bougie, c'est tout. Si elle s'éteint, entre dans le cercle pour vérifier que je respire toujours. (Je vis son expression horrifiée.) Elle ne s'éteindra pas, ajoutai-je pour la rassurer.

Je pénétrai à l'intérieur du cercle. Je sentais la magie remuer sous mes pieds et courir le long de mon épine dorsale, en prenant conscience soudain de l'apparence du sort auquel j'avais consacré tant de préparatifs. Je façonnai la poignée de magie la plus proche et la lançai dans le Vide lointain. Elle attrapa en quelques secondes un paquet de possibilités brutes et revint dans ma main. Situé au centre du cercle, je tenais maintenant une grosse sphère jaune remplie de « peut-être » et de « si ».

Talsin se pressait contre moi maintenant, bien décidé à voir quelle vision j'allais retirer. C'était exactement ce que je voulais. Si tout se déroulait comme je l'espérais...

Renna passa sa langue sur ses lèvres sèches, les yeux fixés sur la bougie qui tremblotait maintenant que la tension commençait à aspirer son pouvoir. Je mis un frein à mes visions vagabondes et me concentrai sur la sphère pour y injecter des informations sous la forme d'un flot ininterrompu d'intentions, d'observations et d'idées.

Observer – Talsin. Observer – Lisana. Intention – aucune intervention. Intention – quitter Haven. J'introduisis tout cela et bien d'autres choses dans la sphère, laissant les possibilités s'affairer autour de l'idée que j'allais partir, que Talsin était furieux, que Lisana comploterait, que le Consortium survivrait...

Puis je laissai le Vide ajouter ses propres idées. Ajouter ses propres observations, les possibilités les plus fortes et les réalités les plus puissantes.

La bougie vacilla et commença à s'éteindre. Sentant que je perdais le contrôle du sort, je plongeai au plus profond de moi pour atteindre l'énergie inexploitée du poison de nuit et la libérer. La bougie ressuscita comme un geyser, des étoiles jaillirent devant mes yeux et mes jambes eurent envie de céder sous le poids qui pesait sur elles tout à coup ; sans cet engourdissement provoqué par les drogues, je serais tombé à genoux. Des images commencèrent à se former à l'intérieur du Vide. Toutes les informations avaient été analysées, et la sphère de possibilités restituait maintenant la plus grande probabilité à ceux qui l'avaient créée.

Une potence se balance au sommet de la plus haute colline. Une autre victime, la cinquième aujourd'hui, est abattue. Le palais se dresse au loin, des soldats vont et viennent sur chaque muraille. Des aigles envahissent le ciel, surveillant quiconque pourrait propager la révolte contre le roi. Le roi et la reine sont les seigneurs des rêves, nul ne peut les critiquer...

Un promeneur solitaire titube sur la route qui traverse le Vide. Un côté de son visage n'est qu'un gigantesque bleu, ses vêtements sont déchirés et sales. La reine a décrété qu'il devait mourir, alors il doit fuir, fuir, fuir...

Le soleil vire au rouge et à l'aigre, Nightkeep rôde aux portes de Haven, les cris de joie d'un millier de monstres emplissent l'atmosphère, tandis que le roi signe la reddi-

tion et s'agenouille devant la silhouette imposante du seigneur des cauchemars.

Voilà ce qui va arriver, il n'y a pas d'échappatoire. Haven, Stormpoint, Talsin, Kite succomberont. Telle est la vérité de la divination, la vérité que nul ne peut nier...

< Jamais. >

L'idiot était à l'intérieur de mon cercle, sa présence me tiraillait. Soudain, les quatre bougies s'éteignirent en même temps ; la cinquième tremblota et commença à faiblir. Le monde tournoyait, alors que Talsin lançait une attaque sauvage contre la sphère du Vide qui avait prédit sa fin. Mes jambes ployèrent, la bougie que tenait Renna s'éteignit et ne se ralluma pas. Le Vide explosa dans ma main et se fondit dans le néant, en emportant avec lui le reste du monde.

La porte se referma avec un très léger déclic. La voix d'un journaliste s'échappa de la pièce voisine, puis se tut brusquement.

– David ? C'est toi ?

Je regardai mon double plus âgé, David, qui entrait dans la pièce en titubant. Il avait le teint blême, les yeux vitreux.

La femme, qui ressemblait un peu à Saenia, se leva en le voyant approcher. Derrière elle, on apercevait un lit de camp, une valise et des vêtements éparpillés dans toute la pièce.

– Mon Dieu, David, tu as une sale tête !

Il s'assit sans dire un mot et regarda d'un regard vide l'écran de télé éteint. Il avait les poings serrés, le coin d'une feuille dépassait entre son pouce et son index.

Sa sœur s'assit à côté de lui, les yeux écarquillés et l'air inquiet.

– Que s'est-il passé ?

Sans crier gare, David fondit en larmes en se blottissant contre sa sœur, et sanglota ainsi pendant des heures lui sembla-t-il. Surprise, sa sœur voulut tout d'abord s'écarter, mais elle se ravisa et attira la tête de David sur son épaule en lui murmurant des paroles de réconfort. Il desserra le poing, la feuille tomba sur le sol, sans qu'ils s'en préoccupent. Je regardai de plus près.

... le profond regret de vous informer... perte tragique... impossibilité médicale... le 7 août... une mort sans souffrances... plus aucune alternative...

Je balayai la pièce du regard. Il y avait un calendrier. On était le 25 juillet. Je revins sur la lettre, sur l'homme en train de sangloter, et je sentis mon cœur s'emballer. Je reculai en secouant la tête, je traversai le mur, ressortis dans la rue, me retournai et m'enfuis en courant.

Je courus pendant des heures. Dans les rues et à travers les maisons, jusque dans le port et sur la mer, sans m'arrêter, pendant des heures et des heures, de plus en plus vite, jusqu'à ce que je sois sur le point de m'envoler. Je voulais être le plus loin possible de cet endroit de mort. Je voulais courir plus loin et plus vite, sans m'arrêter, pour personne...

– Il se réveille.

– Dieu soit loué. (Le visage de Windsight dansait devant mes yeux, de plus en plus net.) Comment te sens-tu ? demanda-t-il, si fort qu'il fit exploser des étoiles dans mes yeux.

– Pas très bien, avouai-je.

– On t'a arraché de force à un sort de divination. Combien tu vois de doigts ?

– Six, et deux pouces, répondis-je.

Windsight se laissa retomber sur son siège, avec un sourire satisfait.

– Kite va s'en tirer, et pourtant, il ne le mérite pas. Bon sang, qu'est-ce qui t'a poussé à lancer un sort de divination ? Tout seul, par-dessus le marché !

J'essayai de me redresser, mais j'y renonçai.

– J'avais besoin de savoir si je pouvais partir.

– Alors tu as demandé au Vide d'extrapoler autour de l'idée de ta non-intervention ? Quel gâchis ! Moi, j'aurais choisi l'hypothèse où tu intervenais, et au moins on aurait vu ce qui se passait, dit Windsight d'un ton méprisant.

– Sommes-nous protégés par un bouclier ici ? demandai-je avec nervosité.

– Bien sûr. De toute façon, Talsin ne va pas venir te chercher des poux dans la tête avant un bon moment.

– Ah bon ?

– Tu ne te souviens pas ? Tu l'as neutralisé. Tu l'as réexpédié dans son corps avec une telle force qu'il a perdu connaissance.

– Je me souviens... je me souviens de m'être évanoui. Mais je n'ai jamais neutralisé personne.

– Il faut croire que si.

– C'est faux ! Renna, tu ne m'as pas vu faire quoi que ce soit, hein ?

Elle prit un air gêné.

– Je crois que si.

Windsight frappa dans ses mains, produisant un grand *bang* qui ne fit rien pour arranger mon mal de tête.

– Peu importe, Kite. Le fait est que tu as contré son attaque, et c'est sans doute ce qui t'a sauvé la vie. Talsin veut te voir, dès que tu seras rétabli.

Je me laissai retomber en arrière.

– Zut. Il est furibond ?

– Difficile à dire. La cérémonie de l'air a lieu ce soir, il se concentre là-dessus. Mais Lisana l'a très mal pris. Elle veut voir couler ton sang et elle ne plaisante pas, Kite.

– En voilà une surprise !

Mes yeux filèrent derrière Windsight pour se poser sur Renna, immobile, silencieuse et impénétrable.

– Renna… (Son regard croisa le mien.) Merci. Je te dois une fière chandelle.

Elle ne répondit pas, mais pouvait-on lui en vouloir ? Nous venions d'assister à la destruction de la Cité des Rêves.

Je restai alité toute la journée. Quand les gongs résonnèrent pour annoncer la fin de la cérémonie de l'air, je me sentais déjà beaucoup mieux, même si je n'étais pas encore prêt à affronter le monde. La clameur qui montait de la cour indiquait que, malgré tout, Talsin avait triomphé une fois encore.

Je restai couché là, à réfléchir. Étais-je étonné ? Avais-je été ébranlé par la divination ? Pas particulièrement, à dire vrai. Une partie de moi-même avait toujours pensé que Talsin ne serait pas le meilleur roi possible. Mais assister à la chute de Haven à cause de lui ? Parce que j'allais partir ?

Pas de panique, me dis-je. Haven n'allait peut-être pas disparaître uniquement à cause de toi. Tu n'es qu'un homme seul, n'oublie jamais ça.

Malgré tout, plusieurs choses allaient devoir changer… Tout d'abord, je ne pouvais plus partir.

Le signe de l'Épée.

Je jetai un rapide coup d'œil à l'intérieur de moi-même et découvris mes réserves de magie dramatiquement réduites. Je n'avais pas de quoi lancer un appel-signature. Mais si mon correspondant le prenait en charge...

Je rassemblai le peu de pouvoir qui me restait et je lui donnai la forme du signe, d'une main rougeoyante. Puis je l'envoyai à la recherche de l'homme qui le possédait.

T'omar sentit mon contact et répondit aussitôt.

< Kite ? >

< Je n'ai plus assez de magie pour parler, tu vas devoir me faire apparaître mentalement. >

J'envoyai le message et interrompis le contact. Ce simple effort me laissa inondé de sueur, et je m'aperçus à quel point j'étais vidé.

T'omar répondit enfin.

< Kite ? >

< Désolé, lançai-je, soulagé de le voir prendre le relais de notre liaison mentale. Je n'ai plus assez de pouvoir pour communiquer. >

< Je comprends. On est au courant de la divination. >

< Parfait. Vous savez ce qu'on a vu ? >

< Uniquement de vagues rumeurs. Haven n'a rien à craindre ou au contraire Haven va être détruite... On ne miserait pas sa chemise. >

< C'est la seconde version qui est la bonne. >

< La destruction ? >

< Tu ne sembles pas surpris. >

< En effet. Nightkeep prépare un gros coup. Tous nos agents rentrent précipitamment à la maison comme des mouches, pourchassés par divers démons, et ils évoquent des sorts colossaux, des armées qui se

déplacent à travers le Vide plus vite qu'aucune force n'a le droit de le faire. >

<Talsin a vu la divination. Je vais essayer de le convaincre de lever une armée. >

< Il ne le fera pas pendant le couronnement. >

< Il le fera si je crie assez fort. Sait-on si Nightkeep vise véritablement Haven ? >

< On l'ignore. Le Consortium ne fonctionne pas très bien en ce moment. >

J'essayai de réfléchir.

< Écoute, T'omar. Je vais rester coincé à Haven pendant au moins deux bonnes semaines. La situation est aussi dramatique que je le pensais, peut-être même davantage. Je vais essayer de parler à Talsin. On ne doit pas se laisser prendre par surprise. >

< Je sais. Je fais faire des heures supplémentaires à Silverpoint en ce moment et les éléments parcourent régulièrement le Vide. Mais il y a un autre problème dont vous devez être averti. >

< Je t'écoute. >

< Les rêveurs disparaissent. Même les royaumes de l'intérieur signalent une baisse massive du nombre de rêveurs. Un mage a rêvé de la Terre la nuit dernière : les gens tombent dans le coma comme des mouches. >

< Dans le coma ? Pourquoi ? >

< Je l'ignore. Ils ne se réveillent plus. >

< Pourquoi ne les a-t-on pas vus passer dans le Vide ? S'ils dorment tous en même temps, les rues de Haven, et de partout, devraient être encombrées... >

< Je sais. >

< Pourquoi ne s'est-il rien passé dans le Vide ? Les comas sont très rares... >

< Je sais. >

< Où sont donc passés tous les rêveurs, s'ils ne sont pas sur Terre ni ici ? >

< Aucune idée. >

Mon esprit fonctionnait à toute allure et il parvint à une conclusion qui ne peut être qualifiée que de magique.

– Oh, merde !

< T'omar, envoie tous les éléments vers Nightkeep. Qu'ils trouvent le plus grand nombre possible de rêveurs. Ce doit être leur priorité ! >

Rassemble les rêveurs, empêche Serein d'en attirer d'autres, empêche-le de téléporter encore plus de soldats...

< Très bien. Vous ne pouvez pas m'expliquer pourquoi, je suppose ? >

< Pas maintenant, mon ami. >

– Allez, mangez. Vous avez besoin de vous nourrir.

J'avais l'impression d'avoir déjà le ventre plein, mais il y avait chez Renna quelque chose qui vous obligeait à lui obéir.

– Renna... ? demandai-je, prudemment.

– Oui ?

– Que sais-tu au sujet des... euh, des rêveurs ?

Elle haussa les épaules.

– Pas grand-chose.

– Sais-tu qu'ils peuvent se transporter d'un endroit à un autre en un clin d'œil ?

– Non ! C'est possible ?

J'acquiesçai.

– Oui. Il suffit de leur donner une image.

– Moi, je n'ai jamais réussi.

– A cause du coma ?

– C'est ce que semblait toujours penser Windsight.

Je mâchai une pomme de terre d'un air songeur, sans quitter la rêveuse des yeux.

– Renna ?

– Oui ?

– Que deviennent les personnes dans le coma ?

Elle posa sa fourchette avec lenteur, le visage grave.

– Je ne me suis jamais vraiment posé la question. Je crois qu'on les met dans un hôpital quelque part, jusqu'à ce qu'ils se réveillent.

– Pendant combien de temps ?

– S'ils ne se réveillent pas ? Jusqu'à ce qu'ils meurent ou que les médecins soient sûrs qu'ils ne se réveilleront jamais.

– Et ensuite ?

– Ils leur font une piqûre, ou ils cessent de les nourrir, un truc comme ça. Pourquoi ?

– Renna ?

– Oui ?

– Je peux te demander un service ?

– Bien sûr.

– Tu veux bien venir dans ma chambre ce soir, pour une expérience ? Je te promets qu'il n'y aura pas de feux d'artifice ni rien de tout ça. Mais n'en parle pas à Windsight ni à personne d'autre.

– Pour quoi faire ?

J'évitai de croiser son regard.

– Je ne peux pas te le dire. Pas maintenant.

– Vous ne pouvez pas ou vous ne voulez pas ? demanda-t-elle d'un air de défi.

– Je ne peux pas. Crois-moi, je ne peux pas.

J'étais rongé par un doute, un sentiment tout au fond de moi qui ne cessait de grossir et de hurler que c'était la chose à faire, même si le monde entier semblait bien décidé à prouver le contraire.

Au bout d'un instant qui me parut durer une éternité, elle hocha la tête.

– D'accord.

Mais, avant cela, il me restait une dernière chose à accomplir. Alors que le soleil se couchait, j'enfilai ma tunique grise de mage, bus un grand verre d'eau et entrepris de traverser le palais.

Deux gardes m'arrêtèrent devant la salle d'audience. Ils me regardèrent de la tête aux pieds, puis s'écartèrent pour me laisser passer, sans un mot.

J'entrai dans la salle et refermai la porte derrière moi. Talsin était assis sur un trône légèrement plus sobre que le précédent, entouré d'une abondance de rouleaux de parchemin et de cartes. Je m'approchai de lui et m'agenouillai.

– Laenan, dit-il simplement.

– Sire.

– Tu peux te lever.

Je me redressai rapidement et restai immobile devant lui.

– Ils complotent, tu sais, me dit-il. En ce moment même, ils complotent derrière leurs boucliers réflecteurs. Mais je ne peux pas les arrêter, car je suis dépendant de leurs royaumes pour mes revenus, pour les gens et pour les mages. Sans les royaumes, Haven n'est rien.

Je gardai le silence. Qu'aurais-je pu dire ?

– Mes espions m'informent que Nightkeep se prépare au combat une fois de plus. Les soldats affluent de tous les cauchemars, ils font apparaître des démons et des monstres, ils nomment des mages pour les soutenir.

– Qu'allez-vous faire ?

Il émit un grognement et replia une carte qu'il lança sauvagement sur un tas d'autres documents froissés.

– Que puis-je faire ? Je n'ai pas encore été couronné et tout le monde dit que ta divination était fausse. Que tu as tenté de faire naître la peur en moi à un moment critique. Mais je sais... j'ai senti la vérité dans ce sort, j'en ai reconnu tous les degrés et je sais que tu n'as pas menti. Haven disparaîtra si on ne fait pas quelque chose.

– Il y a énormément de choses à faire, sire, dis-je. La vision était forte, si forte que le Vide a failli la prendre pour la réalité.

– Je ne peux rien faire dans l'immédiat, Kite. Tu t'en rends bien compte. Si je sors du rang, ne serait-ce qu'une seconde, ils rappliqueront.

– Les royaumes ?

– Et les mages. Lisana elle-même se sert de moi maintenant. Je suis un pantin.

J'étais abasourdi. Il était donc conscient de tout cela ? Il savait depuis le début ? Talsin commençait à grimper dans mon estime.

– Que veulent les royaumes ?

Il laissa échapper un rire amer et désigna une pile de documents par terre. Je les pris avec prudence et les lus.

– Attaquer Nightkeep ? Signer un document les autorisant à... refuser de l'aide ?

Je continuai à lire.

– Détruire le Consortium de la Main d'Argent, traduire les chef en justice pour haute trahison ? Vous n'allez jamais accepter tout ça, n'est-ce pas ?

– Je ne peux pas attaquer Nightkeep, et je peux encore moins survivre sans l'aide des royaumes. Mais ne t'en fais pas, Laenan. Ton cher Consortium n'a rien à craindre pour le moment. Et toi non plus.

– Vous êtes le roi, sire ! Ils ne peuvent rien vous ordonner.

– Oh que si ! Haven est toujours affaibli par la mort de mon père, et ils savent que je dépends de leur aide désormais. Lisana me distille à voix basse du poison dans l'oreille, chaque nuit, et la cour dans son ensemble cherche le meilleur moyen de me transformer en marionnette.

– Si Lisana est si vénéneuse, pourquoi la laissez-vous approcher si près de vous ?

– Tu ne comprends pas ! Les gens la considèrent comme leur reine, et d'une certaine façon... je dépends d'elle aussi. Elle est à leur service mais, en même temps, elle me protège...

– Elle vous a envoûté, sire.

Ses yeux lancèrent des éclairs de colère lorsqu'il m'entendit parler de manière aussi directe, mais il ne pouvait nier la vérité et il ne le fit pas.

– Je l'aime, même si elle est aveugle aux bienfaits de Haven. N'oublie jamais ça, Gardien de Stormpoint !

Je baissai la tête.

– Bien, sire.

Il s'affala sur son trône, l'air abattu. Je me sentais tout petit et, en même temps, j'avais l'impression que le monde entier m'observait.

– Sire... pourquoi m'avoir raconté tout cela ? Vous qui m'avez chassé de Haven autrefois, vous ne pouvez pas espérer que je vous vienne en aide.

– Tu m'as déjà aidé, Kite. Tu as jeté le sort de divination. Dis-moi que tu l'as fait uniquement pour tromper ton ennui et je croirai n'importe quoi.

– Sire, je l'ai fait car j'aime Haven, parce que j'aime mes amis qui vivent dans cette cité, et parce que je ne veux plus voir de morts. C'était un avertissement, voilà tout.

– Un avertissement qui s'est retourné contre toi, d'une certaine façon. As-tu préparé ce sort en pensant que tu allais partir et que nous serions opposés, comme nous l'avons toujours été ? Ne te donne pas la peine de mentir, j'ai senti la nature de la magie. J'ai senti que tu déversais dans ce sort ta haine à mon égard, et la mienne. (Il se pencha en avant et ses yeux brûlants me transpercèrent.) Et quelle est la conséquence de ta haine et de mon aveuglement ?

Je ne pouvais pas affronter son regard. Je me sentais idiot, comme un enfant qui a osé défier son professeur.

– Haven disparaîtra, sire.

Talsin se rassit au fond de son trône, songeur.

– Kite, je ne te mentirai pas. La cour te hait, et tu as menti à plusieurs reprises en affirmant que tu n'avais ni pouvoir ni influence. Tu as également laissé ta haine t'aveugler, comme moi. Voilà pourquoi je te propose un cessez-le-feu. Une alliance, même.

Je levai la tête ; mes yeux lançaient des éclairs, alors que tout le poids de sa proposition s'imprimait en moi.

– Qu'est-ce que ça implique ? demandai-je.

– Je sais que tu es allé à Silverpoint. Je sais que le Consortium fonctionne toujours. Tu as des informations, du pouvoir, de l'influence. Je peux faire en sorte qu'ils ne demeurent pas inutiles. Tu me fourniras des renseignements, je t'en fournirai d'autres. Nous n'aurons pas de secrets l'un pour l'autre, nous écouterons et nous coopérerons. Le Consortium de la Main d'Argent a déjà fait échouer des complots par le passé, il peut recommencer.

Je réfléchis un long moment.

– Vous me demandez d'impliquer le Consortium, et moi aussi par la même occasion. C'est une chose que je ne peux pas faire.

– Nom de Dieu, Kite ! Haven en a besoin, et tu le sais !

– Je vous dirai tout ce que je sais, sire, et je consulterai le Consortium. Peut-être accepteront-ils votre proposition, de leur propre chef.

Talsin hésita, avant de me tendre la main.

– Tu es un homme d'honneur. Je sais que tu tiendras parole.

– Et je sais que vous aussi, sire.

Nous nous serrâmes la main et je risquai même un sourire. A mon grand soulagement, il me le rendit.

– Vous voulez savoir tout ce que je sais ? Par quoi allons-nous commencer... ?

– Vous avez l'air très content de vous, me dit Renna, tandis que je refermais la porte de ma chambre.

Je ne l'avais pas fait entrer et j'ignorais depuis combien de temps elle attendait, mais le sourire qui ornait son visage chassa les derniers doutes. Elle faisait partie de ces individus qui peuvent faire irruption n'importe où comme s'ils étaient chez eux, et personne n'y trouvera rien à redire.

– Devine qui vient de conclure un accord avec un roi ? demandai-je avec un grand sourire

– Vous lui donnez des infos, il vous donne de l'influence en échange ?

– Quelque chose comme ça. Un tas de comploteurs vont découvrir tout à coup qu'il y a un poisson qu'ils ne peuvent pas attraper.

– Kite, si je vous demandais ce que je fais ici, vous me diriez...

– Que tu participes à l'effort de guerre.

– J'aurais dû me douter que c'était un truc dans ce goût-là.

Je m'assis au bord du lit.

– Le leader du Consortium a dit que les rêveurs sont en train de disparaître des royaumes, et qu'ils sont peu nombreux à venir à Haven. Or, je peux rêver de la Terre, mais je ne peux pas rêver de Nightkeep.

– Et vous croyez que moi j'en suis capable ?

– Quelque chose comme ça.

Elle croisa les bras.

– Désolée de vous décevoir, mais je n'ai jamais rêvé de quoi que ce soit, de toute ma vie.

– Tu rêves en ce moment, dis-je.

– Non, je suis éveillée.

– C'est faux. Figure-toi que j'ai rêvé de la Terre et que je t'ai vue. Tu étais dans le coma et tes yeux bougeaient. Sans arrêt. Les médecins disaient que tu rêvais.

– Ça veut dire que je vous vois en rêve ? demanda-t-elle, hésitante.

– Bien sûr que non ! Nous sommes les gens vrais ! Disons plutôt que... tu te projettes dans le monde réel à travers tes rêves, et dix ans de pratique permanente ont fait que ce monde réel est devenu réel à tes yeux.

J'hésitai en arrivant à la fin de ma phrase. Croyais-je vraiment ce que je venais de dire ou bien s'agissait-il d'une défense, car je soupçonnais une chose totalement différente ? Très souvent, les meilleures défenses sont le fait d'une personne qui essaye de se convaincre elle-même, et non pas un auditoire. Mais je refusais de laisser paraître mes doutes. A ce stade, Renna n'avait pas besoin de doutes.

– Venez-en au fait.

J'inspirai à fond.

– Je pense que tu pourrais être capable de te projeter n'importe où dans le Vide, dans le royaume de ton choix. Je pense que tu as toujours su le faire par le passé. Simplement, tu as oublié comment faire quand Windsight t'a découverte et que ce monde est devenu ton monde réel.

Ah ! Nous voici au cœur du problème. Moi qui ai méprisé toute ma vie les rêveurs en les considérant comme de simples ombres venues d'ailleurs, que nous ayons créé cet endroit ou que nous soyons créés par lui, je découvre tout à coup quel usage je peux faire de ces rêveurs. Et soudain, j'ai des visions, des opinions et des idées. J'en avais presque la nausée.

Renna fut secouée par un éclat de rire. Je restai assis au bord du lit, la mine sombre, incapable de comprendre ce qu'il y avait de drôle.

– Renna, c'est sérieux.

– Vous êtes givré, vous le savez ? dit-elle. Tout le monde ici est complètement givré ! Je vous vois en rêve et non l'inverse, et j'obéis aux lois de la science ! Vous, vous croyez qu'il vous suffit de balancer une dose de magie ici ou là, et hop, vous voilà maître de l'univers !

– Renna, je te demande juste d'essayer.

C'est ainsi que je devins professeur et que Renna commença à apprendre ce qu'étaient les rêves.

Mais Nightkeep n'attaquait toujours pas.

Avez-vous remarqué avec quelle étonnante rapidité on tombe dans la routine ? Dans mon cas, ce fut presque immédiat. Le matin, j'avais ma discussion quotidienne avec T'omar pour me tenir informé des mouvements de Nightkeep. Ensuite, je déjeunais, puis je consacrais mon temps à Renna. Nous faisions surtout de la méditation ; je lui fournissais une succession d'images sur lesquelles elle devait se concentrer. Est-ce que ça marchait ? Non, jamais. L'après-midi, je rapportais à Talsin tout ce que j'avais appris, en subissant les regards méprisants des courtisans, et le soir, j'assistais aux bals ou aux cérémonies. Pas une fois Windsight ne me demanda ce que Renna et moi faisions durant ces heures passées dans ma chambre, et pas une fois je ne vis Saenia.

Et Nightkeep n'attaquait toujours pas.

Après de longues discussions, le Consortium de la Main d'Argent consentit à une alliance temporaire avec le roi, à condition toutefois qu'il autorise plusieurs agents du Consortium à rejoindre la cour.

Et Nightkeep n'attaquait toujours pas.

Moi, je rêvais. J'observais. Et j'attendais.

29 juillet. J'étais étonné de constater que quatre jours seulement s'étaient écoulés sur Terre (une semaine au moins sur Haven). Je détachai les yeux du calendrier pour écouter les bruits de l'hôpital devenus familiers. David, mon double plus âgé, était là, en train de discuter passionnément avec un groupe d'infirmières qui semblaient toutes terriblement stressées et fatiguées. Le médecin obséquieux les observait, sans rien dire. Le gentil médecin hochait la tête avec enthousiasme, tout en jetant des regards noirs à son collègue.

C'était un peu comme attendre l'attaque de Nightkeep, me dis-je. Vous saviez que quelqu'un allait mourir, et il n'y avait rien à faire. Ça vous faisait grincer des dents et vous donnait envie de hurler, uniquement pour avoir le plaisir d'entendre un bruit briser ce silence mortel.

David criait beaucoup. Il avait un délai à respecter et il savait ce qu'il devait accomplir. Mais personne ne l'écoutait. Personne d'important, en tout cas.

Parfois, je m'interroge. Ce monde, cette Terre est-elle réelle, ou bien rencontrons-nous simplement dans le monde réel où nous vivons une race de spectres fantomatiques que nous incorporons ensuite dans nos rêves ?

Mais alors, pourquoi nos rêves inventent-ils plus de choses, et beaucoup mieux que nous savons le faire ? Et pourquoi partageons-nous tous le même rêve d'un monde sans magie ?

Ce qui soulevait une autre question. En supposant que la Terre soit un autre monde réel, mais à un niveau d'existence différent, les habitants de cet autre monde ne pensent-ils pas la même chose de nous ? A savoir que nous ne sommes que le produit de leur imagination ?

Mais si nous ne sommes que le produit de leur imagination, que se passe-t-il quand celui qui rêve de nous meurt ?

Et Nightkeep n'attaquait toujours pas.

Sans doute fallait-il que ça arrive tôt ou tard ; c'est ce qui se passe avec ce genre de choses quand on les néglige trop longtemps. Je n'y pensais plus depuis une semaine, et nous approchions de l'ultime cérémonie des éléments, la cinquième et la plus dure, quand Talsin et moi décidâmes d'annoncer publiquement la nouvelle de notre alliance. Pourquoi ? Parce que les habitants de Haven commençaient à s'impatienter. Les rumeurs se propagent à toute allure, surtout dans une petite cité magique fortement peuplée comme Haven, et très vite tout le monde comprit que l'augmentation du nombre de patrouilles et la surveillance constante des portes de la ville n'étaient pas des faits aussi innocents qu'il y paraissait.

Talsin me demanda donc de présider l'ultime cérémonie, celle où tous les éléments se rassemblent. En voyant qu'un grand mage s'était allié avec un grand roi et qu'il était prêt à œuvrer avec lui, le peuple se réjouit et se sentit rassuré. (Tel était le pouvoir de la réputation, encore une fois. Cher rêveur, si tu deviens un jour célèbre, tu découvriras combien il est difficile, dès lors, de faire une chose aussi simple que d'acheter des pommes de terre, à Haven du moins. Je ne sais pas grand-chose de la Terre. Ce que je veux dire, c'est que la réputation coûte cher.)

Les courtisans, en revanche, se déchaînèrent.

Ils avaient entendu parler de ma divination, évidemment, mais Lisana et consorts pensaient avoir convaincu Talsin de n'y attacher aucune importance. Ils ne savaient rien de nos conversations derrière des portes closes, à double tour, grâce à la Clé que mon jeune roi conservait dans son cœur.

– Vous n'êtes pas inquiet, Kite ?

Je regardai Renna d'un drôle d'air.

– Non, pas vraiment.

– Mais les courtisans... vous disiez que ça pouvait être très dangereux de les mettre en colère.

Elle portait une robe du soir différente pour assister, encore une fois, à un bal. La vie d'une courtisane, cher rêveur, est une des plus vaines expressions de la richesse de tout l'univers. Ce n'est qu'une succession de bals.

– C'est une question d'équilibre. La cour est contrecarrée par la masse du Consortium qui propage de jolies petites rumeurs, sans oublier que les gens sont toujours amoureux de leurs légendes.

– Des légendes que...

– Que je ne répugne pas à exploiter. En outre, j'ai l'habitude de tout ça. J'ai déjà été victime de sept tentatives d'assassinat, et personne ne s'en prendra à Talsin. Pas maintenant.

– Mais vous pensez qu'il représente moins une force d'équilibre que le peuple ?

Bon sang, elle comprend vite.

– Exact. Il est toujours épris de Lisana. Elle n'a qu'à se déshabiller et il fera tout ce qu'elle veut. Souvent, j'ai eu envie de l'espionner, pour voir si elle utilisait des sorts de séduction. (Je fronçai les sourcils.) D'ailleurs, je m'apprêtais à le faire avant que cette sale histoire éclate. Mais je crois qu'elle avait deviné mes intentions et elle a manigancé pour que je sois accusé de trahison.

Renna émit un petit ricanement joyeux.

– Des sorts de séduction ? Vous ignorez combien les hommes sont obsédés par le sexe.

– C'est parce que mon esprit est aussi pur que possible, répondis-je bêtement. Toujours est-il que le pouvoir de Lisana redouble le soir, quand elle se retrouve seule avec Talsin. Il est tellement ivre d'elle qu'il se met à genoux pour en réclamer davantage. Dans la journée, quand il revient dans la réalité et qu'il y a quelqu'un pour lui inculquer un peu de bon sens, Talsin peut être un formidable allié, véritablement.

– Mais vous ne pouvez pas lui inculquer suffisamment de bon sens pour l'inciter à chasser Lisana ?

– Non, dis-je en plissant le front. C'est étrange. Je me demande...

– Quoi ? Quoi ? !

– Quelqu'un a-t-il déjà essayé de pénétrer dans la chambre de Lisana ? Pour voir de quel matériel elle se sert pour ses sorts ? Pour examiner ses potions et la nature de ses bénédictions ?

Renna frappa joyeusement dans ses mains.

– Si on y allait ? On peut s'éclipser pendant le bal et...

– Ah, ah. Il nous faut d'abord l'avis d'un professionnel.

Je fis sonner la cloche. Bruyamment une première fois, puis deux autres fois plus doucement.

L'agent de la Main d'Argent était dans ma chambre quelques minutes plus tard.

Nous étudiâmes les plans du palais.

– Les appartements de Son Altesse, dit l'agent. Pas facile. Elle a gravé des sorts de protection dans chaque mur et chaque porte. Même si vous réussissiez à les désactiver, elle le sentirait.

– Et avec des boucliers réflecteurs ? demandai-je, rempli d'espoir.

– Rien à faire. Les boucliers internes sont eux-mêmes réflecteurs ; ils feraient rebondir la magie d'un côté à l'autre, jusqu'à ce que votre tête explose, répondit l'homme aux cheveux bruns qui se faisait passer pour un cuisinier à l'intérieur du palais.

Je me tournai vers Renna qui fronçait les sourcils d'un air songeur.

– Eisirrn est un de nos meilleurs experts en magie, et un véritable génie dès qu'il est question de la cour de Haven, lui expliquai-je.

– Et je fais un assez bon pudding, monsieur, ajouta Eisirrn en lissant son tablier de cuisinier d'un air modeste.

– C'est exact.

– Kite ? dit finalement Renna. S'il n'existe aucun moyen de pénétrer dans cette pièce sans déclencher plusieurs signaux d'alarme, ne pourrait-on pas... distraire l'attention de Lisana pour l'empêcher de remarquer ces signaux ? Il doit bien exister une potion capable de bloquer cette partie de son cerveau.

Je me tournai vers Eisirrn pour solliciter son avis ; il secoua la tête.

– Tous les membres de la cour possèdent une amulette quelconque qui leur permet de détecter un poison. Celle de Lisana est un collier qu'elle porte à tous les repas. Si elle avale du poison, elle saura immédiatement qu'il se passe quelque chose et elle alertera les gardes sans vous laisser le temps de dire ouf.

Renna hocha la tête, mais son expression demeura inchangée. Peut-être même devint-elle plus déterminée encore.

– Supposons que quelqu'un d'autre avale ce poison, que Lisana touche ensuite cette personne et qu'elle s'en mette un peu sur elle ? Ou alors, si on mettait le poison dans un lieu où elle ne porte pas le collier au moment fatidique ?

Eisirrn regarda Renna, puis moi, avant de revenir sur Renna, visiblement subjugué. Il me demanda :

– Vous envisagez de proposer la candidature de cette jeune femme comme membre ? Son idée est géniale ! Le poison lui sera transmis par un de ses camarades en qui elle a confiance ! Encore mieux : vous étalez le poison sur toutes les surfaces avant que cet homme regagne ses appartements ; il sera tellement fatigué qu'il ne remarquera rien, à part Lisana, qui le déconcentre autant que le ferait le poison !

Je demeurai bouche bée.

– Oh, non... Non, non, non, non, non. Jamais de la vie !

Mais Eisirrn et Renna affichaient un sourire jusqu'aux oreilles. Le cuisinier plongea la main à l'intérieur de ses vêtements.

– J'ai exactement ce qu'il vous faut. Versez ça dans son bain, répandez-en un peu sur les draps, ça ne peut pas louper.

– Non ! (Je vis leurs sourires s'élargir.) Non !

Je n'ai pas l'habitude de rôder dans l'obscurité. Enfin, si, mais pas ce genre d'obscurité. Je suis habitué aux jolis cauchemars bien nets. Rôder dans ma propre ville dissimulé derrière un bouclier de distorsion, ce n'est pas mon truc.

Le minuscule flacon de liquide inodore devait faire l'affaire. Eisirrn me l'avait assuré. C'était un mélange concocté par le Consortium. Durant le règne de mon prédécesseur, un groupe d'alchimistes avait été constitué, et je l'avais soutenu avec ferveur après avoir assisté en rêve à une conférence de chimie sur Terre, donnée par un Allemand très doué. Je n'avais pas compris une seule formule, mais le message avait fait mouche.

Les échos du bal s'élevaient dans le ciel, comme légèrement décalés. Les courtisans et les courtisanes n'allaient pas tarder à déferler vers leurs appartements, avec dans le cas de l'homme qui nous intéressait, une jolie femme pendue à son bras.

Les gardes postés devant la porte somnolaient. En revanche, la gargouille située au-dessus de l'entrée ne dormait jamais.

– Halte ! siffla-t-elle. Qui va là ?

– La ferme, espèce de bloc de pierre stupide, j'essaye de sauver les rêves ! lançai-je, tout en m'assurant, grâce à un ordre mental instantané, que les gardes dormaient à poings fermés.

La créature me regarda, puis elle regarda le flacon que je tenais dans la main.

– Tu vas empoisonner le roi ! grogna-t-elle.

– Non ! Je viens pour empoisonner Lisana !

J'écartai mes boucliers pour lui permettre de me sonder et de farfouiller dans mon âme à la recherche de la vérité contenue dans mes paroles. Habituellement, je suis opposé à ce genre de pratiques – il est rare qu'un mage laisse quelqu'un franchir ses boucliers –, mais on m'avait assuré que cela n'avait aucune importance avec cette gargouille. Elle dénicha le cœur de mes intentions, scruta mes plans, présents et futurs, renifla et sembla ravie tout à coup.

– B'aquc Main d'Argent, murmura-t-elle. Bienvenue dans les appartements du roi, Kite Main d'Argent.

J'étais impressionné. La Main d'Argent avait placé un espion au-dessus de la porte du roi, alimenté par l'imagination du roi ? Combien de négociations avait nécessitées ce recrutement ? Que les dieux soient loués, Jehirer n'avait pas jugé bon de se débarrasser de cet agent.

J'approchai de la porte sur la pointe des pieds en veillant à ce que les gardiens restent inconscients, et je versai une grande quantité de liquide sur la poignée, sans en faire couler sur mes doigts. La poignée devint verte, alors que le liquide prenait un aspect terne qui semblait être là depuis toujours. Demain matin, il aurait disparu, mais je n'avais pas besoin d'attendre jusque-là. Je fis surgir un *scryblock* et me faufilai à l'intérieur des appartements.

Le scryblock est une invention merveilleuse, cher rêveur. C'est la mienne, et je ne l'ai jamais enseignée à personne. Certains me traiteront d'égoïste ; d'autres penseront que c'est de la sagesse. Un bouclier réfléchissant, aux yeux de n'importe quel Gardien de n'importe quel royaume, ressemble à une bulle d'argent dans laquelle la Clé ne peut pénétrer. Mais un scryblock projette une image de ce qui *devrait* se trouver là, en envoyant des filaments de pensée à travers la magie du royaume elle-même, ce qui fait que le Gardien *croit* voir tout ce qu'il y a à voir. C'est un sort magnifique, et je lui dois la vie.

Quelques minutes de travail sur les draps du lit de Talsin, quelques autres dans le bain déjà en train de couler, et je repartis, en sentant mon cœur cogner dans mes oreilles. La gargouille m'adressa un clin d'œil.

– Gloire aux rêves !

– Mon Dieu, faites qu'elle vienne, répondis-je, et je levai la fiole vide en guise de salut.

Assis dans ma chambre, Renna, Windsight, Eisirrn et moi attendions nerveusement. De temps à autre, nous expédions des sondes mentales vers la porte des appartements de Talsin. Personne n'y était entré.

– Crois-tu qu'ils sont allés ailleurs ? demanda finalement Windsight.

– Chuuuut ! murmura tout le monde, en chœur.

Le palais était totalement sombre et silencieux ; la musique du bal s'était tue depuis longtemps.

Eisirrn se mit à tambouriner avec les doigts sur la table ; il n'aurait pas pu choisir un bruit plus horripilant.

Je tentai de lancer une conversation :

– Comment avez-vous fait pour mettre une gargouille dans notre camp ?

– Oh, elle a toujours été plus intelligente que son créateur. Depuis que l'ancien roi lui a donné le pouvoir de voir dans l'âme des gens, elle s'adresse à tous ceux qui passent devant elle. Elle raconte de quelle manière tout le monde complotait contre son créateur, mais qu'en tant que gargouille, elle ne pouvait rien faire. Le vieux roi était même prêt à la réexpédier en poussière dans le Vide, à force de l'entendre radoter.

– Mais vous lui avez montré... l'autre côté de la protection royale ? hasardai-je.

– Exact. Si jamais on la remplaçait, ce serait un grand dommage.

La conversation retomba. Soudain, je sentis passer à toute allure l'éclair bleu du pouvoir de Windsight.

– Les voilà ! s'exclama-t-il.

Nous nous levâmes tous d'un bond, de manière assez grotesque sans doute. J'expédiai à mon tour une sonde et me concentrai sur le roi. Lisana riait gaiement, et elle eut un air hébété lorsque Talsin la poussa sur le lit. J'en conclus qu'il avait déjà bu un petit coup.

– Si Lisana ne lui jette pas un sort de séduction, murmurai-je, mon alliance avec Talsin est inutile.

– Chut, fit Windsight. Attends le poison.

Celui-ci frappa d'abord Talsin ; c'était lui qui avait reçu la première et la plus grosse dose. Il déborda d'énergie pendant un long moment, puis il commença à fatiguer et ses yeux se mirent à papilloter. Les gestes de Lisana étaient remplis eux aussi d'une énergie décuplée au début. Mais elle ignora l'amulette qui aurait pu la mettre en garde. Jeté par terre à côté de ses vêtements, le collier vira au noir lorsque le poison commença à s'insinuer dans son organisme.

Il fallut environ une demi-heure avant qu'elle s'effondre à son tour, près de Talsin plongé dans un profond sommeil. Je savais que sa magie dormait elle aussi.

Nous pouvions agir à notre guise.

– C'est le moment, dis-je.

Je remerciai Eisirrn d'un signe de tête et indiquai à Renna et Windsight de me suivre. Renna surveillerait la porte ; Windsight, lui, surveillerait le couloir et nous protégerait avec son bouclier si jamais les choses tournaient mal.

Planté devant la porte tarabiscotée de Lisana, j'entrepris de creuser méthodiquement un trou dans ses sorts de protection. Finalement, le voile scintillant de magie fut assez fin pour que je puisse le traverser et je poussai la porte. Elle grinça de manière sinistre.

A l'intérieur, il faisait un noir d'encre et il régnait un silence de tombeau. Ma respiration me paraissait affreusement bruyante. Je sentais chacun des muscles de mon corps et je découvrais une multitude de douleurs diverses. A chaque pas, je marchais sur des braises ; chaque ombre cachait un cauchemar.

Je fis naître une lumière de mage à l'extrémité de mes doigts, tout en regardant autour de moi, aux aguets.

– Oh, Seigneur...

Cet endroit était rempli de cercles magiques. Non pas les jolis cercles que j'aimais utiliser, mais les cercles les plus noirs, les plus sombres. Et à l'intérieur du triple cercle disposé au centre du plancher trois jeunes enfants blonds, silencieux et maussades, clignaient des yeux dans la lumière. Les enfants de Lisana.

– Kite ? Qu'y a-t-il là-dedans ? demanda Renna.

– C'est un... un cercle de pouvoir, répondis-je. Il y a trois enfants, les siens. Elle se nourrit de leur force.

– Allez-vous-en ! cria le plus âgé, un garçon.

Ne voulant pas provoquer de raffut, j'étendis sur lui une couverture magique qui l'empêcha de parler. Il se débattit courageusement, il faut le reconnaître. Il lutta comme un animal sauvage, mais son pouvoir était mal domestiqué et affaibli par sa mère qui y puisait ses propres forces.

Je reportai mon attention sur le cercle lui-même. Oui, il y avait effectivement une mèche de cheveux, la clé du sort. Prudemment, j'avançai ma main rougeoyante et dessinai un symbole de rupture au-dessus du cercle. Il résista pendant une minute, avant de céder sous le poids de ma magie.

Cela aurait pu s'arrêter là, si une ombre n'avait pas choisi ce moment pour se jeter sur moi et serrer ma gorge entre ses griffes aiguisées. Je me pétrifiai, naturellement. Heureusement, mon esprit, lui, n'était pas figé, loin s'en faut.

< Windsight ! Viens vite ! > hurlai-je à pleins poumons, mentalement.

– Pas d'intrus, murmura le lutin. Que fait-on de cet intrus, petit maître ?

Les trois enfants se levèrent en même temps, en voyant que ce grand et méchant homme était soudain en leur pouvoir.

– Crevons-lui les yeux ! déclara le plus âgé, en se débarrassant de ma couverture de magie avec une facilité évidente.

– Maman ne veut pas que des gens entrent ici ! dit sa jeune sœur.

– Je veux ma maman ! pleurnicha le plus jeune.

– Votre maman a un lutin comme animal domestique ? demandai-je d'une voix étranglée.

Windsight apparut alors sur le seuil, étincelant de toute la puissance des mages.

Le lutin fit volte-face, en se servant de moi comme bouclier, mais j'étais prêt. De mon temps, j'avais affronté des ennemis bien plus terribles. Je lui décochai un coup de pied sauvage dans le tibia et agrippai son bras griffu. Les lutins ont de la force, mais maintenant j'étais animé d'une magie incandescente. Un feu violent embrasa mes mains et la créature poussa un hurlement lorsque les flammes lui mordirent le bras. Son autre bras jaillit, par pur réflexe, et une sensation de brûlure intense dans mon bras gauche m'indiqua que des griffes mortelles s'étaient enfoncées dans ma chair.

Alors que je hurlais de douleur, le lutin se raidit dans mes bras. Ses yeux jaillirent de ses orbites et il se mit à baragouiner d'une voix rauque. Soudain, il s'effondra sur le sol.

Les enfants hurlèrent et tout le palais se réveilla.

Je n'ai jamais aimé m'agenouiller, je crois l'avoir déjà dit. A force, ça commençait à me taper sérieusement sur les nerfs.

Talsin faisait les cent pas dans la pièce, silhouette furieuse enveloppée d'un peignoir rouge, sur un fond de bougies allumées en toute hâte. J'avais réussi à protéger Windsight et Renna avec un bouclier avant l'arrivée des gardes, et Windsight avait aussitôt repris le contrôle du bouclier. Personne ne les voyait. Personne n'avait besoin de les voir. Moi, j'étais le mage idiot et incontrôlable, tout le monde le savait.

Enfin, mon roi prit la parole :

– Je ne peux pas croire que tu sois aussi stupide !

Je ne dis rien. Le pire était à venir.

– Tu as violé délibérément l'intimité de la cour ! Tu as menti, tu m'as dupé et tu as même essayé d'empoisonner mes appartements !

– Je l'ai fait pour vous, sire.

Bon Dieu, mon bras pisse le sang, je n'ai pas fermé l'œil de toute cette foutue nuit et tu oses me faire la morale... !

Talsin ne voulait rien entendre.

– Pis encore, tu refuses de me révéler qui était ton complice, celui qui a assassiné le lutin !

– Un membre de la Main d'Argent, sire. Mais ne

cherchez pas à savoir qui a tué qui. Demandez-vous plutôt qui a tué quoi. Je suis venu ici pour faire la guerre, car on m'a parlé de menaces extérieures, de trahisons et de combats à livrer ! Je ne suis pas venu pour vous regarder faire le paon !

Sa gifle me brûla la joue, mais je ne protestai pas. C'était son droit, après tout.

– Ne me dis pas quelles doivent être mes préoccupations ! Ni ce qui se passe ou ne se passe pas ! C'est mon père qui est mort, c'est mon royaume que l'on conduit vers le précipice. Ce sont mes *sujets* (ce mot débordait de mépris dans sa bouche, mais j'avais le sentiment qu'il n'était pas entièrement dirigé contre moi) qui ont cessé de me soutenir, à tel point que mes grands plans de guerre, cette guerre dont tu sembles te délecter (je redressai vivement la tête, l'envie de le gifler à mon tour me démangeait), ne sont plus possibles !

Il baissa d'un ton et ajouta :

– Je t'ai convoqué pour un conseil de guerre. Mais comment faire la guerre sans soldats, sans mages, sans hommes qui me font confiance et en qui je peux avoir confiance ? Comment as-tu *osé* présumer de ce que je pouvais faire ou ne pas faire à cet instant ?

Je baissai la tête et attendis de nouveau. Avez-vous remarqué ? On a l'impression que je ne fais que ça dans ma vie. J'aimerais me transporter en rêve dans un endroit où les gens ne sont jamais obligés d'attendre. Ce serait chouette de voir ça.

– Tu m'as désobéi, Kite, tu as violé les termes de notre accord. Je pourrais te faire juger pour trahison sur-le-champ, et nul ne songerait à me le reprocher.

– Sire, voulez-vous bien écouter ce que j'ai à dire ?

Talsin fit un effort pour se calmer, ce dont je lui fus reconnaissant.

– Je te conseille d'être convaincant, Kite.

– Les enfants que vous avez entendus hurler sont ceux de Lisana. Ce sont des mages, comme elle, et ils étaient à l'intérieur d'un cercle de pouvoir. Vous l'avez vu de vos propres yeux. A l'intérieur du cercle se trouvait une mèche de vos cheveux. Ça aussi vous l'avez vu. Deux des enfants projetaient un sort de séduction, pendant que le troisième dressait un bouclier réflecteur pour que personne ne les remarque. Vous avez vu tout ça. Pour finir, un lutin, venu du royaume de Lisana, m'a attaqué. Les lutins sont des créatures violentes, sauvages, assoiffées de sang, et celui-ci ne faisait pas exception.

Je m'interrompis pour produire un effet dramatique, en sachant qu'à partir de maintenant c'était quitte ou double.

– Lisana s'est servie de vous, elle vous a dupé, elle vous a abusé pour servir ses intérêts et les objectifs de ceux avec qui elle complotait. Vous ne pouvez pas m'accuser de vous avoir causé un tort considérable, alors que cette femme guette le moment propice pour pouvoir vous ensorceler encore une fois !

– Comment es-tu entré dans mes appartements ?

Il n'était pas décidé à décolérer

– Grâce à un scryblock, sire.

– Ce sort de ton invention ?

– Un des nombreux que j'ai inventés.

C'est ça, aggrave ton cas, vas-y, me dit la petite voix amère de la raison.

Talsin se tut et se remit à faire les cent pas, en pivotant sur lui-même dans une vague de soie chaque fois qu'il atteignait un mur.

– Depuis combien de temps entretient-elle ce sort ? demanda-t-il.

– Les enfants disent qu'ils l'entretiennent chaque nuit depuis qu'ils sont en âge de marcher. Le plus âgé, ajoutai-je en repensant à une chose que m'avait dite T'omar, a dix ans.

– Dix ans ?

– Elle est avec vous depuis au moins cent ans, soulignai-je, en douceur.

– C'était avant que je devienne roi !

– Oh, oui, dis-je dans un soupir. La couronne change tout. C'est comme une Clé. Vous portez la couronne et, soudain, tout le monde vous foudroie du regard. Vous devez contrôler la Clé, vous devez assumer cette responsabilité.

Je sentais que mes paroles commençaient à faire mouche. Le visage blême et les yeux bouffis, Talsin se laissa glisser jusqu'au sol, les genoux dans les bras, exactement semblable à l'image que j'avais conservée de l'enfant qui exigeait que le jeune mage, nouveau venu à la cour, lui-même encore un enfant, exécute un nouveau tour de magie.

– Dix ans, répéta-t-il. Et je n'ai rien vu, je n'ai rien senti.

– Haven a toujours autorisé les boucliers réflecteurs entre ses murs.

– Que dois-je faire ?

Il était l'élève et moi le maître. Un millier de fois j'avais connu pareille situation, un millier de fois j'avais combattu et gagné.

– Demain a lieu l'ultime cérémonie, dis-je. Et après-demain…

– Je serai couronné roi.

– Bien. Si vous chassez Lisana, vous aurez gagné

du temps. Mais cela ne réglera pas tous nos problèmes, dont le plus important se nomme Nightkeep.

Il ricana.

– « Nos » problèmes. Je me sens rassuré.

– Taisez-vous et soyez reconnaissant.

Il ouvrit la bouche pour protester. Quelqu'un lui avait-il déjà dit « Taisez-vous ! » ?

Mais sans lui laisser le temps de réagir, j'ajoutai :

– Vous devez laisser les armées des Gardiens ici en attendant que Nightkeep passe à l'action. Si elles essayent de vous abandonner en utilisant la ruse, vous devrez entrer dans leur jeu. Alors... (Je frappai dans mes mains avec joie.) J'ai trouvé ! Une cérémonie en hommage aux soldats qui ont combattu aux côtés de votre père ! Les soldats de tous les royaumes ! Nul doute qu'ils refuseront de partir quand ils entendront ça. Annoncez-le juste après le couronnement, retardez le départ des armées, maintenez-les en état de veille, *prouvez* que vous êtes leur roi et que vous pouvez déjouer leurs plans à tous les niveaux !

La lumière de la compréhension balaya son visage.

– Kite, je pense que tu es un génie ! (Il laissa échapper un rire hystérique.) Bon sang, ça va marcher ! Nous n'avons pas besoin des seigneurs. Avec les soldats et le peuple de notre côté, la cour n'est rien !

– Prudence ! dis-je sur le ton de la mise en garde. Ne sous-estimez jamais le pouvoir de l'argent.

– Oh, ils ont de l'argent dans leurs royaumes, en effet. Mais ici, c'est moi qui gouverne !

En voyant son visage s'illuminer et en entendant son rire, on en venait presque à oublier ce qu'il avait fait par le passé. Son sourire était celui d'un homme qui vient de découvrir la liberté.

Pendant cet instant de joie, j'oubliai Nightkeep, toutes ces trahisons, et même le visage de cette femme qui m'avait tant fait souffrir. Il n'y avait rien dans ce monde que je ne puisse faire. J'étais le roi de la magie, et la magie dirigeait tout.

Nul doute que j'avais bien mérité ce qui m'attendait.

La lumière à l'intérieur d'un cristal . 10

– Au Consortium !

La petite salle que nous avions découverte à l'arrière du palais était éclairée uniquement par quelques bougies qui se consumaient faiblement. Chacune d'elles était entourée d'une flaque de cire fondue. Notre escapade nocturne avait pris fin depuis longtemps et, aux petites heures du jour, tout le palais avait replongé dans le sommeil après l'excitation de la nuit.

Assis en rond, nous nous félicitions mutuellement pour ce joli travail.

– Croyez-vous que je devrais essayer un autre sort de divination ? demandai-je. Uniquement pour vérifier que nous avons bien fait apparaître toutes les influences maléfiques ?

Windsight grogna.

– Avec la cérémonie de demain et le couronnement après-demain ? Tu risques de t'évanouir pendant l'un ou l'autre.

– Merci pour le soutien moral.

– C'est un conseil pragmatique, rectifia-t-il.

– J'ai parlé à un membre de la Main d'Argent

aujourd'hui, dit Eisirrn. Apparemment, ce nouveau chef, T'omar, connaît son affaire. Figurez-vous qu'en l'espace de quelques jours seulement il a inventé un nouvel art de la guerre que la Main d'Argent pourra utiliser dans le Vide.

J'émis un grognement à mon tour.

– Les batailles dans le Vide sont un gâchis en vies humaines, et rien d'autre.

– Pas celles-ci.

Il se lança dans une explication. Le principe était extrêmement simple, constatai-je. Un groupe d'hommes se rendait dans le Vide, avec un équipement approprié, et ils s'accrochaient littéralement aux bord des routes. Les fesses pendant dans le Vide, ils n'étaient retenus que par un matériel d'alpinisme complexe, et peut-être aussi une bonne condition physique. Dès qu'un ennemi se présentait, ils jaillissaient littéralement du néant, et ils y retournaient en entraînant leur proie. J'étais surpris que personne n'y ait songé avant.

En réfléchissant, je ne m'étonnais plus. Il ne fallait vraiment pas avoir le vertige, et les préparatifs étaient complexes. Mais pas tant que ça pour notre jeune général, visiblement.

Windsight semblait songeur.

– Vous croyez que T'omar m'en voudrait si je lui empruntais cette idée ?

– Je suis sûr que non, répondit Eisirrn. Il a également augmenté les salaires.

– Où a-t-il trouvé l'argent ? demandai-je.

– Nightkeep. Grâce à son nouveau plan pour tendre des embuscades aux convois.

Je fis la moue. Cela ressemblait moins à des missions d'espionnage qu'à des attaques militaires.

L'ancien roi disait que les deux choses étaient une contradiction flagrante et qu'il fallait s'en tenir à ce qu'on faisait le mieux. De toute évidence, T'omar n'était pas de cet avis.

– Windsight, dis-je, comme après réflexion, je ne t'ai toujours pas remercié de m'avoir sauvé la vie.

– Quoi ?

– Tu as tué le lutin, dis-je, surpris de ne pas le voir bomber le torse avec fierté.

Le vieux mage semblait perplexe.

– Je n'ai rien fait. Je croyais que c'était toi !

– Et moi je croyais que c'était toi !

Nous échangeâmes un regard.

– Je n'aime pas ça, dis-je. D'abord, le sort de neutralisation contre Talsin, et maintenant... ça.

– Se pourrait-il que Saenia t'ait... béni ? demanda Windsight d'une toute petite voix.

– Je sentais sa magie venue de Stormpoint ! répondis-je d'un ton cassant.

T'omar, Lisana, les cérémonies... tout cela s'évanouit pour être remplacé par la voix puissante du doute qui résonnait dans ma tête déjà enveloppée de coton et cognait pour réclamer mon attention. Ça ne va pas ! Nous passons à côté d'une chose évidente !

Mes yeux glissèrent à toute vitesse sur Windsight pour s'arrêter sur la silhouette silencieuse de Renna. J'avais essayé de lui enseigner la téléportation. Mais cela n'avait d'influence que sur elle, pas sur les choses. Elle n'avait quand même pas... Non, on n'avait jamais vu ça ! Un rêveur ne pouvait pas influer sur le monde réel, il pouvait uniquement le parcourir.

– Renna ?

– Oui ?

– Quand… quand nous étions là-bas, as-tu ressenti quelque chose ?

Elle rit, de manière un peu trop légère.

– Bien sûr que non ! C'est vous le grand mage, moi je ne suis qu'une rêveuse.

– Mais… tu n'as pas eu l'impression que… comme si quelque chose vibrait ou un truc dans ce genre-là ?

Elle haussa les sourcils.

– Quelque chose qui vibre ? Non, Kite, je n'ai pas ressenti ça.

Windsight m'observait en plissant les yeux, l'air sceptique.

– Où veux-tu en venir, Laenan ?

Je n'aimais pas quand il prenait ce ton sévère. Ça voulait dire qu'il était inquiet. Un Windsight véritablement inquiet, c'était une arme à double tranchant.

– Je me demandais simplement si Renna n'avait pas fait quelque chose. Un peu de magie, par exemple.

Le silence qui suivit aurait pu geler un océan. Finalement, au bout d'un moment qui sembla durer une éternité, le mage se leva, me prit par le bras et dit :

– Je peux te parler ?

Il m'entraîna dehors et je fus obligé d'affronter le regard horrifié du mage. Ce n'était pas facile.

– Es-tu devenu complètement fou ? s'écria-t-il. J'ai protégé Renna pendant dix longues années, et j'ai continué à la protéger ici, à Haven, de mon mieux. Je l'ai laissée te fréquenter car je pensais que ça pourrait lui être bénéfique, que ça pourrait l'aider à apprendre. Mais je ne veux pas que tu lui mettes de drôles d'idées en tête, d'accord ? Renna est une rêveuse. Elle est fragile, naïve, elle ne possède aucune des qualités qui pourraient l'aider à survivre plus de dix minutes. Je t'interdis de l'impliquer davantage dans toute cette histoire !

Windsight tremblait de rage.

J'avais envie de lui répondre : « Renna a peut-être le pouvoir de changer Haven pour toujours ! Si elle est capable de contrôler la réalité ou de déformer le Vide, c'est peut-être elle qui pourra tout arranger ! » Mais je manquais de courage. Et puis, il y avait toujours le risque que je me trompe.

– C'était sans doute l'alcool qui parlait, murmurai-je.

– Kite, ton cerveau s'occupe de trop de choses en même temps. Un jour, on va voir de la vapeur sortir par tes oreilles.

– Certainement, dis-je.

En réalité, j'étais furieux que Windsight puisse si facilement me dénigrer et dire « non », alors qu'il y avait un tel enjeu. Et j'étais furieux de ne pas en savoir plus, alors que tous les indices étaient là, devant mon nez !

Il veut juste la protéger. Ce monde est dangereux pour une rêveuse. Pour quiconque ne connaît pas les règles.

– Je vais me coucher, annonçai-je.

Windsight hocha la tête.

– Bonne idée. Tu as fait de gros efforts.

Il essayait d'être gentil avec moi. Il croyait que j'étais ivre, trop fatigué pour réfléchir ou bien légèrement dérangé. Il avait peut-être raison.

Je me traînai dans l'escalier. Le triomphe de la soirée paraissait bien pâle à côté du sentiment de honte provoqué par ce début de bagarre avec un de mes meilleurs amis.

Mon chemin passait devant la chambre de Lisana. Une lumière filtrait sous la porte et on entendait des éclats de voix.

– Quand je pense que tu m'as trahi !

– Je l'ai fait pour vous, sire !

– Non, tu l'as fait dans ton intérêt ! Ne mens pas, femme ! Par tous les rêves, dans l'intérêt de qui as-tu agi ainsi ?

– Par pitié ! Je vous aime !

– Tu me méprises, comme je te méprise !

J'avais l'oreille collée à la porte et le souffle coupé. Talsin allait bannir Lisana, peut-être même la faire juger pour trahison. Je savais que je ne devais pas rester là, mais mes jambes refusaient de bouger.

– Ta position privilégiée à la cour m'empêche de te faire exécuter, même si la tentation est grande. Par ailleurs, tes descendants sont trop jeunes pour hériter de Waterpoint, et je ne veux pas provoquer un nouveau scandale en installant un protecteur. Je vais donc te renvoyer dans ton royaume dès ce soir, avec des hommes armés. Ils veilleront à ce que la moitié de tes biens soit taxée et ils prépareront l'installation d'une garnison permanente. Tu seras placée en résidence surveillée et je consulterai la cour pour savoir ce qu'il convient de faire de toi.

J'avais cessé d'écouter à la porte. Les cris et les jurons de Lisana résonnaient dans le couloir derrière moi tandis que je m'empressais de regagner ma chambre, le cœur battant à tout rompre. Elle me tiendrait pour responsable, évidemment. Et je la croyais capable d'envoyer des assassins à mes trousses, du fin fond de sa résidence surveillée.

– Kite ?

Les nerfs à vif, je sursautai, et mes doigts s'enflammèrent instinctivement.

– Renna ! Que fais-tu ici ?

– Je vais me coucher, répondit-elle d'un ton détaché.

Aucun de nous deux n'était dupe. Le regard de Windsight avait été redoutable, et je savais que j'étais dans le pétrin. J'étouffai les flammes au bout de mes doigts, souris nerveusement et dis, d'un ton trop précipité :

– Je te souhaite bonne nuit.

– Bonne nuit.

Alors que je faisais demi-tour pour repartir, la question pourtant attendue me frappa à l'arrière du crâne.

– Que suis-je, Kite ?

Oh, mon Dieu. J'envoyai une sonde à la recherche de Windsight : il se trouvait à quelques couloirs de là, en train de gravir un escalier d'un pas vif, tous les sens en alerte.

– Une rêveuse, répondis-je en toute hâte.

– C'est quoi une rêveuse ?

– Un être humain.

– Et vous alors, qu'êtes-vous ?

– Un extraterrestre, je suppose.

– Je ne peux rien influencer du tout, Kite. Il faut que vous le compreniez.

Le ton suppliant de sa voix me déchirait le cœur, mais il fallait que je réponde.

– Tu ne connais pas ton propre pouvoir, car tu connais le monde.

– Ça veut dire quoi ?

Windsight ayant presque atteint le bout du couloir, je n'avais plus le temps de lui expliquer.

– Bonne nuit, glapis-je, et je plongeai à l'intérieur de ma chambre juste au moment où Windsight apparaissait dans le couloir.

Que dire ? J'arrachai mes bottes et, sans prendre la peine de me déshabiller, je m'effondrai sur mon lit. J'entendis des voix étouffées à l'extérieur.

– Tu as vu Kite ?

– Non. Il dort.

Je réduisis mes émanations magiques à un niveau convenable et abaissai mes boucliers. Une seconde plus tard, la sonde lumineuse de Windsight me frôla et, malgré mon instinct qui hurlait vengeance, je demeurai immobile.

Quelques minutes plus tard, ils étaient partis se coucher eux aussi.

Eh bien… Windsight tenait suffisamment à Renna pour insulter un vieil ami en le sondant. La violation du protocole était considérable, mais je ne lui en tenais pas rigueur. Après tout, j'avais la triste réputation de causer des ennuis partout où j'allais. Renna faisait partie des choses qu'il ne voulait pas que je détruise…

Je poussai un long soupir alors qu'une lumière grise s'infiltrait dans la chambre. L'aube était plus proche que je ne l'avais cru. Je me jetai un sort d'endormissement et plongeai dans un sommeil profond, sans rêves.

– Un autre, s'il te plaît.

– Vous avez bon appétit, ce matin, dit Renna, assise de l'autre côté de la table.

Le réfectoire était plein à craquer et, autour de nous, les rumeurs évoquant le destin de Lisana fusaient de toutes parts. Renna et moi avions également eu droit à quelques drôles de regards.

Mais où était donc passé Windsight ? J'aurais pourtant cru qu'après les événements de la veille il me tiendrait à l'écart de sa protégée avec le plus grand zèle. Eh bien, non. Renna était venue frapper à ma porte après trois heures de sommeil d'origine magique, pour m'annoncer que Windsight s'était rendu au temple afin de préparer un rituel. Les couronnements exigent un tas de machins de ce genre.

Deux écuyers passèrent au trot, en se dévissant le cou pour regarder le petit mage et la rêveuse, plus impressionnante d'une certaine façon. Avec un peu de chance, ils ne pourraient pas dire qui était qui, songeai-je avec un sourire amer.

Qu'ils nous regardent si ça leur faisait plaisir ! J'attaquai un autre petit pain.

– Il faut que je mange. Ces cérémonies sont une rude épreuve pour les mages comme pour les rois.

Renna hocha la tête sans un mot. Elle regardait derrière moi, remarquai-je, pour observer les écuyers qui parlaient à voix basse avec des comtes de seconde zone.

– Que racontent-ils ? demandai-je.

Renna tendit son oreille de rêveuse.

– Celui-ci vient de dire : « Croyez-vous qu'ils peuvent provoquer une fissure du Vide à l'intérieur du palais ? » Mais j'ignore ce que ça signifie.

Je ne pus m'empêcher de rire.

– Vous pourriez en provoquer une, vous ?

– Oui, si j'étais d'une bêtise incroyable. Et suicidaire. Autre chose ?

– Les deux hommes en rouge, près de la porte, affirment : « Il paraît qu'il l'a maudite, elle ne pourra plus jamais parler. »

– Foutaises !

– Je sais. Oh, l'homme en bleu assis à côté du garde est en train de déclarer : « On l'a renvoyée à Waterpoint ; elle a de la chance d'avoir encore sa tête. »

– Elle ne jettera plus jamais un sort sans que quelqu'un le sache, répliquai-je.

– Kite, que sous-entendiez-vous, hier soir, quand vous avez dit que je ne connaissais pas mon propre pouvoir, car je connaissais le monde ?

– Ça te tracasse ?

– Vous vous êtes entraîné à débiter des remarques floues destinées à agacer les gens, ou est-ce un trait de famille ?

Je ris de nouveau.

– Tu devrais voir ma sœur. A côté d'elle, je ne suis rien du tout.

– Je veux une explication, Kite.

Je finis mon petit pain, m'essuyai la bouche avec ma manche et croisai les bras.

– Que veux-tu que je te dise ? Tu me répondras que ça n'a aucun sens.

– Kite, je vous ai aidé pendant que votre esprit dérivait à travers tous les futurs. Je vous ai vu pulvériser un cercle qui contenait l'équilibre mental d'un homme. C'est une chose que ni Windsight ni aucun mage n'a jamais pu me montrer. Maintenant que j'ai vu ça, je suis prête à croire presque tout ce que vous me raconterez.

– Même si cela fait de toi un dieu ?

Le regard qu'elle me jeta aurait pu geler un élément de feu.

– Dites-moi !

– D'accord, je vais essayer. Le véritable monde, celui-ci, traverse la Terre. Et le rêve est le moyen qui permet de passer de l'un à l'autre, n'est-ce pas ?

– Exact.

– Supposons qu'un de ces deux mondes commence à affecter l'autre. Que se passera-t-il si quelque chose sur Terre, les lois scientifiques de la Terre, ou les habitants eux-mêmes, commencent à affecter ce monde ?

– Je ne sais pas.

– Ce n'est qu'une conjecture, mais d'après la théorie de base, nos mondes sont désormais... entremêlés, dirons-nous. Ce monde de magie est un endroit où les humains peuvent échapper à leurs vraies vies et, au fil du temps, c'est devenu pour eux une sorte d'aimant. Tôt ou tard, vous vous mettez à rêver et, à ce moment-là, vous venez ici.

– Quel rapport avec moi ?

– C'est la partie la plus délicate. L'expansion et les rêveurs sont liés. Pas de rêveurs, pas d'expansion. Pas d'expansion, pas de nouveaux royaumes pour attirer de nouveaux rêveurs. Autrement dit, les royaumes dépendent des rêveurs. Ainsi, mon royaume Stormpoint est le rêve de quelqu'un, quelque part. Mais cette personne n'a pas encore atteint son rêve. Même chose pour Skypoint, Haven, Westpoint... ce sont les créations d'un millier de rêveurs qui essayent tous d'arriver jusqu'ici.

– Je ne comprends toujours pas.

Je me penchai vers elle avec fougue.

– Imagine qu'une personne qui a rêvé de Skypoint parvienne jusqu'ici, et qu'elle y reste pour de bon, sans jamais oublier, comme tous les autres, en restant maître de son rêve ?

– Et alors ? Que se passerait-il ?

– Le rêve ne serait plus le même ! Tu ne comprends donc pas ? Dès l'instant où quelqu'un atteint un endroit où il a le contrôle des rêves et le contrôle de soi-même, il devient une sorte de Clé.

– Alors... je peux contrôler les choses ?

– Exactement comme un mage. Le seul obstacle qui t'empêche de ressembler à un dieu, c'est que tu restes trop dépendante de la logique et de la science pour prendre conscience de ton potentiel.

– C'est idiot. Cela revient à dire que vous n'êtes qu'un fragment de l'imagination !

– C'est faux !

Elle leva les mains dans un geste de défense.

– En supposant que vous ayez raison, comment savez-vous tout cela ? Windsight ne m'en a jamais dit un mot.

– Je... je ne sais pas. C'est surtout une base de théorie. D'autres éléments sont évidents.

– Et le reste vient de l'intérieur de votre tête ?

– Oui, sans doute.

Renna se leva. Son visage était impénétrable.

– Merci. Vous m'avez donné de nombreux sujets de réflexion.

Sur ce, sans rien ajouter, elle tourna les talons et s'éloigna.

– Renna ! Attends !

Elle m'ignora. Pourquoi ? Qu'avais-je dit de si terrible ? Je ne comprenais pas, je ne voyais pas pourquoi elle était si bouleversée d'être une sorte de mage chez les rêveurs.

– Kite ?

La voix douce de Windsight était certainement la dernière que j'avais envie d'entendre dans l'air doux du matin. J'ignorais comment il avait pu se déplacer de manière aussi silencieuse. Mais je réussis à ne pas sursauter, alors même que mon esprit bafouillait.

Je me retournai à demi.

– Renna est... très préoccupée, dis-je sans grande conviction.

Son tuteur fronça les sourcils, mais ne posa aucune question.

– La cérémonie a lieu dans deux heures. Tu dois te changer et te préparer.

Me changer voulait dire, en l'occurrence, enfiler une tunique grise avec un capuchon qui me faisait ressembler davantage à une apparition sortie d'un cauchemar qu'au brave homme sympathique que j'étais.

Le temple des rêves est le plus grand et le plus puissant temple de Haven, pour des raisons évidentes, et il domine la place principale, dans une grande artère qui mène au palais. La foule s'était déjà rassemblée. Le couronnement d'un roi était un événement rare, le précédent ayant vécu jusqu'à neuf cents ans, avant que Nightkeep ne fiche tout en l'air.

Cinq personnes présidaient cette ultime cérémonie : quatre du temple et une cinquième dont le rôle était de décider si, oui ou non, Talsin était l'homme merveilleux que tout le monde décrivait. La tradition voulait que cette cinquième personne marche tête couverte et en silence pour symboliser le Vide, les cauchemars, la magie, etc.

– Je refuse de tenir ce machin ! m'écriai-je quand le maître de cérémonie me montra le lourd bâton.

– Le cinquième mage tient toujours le bâton du Vide, répondit-il d'un ton guindé. C'est la tradition.

Je foudroyai du regard cette chose ignoble. Un gros cristal bleu était incrusté en haut, dans le vieux bois noir. Un dragon sculpté s'entortillait tout autour. La gemme était censée briller de mille éclats si le cinquième juge trouvait le roi acceptable avant de le présenter à la foule impatiente. A ma connaissance, la nomination de ce cinquième juge était purement politique, et cela depuis le jour où un petit malin avait compris que le sort de la couronne dépendait de l'opinion d'un pauvre type qui aimait ou non la couleur des cheveux du candidat.

Alors, pourquoi Talsin t'a-t-il choisi pour cette tâche ? Je répondis à ma propre question dès que je l'entendis formulée. La politique, évidemment. Les gens seront ravis d'entendre cet ennemi juré d'autrefois, ce mage légendaire, dire : « Ouais, c'est un type bien. »

– Je ne m'attendais pas à vous voir ici.

Le grand prêtre Kassir venait d'apparaître près de moi. Resplendissant dans sa tunique verte éclatante, il était entouré de quatre acolytes, deux pour brandir les étendards du temple, deux autres pour porter l'épée de manière majestueuse, comme il convenait.

– Je ne m'attendais pas non plus à me voir ici, avouai-je. Écoutez : quand je suis venu dans votre temple...

– J'ai été flatté. Que Laenan Kite, tueur de rois, cinquième et ultime mage, juge du seigneur des rêves et maître de la magie triplement célèbre, soit venu me voir en quête de réponses...

– Si je peux faire quelque chose pour votre temple, une bénédiction, une apparition ou quelque chose comme ça... marmonnai-je.

– Je saurai m'en souvenir, répondit Kassir avec un sourire.

Le maître de cérémonie frappa dans ses mains pour attirer l'attention des quatre grands prêtres, de leurs assistants et de la petite silhouette qui se tenait à l'écart, avec un bâton grotesque et une tunique grise.

– Quand nous arriverons au temple, le roi inscrira les bénédictions de chaque élément, individuellement, dans les pierres. Vous guetterez les fautes. Puis, devant le conseil des mages et des seigneurs, chacun de vous posera une question. Le cinquième mage est-il prêt ? demanda-t-il d'un ton laissant entendre qu'il serait étonné que je le fusse.

– Prêt, répondis-je.

Je résistai à l'envie de le transformer en crapaud.

– Vous poserez votre question en dernier, après quoi vous le déclarerez roi devant la cour. Ensuite, vous descendrez à ses côtés les marches du temple, et vous le déclarerez roi devant le peuple.

– Et si je pense qu'il n'est pas digne d'être roi ?

L'homme sembla sidéré par ma question.

– C'est... très improbable.

– Mais si c'est un salaud de première ? Un imbécile incompétent qui causera la chute de Haven ?

Je me régalais.

– Si vous avez ce sentiment... Mais ça n'est jamais arrivé.

– Merci, dis-je avec un sourire idiot. Vous m'avez beaucoup aidé.

L'homme se ressaisit et frappa dans ses mains de nouveau.

– Venez, messieurs. Rendons-nous au temple.

C'était une procession joyeuse. Cela ne faisait aucun doute. La foule était alignée tout au long du chemin et, lorsque les portes du palais s'ouvrirent, elle se déchaîna. Les grands prêtres montèrent dans leurs litières décorées, les porteurs les soulevèrent et ils disparurent de manière majestueuse à l'intérieur. Ils avaient été précédés par une escouade de chevaliers honorés. Vinrent ensuite les prêtres du temple du feu, de la terre, de l'eau et de l'air. Deux escouades entouraient Talsin, qui était monté sur un cheval blanc et ressemblait à un prince charmant de conte de fées. Il fut suivi d'une délégation du conseil des mages et d'une délégation de mages venus d'autres royaumes. Puis vinrent les membres de la cour, resplendissants dans leurs différentes livrées, avec leurs bannières qui claquaient au vent derrière eux dans les mains des écuyers et des pages. J'étais le dernier ; encore une tradition à laquelle j'aurais aimé tordre le cou. Quand le dernier des chevaliers eut franchi la porte, je voulus le suivre. Mais deux gardes m'arrêtèrent.

– Pas tout de suite, monsieur.

Je me retournai en entendant un bruit de pas familier. Un dragon, tout petit et vert foncé, m'observait.

– Oh, non, vous plaisantez, dis-je.

– Posez votre pied sur ma main, monsieur, je vais vous aider à monter dessus.

– Je suis tout à fait capable de monter seul sur un dragon.

Le garde étouffa un rire.

– Monsieur, de toutes les créatures, les dragons sont celles qui ont le plus mauvais caractère.

– Visiblement, vous n'avez jamais rencontré de nain, rétorquai-je. Et les démons eux aussi sont une vraie plaie dès qu'il est question de les domestiquer. (Je décidai de prendre un ton moins agressif.) Écoutez. Je suis le cinquième mage, non ? Une figure de légende. Alors, laissez-moi monter sur le dragon tout seul, et peut-être que nous ne serons pas obligés de soigner des fractures.

Le garde semblait dubitatif, mais il recula.

– Très bien, monsieur. Si vous êtes sûr de vous.

– Je le suis. Voulez-vous bien me tenir ça, je vous prie ?

Je lui tendis mon bâton et reportai mon attention sur le dragon.

< Je vais tuer Talsin pour de bon >, lançai-je mentalement.

< Il n'a pas dit à vous de voler sur moi ? >, telle fut la réponse, légèrement décousue, que je reçus.

Les dragons ne sont pas franchement stupides, mais autrefois c'était un véritable fléau ; ils n'arrêtaient pas de manger tout ce qu'ils trouvaient sur leur chemin. C'est pourquoi, aujourd'hui, la plupart des dragons sont créés à l'intérieur des royaumes, et contrôlés par celui qui détient la Clé. Celui-ci, qui sait à quel point les dragons peuvent être pénibles, leur donne une maîtrise du langage juste suffisante pour se débrouiller, et juste assez de connaissances pour savoir ce qu'ils ne doivent pas manger. Jamais plus. Néanmoins, je me suis toujours bien entendu avec les dragons. Ce sont des créatures aimables et simples qui regardent d'un œil dédaigneux les choses stupides comme les guerres.

< Non, il n'a rien dit ! Ça t'ennuie si je monte sur ton dos ? Je crois que je ne suis pas trop lourd. >

< J'existe pour voler. Vous montez moi. >

< Tu es plein de bon sens. >

< J'existe pour voler. >

< Quel est ton nom ? >

< On m'a pas donné de nom. >

< C'est une honte. Puis-je t'en donner un ? >

< Je peux choisir si nom bien ? >

< Évidemment. >

< Alors, donnez nom, s'il vous plaît. >

Je posai la main sur le flanc écailleux de la créature et trouvai ce point derrière les ailes où tous les dragons de ma connaissance aiment qu'on les gratte. La créature ronronna de plaisir. Évitant soigneusement les ailes fragiles, je refermai les doigts sur l'arête de la colonne vertébrale et grimpai.

< Tu es de quel sexe ? >

< Je... comprends pas question. >

Je repris le bâton au garde, qui semblait très impressionné tout à coup. Le sol me paraissait déjà lointain, et pourtant nous n'avions pas encore décollé.

< Es-tu un garçon ou une fille ? J'ai oublié de vérifier. >

< Je crois que... je ne porte pas d'enfant. >

< Pas d'enfant ? Alors, tu es une fille. >

< Oui. Fille. >

Je levai les yeux vers la porte du temple. Un garde suivait des yeux la procession et attendait qu'elle se fût suffisamment avancée pour que nous puissions décoller avec le maximum d'effet. Il secoua la tête en réponse à mon regard interrogateur.

< Tu ressembles à... Saenia. >

< Qui est Saenia ? >

< Ma sœur, si tu veux savoir. >

J'abaissai le capuchon sur mon visage et coinçai le bâton dans une position plus confortable.

< Elle ressemble à dragon ? > demanda la créature avec une note de stupéfaction dans la voix.

< Oh, oui. Et elle a le même tempérament. >

< Et griffes aussi ? >

< Très aiguisées. >

< Alors, c'est honneur pour moi d'être Saenia. Quoi est ton nom ? >

< Moi ? Laenan. >

Le garde se retourna et me fit signe avec son pouce dressé : c'était O.K. Parfois, tes aéroplanes me font envie, cher rêveur. Ils volent très vite et décollent en douceur. Les dragons, eux, se redressent d'un bond, ils déploient leurs ailes avec un claquement sec qui s'entend à l'autre bout du royaume et ils s'élèvent dans les airs en exécutant des embardées et des virages brusques qui vous soulèvent l'estomac. J'étais heureux d'avoir ce capuchon sur la tête : personne ne pouvait voir que mon visage avait viré au vert. Arrivé au sommet de son ascension, à plusieurs dizaines de mètres au-dessus des habitations, le dragon poussa un rugissement, cracha un tourbillon de flammes dans le ciel et se stabilisa. Je me penchai dans son cou, les yeux fixés sur le temple devant lequel la procession venait d'arriver.

– Vole, murmurai-je.

Le dragon qui ressemblait à Saenia rugit de nouveau et tandis que, tout en bas, la foule poussait des acclamations, il fonça vers l'ultime cérémonie des rois.

Le temple était plus petit que dans mon souvenir. Sans doute parce que j'avais passé tant de temps à m'occuper de tout un royaume. A moins que l'excitation du ciel immense ne demeure dans mon cœur battant. Quoi qu'il en soit, l'assistance de la salle dans laquelle nous nous retrouvâmes, violemment éclairée et bourrée de mages et de courtisans, retenait son souffle, tandis que Talsin approchait de l'estrade sur laquelle j'attendais, flanqué de deux grands prêtres. Je n'avais pas le droit d'ôter mon capuchon pour l'instant et mon nez me grattait (on a toujours le nez qui gratte dans les pires instants, cher rêveur).

Comme tous les autres temples que j'avais visités, celui-ci était inondé de lumière. Mais contrairement à tous les autres, cette lumière était séparée en différentes couleurs par des vitraux représentant la terre, l'air, le feu et l'eau. L'autel ressemblait grosso modo à ce bloc de pierre brute que j'avais pu voir dans le temple de la Terre, mais un feu bleu et rouge traversait les runes antiques qui y étaient gravées, ballotté d'avant en arrière comme des vagues qui se brisent sur une plage. Aussi beau que soit cet effet, je doutais qu'aucun des membres de l'imposante cour assis dans le fond puisse en profiter. Le temple était si immense que nous n'étions à leurs yeux que de petites silhouettes qui se livraient à des jeux dans le cœur des rêves.

Talsin s'agenouilla devant l'autel, puis il se releva pour regarder fixement mon visage dissimulé par le capuchon.

– Qui vient ici dans le temple du rêve ? entonna le grand prêtre des rêves.

– Talsin, futur roi de la lumière.

– Qui vient frapper à la porte de la magie ?

– Talsin, qui portera la couronne de la magie.

– Talsin qui sera roi et qui portera la couronne, tu as fait tes preuves devant les éléments. Tu dois maintenant inscrire ta valeur dans le rêve.

Nous nous écartâmes pour le laisser seul devant l'autel. La simple plaque de pierre rougeoyait de magie. Cent rois étaient venus ici avant lui, et cent fois ils avaient inscrit quatre bénédictions dans la pierre. Comme devait le faire Talsin aujourd'hui. Il s'inclina vers le nord, se concentra et grava une bénédiction d'air. Il s'inclina vers l'est et grava une bénédiction d'eau. Le sud commandait à la terre, l'ouest, au feu.

J'assistais à tout cela avec curiosité. Les bénédictions étaient achevées, Talsin avait introduit une bonne dose de magie dans les pierres anciennes. Inutile de préciser qu'il paraissait un peu pâle après la dernière bénédiction. C'étaient de bons sorts, de quoi faire la fierté de n'importe quel mage.

Chaque grand prêtre s'avança alors et, avec un petit couteau de cérémonie, il entailla le bras droit de Talsin, juste une fois. Le sang goutta sur l'autel dans un silence absolu. Talsin ne chancela pas.

Nous fûmes placés tous les cinq derrière l'autel maculé et incandescent, d'où nous regardions fixement le futur roi. Le bâton était froid et lourd dans ma main.

– Si une armée débarquait à notre porte, alors que vous êtes seul et désarmé, que feriez-vous ? demanda le grand prêtre du feu.

Talsin humecta ses lèvres sèches avec sa langue.

– Je me dresserais sur la route qui mène au Vide, avec le feu et la glace au bout des doigts, et j'enverrais toutes les forces de mon imagination contre l'ennemi, jusqu'à ce que les rêves eux-mêmes tendent les bras pour emporter mon corps déchiqueté au paradis.

Je faillis émettre un petit claquement de langue en signe de désapprobation. C'était une réponse toute prête. Mais la cour murmura et hocha la tête pour exprimer son approbation ; visiblement, les réponses faciles étaient à la mode. Je me demandai s'il existait une réponse standard à la question que j'avais en tête.

– Si la peste s'abattait sur la ville, sur les gens dans la rue et sur le palais, que feriez-vous ? demanda le grand prêtre de l'eau.

– J'irais au milieu des malades et je les guérirais tous avec mes pouvoirs, jusqu'à ce que je m'effondre d'épuisement ou que je succombe moi aussi à la maladie.

Mes doigts cessèrent de pianoter sur le bâton. Oui, c'est ça. Et la mise en quarantaine ? Et les règles d'hygiène élémentaires ? Et la mise en garde adressée aux autres royaumes ? Pourquoi ne pas soigner en priorité ceux qui peuvent soigner d'autres personnes ? Il ne suffit pas d'aller dans les rues pour...

L'air et la terre posèrent leurs questions banales. Y avait-il quelqu'un ici qui se servait de son imagination ? Mes yeux se fixèrent sur le maître de cérémonie. Chaque question possédait une réponse toute prête. Le roi savait ce qu'ils allaient lui demander ; la cour voulait qu'il réussisse l'épreuve sans courir le risque de se ridiculiser.

C'était à mon tour. Tout le monde avait les yeux fixés sur moi, le cinquième mage, avec son visage masqué par un capuchon. J'étais assez flatté qu'ils n'aient pas osé me demander de poser une question convenue ; ils savaient sans doute que cette suggestion m'aurait rendu fou de rage.

Quand je parlai, ma voix envahit tout le temple :

– Qu'est-ce qui vous donne le droit de gouverner alors que nul autre ne peut réclamer ce privilège ?

Talsin hésita. Le sang continuait à goutter sur l'autel, je sentais la fatigue qui se déversait de son corps.

– Je n'ai aucun droit, répondit-il d'une voix chargée de lassitude, si ce n'est celui d'avoir étudié le monde. Si ce n'est que le jour de ma naissance, on m'a dit : « Observe ce royaume, car un jour tu devras le gouverner. » Alors, je me suis efforcé d'observer, j'ai regardé les gens qui connaissent le monde réel bien mieux que je ne le connaîtrai jamais. Et en les regardant, j'ai appris à aimer, j'ai appris à compatir, j'ai appris à comprendre les royaumes et la manière dont ils fonctionnent. Mais vous avez raison, je n'ai aucun droit, et nombreux sont ceux qui ont vu de plus grandes merveilles et voyagé bien plus loin que moi. Le seul droit que je puisse revendiquer c'est celui que je gagnerai en luttant et que j'espère mériter en servant le royaume de mon mieux. C'est la seule chose que je peux espérer réussir, et ce sera à vous seuls de juger si j'y parviens un jour.

Dans le silence qui suivit, je le vis recroquevillé devant moi, réclamant conseil d'un air suppliant ; les dix dernières années de sa vie étaient un cauchemar qui disparaissait à toute vitesse, le monde réel le percutait de plein fouet avec toute la violence d'un sort pulvérisé. Et je compris pourquoi il m'avait demandé d'être le cinquième mage : il avait besoin que quelqu'un lui dise qu'il serait un bon roi. Quelqu'un qui lui dise que tout était parfait et qu'il pouvait continuer. Était-ce vraiment une si mauvaise chose ? N'était-ce pas pour cette raison que je m'étais tourné vers Kassir, pour cette raison que j'avais confié mes malheurs à l'oreille de Renna et que je m'étais rendu à Silverpoint dans des bras amis ?

– Talsin, futur roi... dis-je, en sentant tout le monde suspendu à mes paroles.

A tel point que le poids de la foule semblait m'entraîner sous la surface de la mer ; j'avais le cœur en feu et mes poumons comprimés manquaient d'air.

– Vous vous êtes présenté devant cette cour et vous avez annoncé votre juste dessein. Si vous êtes venu ici, à l'origine, grâce au droit de la naissance, un droit qui ne pourra jamais acheter une terre, vous avez prouvé que vous n'étiez pas seulement un enfant dont le père dirigeait une grande armée. Vous avez prouvé avec des mots, du sang et de la magie que vous pouviez être davantage qu'une tradition liée par mille ans de rêves.

Je levai mon bâton en déversant de la magie dans son bois ancien et en faisant briller le cristal d'un tel éclat qu'il en devint presque aveuglant.

– Nous déclarons donc que vous serez roi !

La foule massée à l'extérieur du temple explosa. Un couronnement est une bonne occasion d'agiter son chapeau et de faire la fête, et cette assemblée se laissait emporter par l'esprit des réjouissances. Je marchai aux côtés de Talsin, en brandissant le bâton pour que chacun puisse le voir, et je m'arrêtai en haut des marches pour contempler cet océan de visages en contrebas et écouter le grondement de triomphe qui se répercutait contre les hauts murs. Talsin était épuisé, tremblant et pâle, mais une telle joie faisait rayonner son visage que ça me donnait envie de pleurer. Je levai de nouveau mon bâton pour qu'ils le voient bien, ce qui déclencha une telle ovation que les étoiles elles-mêmes durent baisser les yeux en laissant échapper un petit cri de stupeur.

Je repoussai mon capuchon pour qu'ils puissent découvrir le visage d'une légende en pleine lumière, puis je m'agenouillai devant Talsin et, ce jour-là, je prêtai serment d'allégeance, comme ils le firent tous.

Pourquoi diable est-ce que je passe le plus clair de mon temps à m'agenouiller devant des gens ? Est-ce inscrit dans mes gènes ?

N'empêche que c'était impressionnant. Talsin serait donc roi. Peut-être même un bon roi.

– Vive le roi ! Vive Talsin le Roi des Rêves !

– Bien joué !

– C'était super !

– Félicitations !

Nous nous frayâmes un passage au milieu d'un océan de paroles et de sourires, et nous quittâmes la salle où les gens continuaient de faire la fête alors que la lune était déjà haute dans le ciel. Windsight s'approcha, rayonnant dans sa tunique bleue de mage, et il me donna une tape dans le dos.

– Bien joué, Laenan ! Le cinquième mage a encore frappé !

La cérémonie semblait lui avoir redonné un peu d'allant et sa bonne humeur était contagieuse. Toutes les pensées concernant Renna, Nightkeep ou le pétrin dans lequel je me trouvais toujours s'étaient enfuies, et nous riions, nous parlions comme des amis devraient toujours le faire. Mais j'avais le sentiment que Windsight se montrait volontairement enjoué, qu'il essayait d'enfoncer la nuit précédente dans le passé, par un simple effort de volonté.

J'essayai de réprimer un bâillement quand nous nous retrouvâmes devant ma chambre, quelques instants plus tard.

– Le cinquième mage est claqué, dis-je, en m'appuyant contre ma porte.

– Saenia m'a contacté. Elle veut te voir demain, avant le couronnement.

J'émis un grognement.

– Elle veut sans doute me passer un savon pour m'être mêlé de politique, une fois de plus.

– Renna veut te voir, elle aussi.

Je fronçai les sourcils et fis la réponse qu'il espérait entendre certainement et qui, pour une fois, venait du cœur :

– C'est grave si j'attends demain, après le couronnement ? Je ne suis bon à rien, ce soir.

– Je ne pense pas. Je lui ferai la commission.

– Merci.

– Bonne nuit, mon vieil ami.

– Bonne nuit, Windsight.

Je me laissai tomber sur mon lit dès que la porte se referma et, à l'instant même où ma tête se posa sur l'oreiller, je plongeai dans un délicieux et profond sommeil.

Et je rêvai.

L'hôpital était plein à craquer. Il n'y avait même pas de place pour bouger à cause des gens qui étaient couchés partout, immobiles comme des statues. Les seuls mouvements étaient ceux de leurs yeux qui regardaient un visage invisible.

– J'étais sacrément content de me réveiller, crois-moi, dit un médecin, si fatigué qu'il semblait sur le point de tomber à la renverse.

– Les scientifiques disent que c'est un nouveau virus. Il s'attaque directement à la partie du cerveau qui rêve.

L'infirmière en était à sa quatrième tasse de café ; elle avait le teint blême et ses mains tremblaient.

– Tu ne peux pas continuer à boire ça ! Tôt ou tard, on sera bien obligés de dormir... Nous tous !

– Tu crois que je ne le sais pas ? (La femme était au bord des larmes.) Il y a deux milliards de personnes dans le coma ! Tu crois que je ne sais pas qu'on est obligés de dormir ! Évidemment que je le sais !

Je continuai à dériver en zigzaguant au milieu des gens affalés sur le sol, puis je gravis un escalier où des infirmières s'étaient tout bonnement évanouies, pour atteindre l'aile où dormait Renna.

Il était là. Debout près d'une infirmière endormie. Aussi translucide que moi, il était penché au-dessus d'une femme avec un petit sourire pervers. Renna se trouvait dans le lit juste à côté.

– Non ! hurlai-je. Allez-vous-en !

Il se retourna, avec une lueur étrange dans les yeux. Il me vit et un frémissement balaya son visage. Il m'avait reconnu.

– David Kiteler, tu ne peux pas me toucher. Tu n'es qu'un rêveur, dit-il avec un sourire méprisant.

C'était le Dr Obséquieux. Le même nez crochu, les yeux sombres, le sourire satisfait. Mais il portait mainte-

nant une tunique noire qui lui descendait jusqu'aux chevilles. Des broderies d'argent aux motifs extraordinaires parcouraient ses vêtements de soie.

– Je suis Laenan Kite, salopard ! répliquai-je. Tu aurais dû étudier plus sérieusement tes histoires.

Je vis son sourire se lézarder.

– Laenan… le régicide ?

– Tu es Serein. Je reconnaîtrais ton air suffisant entre mille. Tu ressembles beaucoup à ton père, c'est sûr !

– Trop tard, Kite. Tu ne peux plus rien empêcher. Je suis déjà là. Tu ne peux rien y faire.

A mon réveil, je sus que l'invasion allait commencer.

La divination ignorée . 11

Il faut reconnaître une qualité à Serein : il a le sens du timing. Lors des premières cérémonies, il y aurait eu des mages aux aguets et de grands rassemblements de gens prêts à se défendre à tout moment. De ce fait, une armée qui aurait attaqué aurait été frappée par la magie ou massacrée par la foule.

Mais un couronnement est une cérémonie traditionnellement sobre, d'une grâce pleine de dignité, qui se déroule à l'écart de la foule, en présence de la cour uniquement. Les mages sont dans leurs grandes tours, les gardes regardent d'un œil curieux la salle où s'assoit le roi. Nul n'attaque pendant un couronnement. Ce serait comme attaquer un homme désarmé.

J'étais inquiet. *Évidemment* que j'étais terriblement inquiet ! Mais je ne pouvais tout de même pas débarquer au milieu du couronnement et déclarer : « Je vous assure, j'ai rêvé de ce type sur Terre, seulement il n'était pas sur Terre, en fait il est à l'intérieur de Haven, et nous allons tous mourir ! »

Je me levai de bonne heure pour pouvoir rendre visite à ma sœur avant d'assister au couronnement du roi. Le soleil apparaissait à peine à l'horizon lorsque j'atteignis la porte du palais. Je regardais mon souffle geler dans l'air et je sentais le vent glacé du nord. Des lumières de mage éclatantes étaient accrochées aux fenêtres et suspendues d'un bout à l'autre de la rue. Des rires et des applaudissements s'échappaient du pub le plus proche et les marchés semblaient bondés. Des gardes distribuaient des colis de nourriture pour fêter le couronnement du nouveau roi.

Une journée radieuse apportait avec elle des sentiments de paix et de splendeur, et où que je regarde à l'intérieur du palais, je ne voyais que de belles et bonnes choses. Malgré cela mon sixième sens s'agitait avec nervosité, mais très vite lui-même finit par se taire.

Toutefois, dès que j'eus franchi les portes du palais, ce sentiment d'angoisse réapparut, multiplié par dix. Avisant une ruelle bienvenue, je traçai dans le vide le signe de l'Épée. Les pensées de T'omar me parvinrent immédiatement.

< Félicitations, Kite. La cérémonie était très impressionnante. >

< Merci. Des nouvelles de Nightkeep ? >

< Les deux tiers de la force ont été envoyés combattre trois royaumes isolés. Mais nous avons réussi à être avertis avant, et nous prévoyons une victoire facile de Haven. >

< Deux tiers seulement ? Contre trois royaumes ? Pourquoi ? >

< Nous pensons qu'il s'agit d'une sorte de ruse. Même si les deux tiers de la force sont balayés, cela handicape trois royaumes. La brèche est consolidée par les royaumes environnants qui offrent des soldats, de la nourriture... et le dernier tiers de la force lance une attaque totale sur le quatrième royaume, qui n'est pas préparé. >

< Tu as alerté les royaumes, évidemment. >

< Naturellement, et les éléments essayent de ralentir la progression du cauchemar. Si ça évolue vers un siège, ils vont rapidement mourir de faim. >

< Autrement dit... il n'y a aucune raison de s'en faire ? >

< Je ne dirais pas ça. Le Consortium est complètement débordé. >

< Merci. Je ne te dérangerai plus. >

< Appelez quand vous voulez. >

Cette fois, je ne passai pas par-derrière pour rendre visite à ma sœur. Le conseil des mages savait que j'étais revenu ; ils m'avaient tous vu. Je me dirigeai droit vers l'entrée principale, foudroyai du regard les sorts de protection sur la porte et je les annulai d'un simple geste. Je traversai une cour, montai dans une tour encore pleine de mages endormis et frappai à la porte.

Saenia mit du temps à venir ouvrir. Surprise : Zeryan fut mis dehors, alors même que Saenia me tirait à l'intérieur.

– Tu es matinal, dit-elle en m'offrant un siège près de son balcon.

De là, j'apercevais presque le Vide à l'horizon. Au moins, Talsin avait eu assez de jugeote pour laisser quelques dragons patrouiller en volant autour de Haven.

– C'est le couronnement, dis-je à voix basse. (Le souvenir de l'incident de l'autre jour restait cuisant dans mon esprit.) Je ne peux pas me permettre d'être en retard.

Elle hocha la tête, mal à l'aise.

– Je... je voulais m'excuser. Pour ce que j'ai dit.

– Oh, ce n'est rien. Je t'assure.

– Et je voulais aussi... m'expliquer. Au sujet de Zeryan.

– Tu es seule, dis-je en haussant les épaules. Et il est certainement d'une excellente compagnie.

– C'est un enfant gâté, dit-elle avec un petit sourire. Mais quelque part au fond de lui-même, il en est conscient. Et il a envie de changer.

– Et donc tu... l'aides ?

– Oui, en quelque sorte. Il a besoin de moi, j'ai besoin de lui. C'est aussi simple que ça.

– Bien sûr. C'est très bien. (J'essayais de chasser de mon esprit l'image de l'homme arrogant qui m'avait foudroyé du regard dans le couloir.) Bref, j'ai l'intention de retourner à Stormpoint quand tout ce bazar sera réglé. Tu pourras me rendre visite.

– Merci. Je n'ai jamais vu ton royaume.

– C'est un endroit merveilleux. Il pleut beaucoup. Et il n'y a pas de sable.

Elle rit.

– Tu n'as jamais aimé le désert.

– Non, pas vraiment.

Comme la conversation semblait marquer le pas, je jetai un regard par la fenêtre pour chercher un sujet plus léger. J'avais envie de parler avec Saenia. L'occasion ne s'était pas présentée depuis longtemps.

– Jolie vue, commentai-je.

Elle hocha la tête en contemplant Haven d'un œil pétillant.

– C'est l'avantage d'être puissant, j'imagine. Tous les idiots du conseil pensent qu'une grande tour est un signe de pouvoir. Rien n'a changé depuis des centaines d'années ici.

– Il n'empêche que la vue est belle.

J'observais les rues, les minuscules silhouettes qui couraient en tous sens. Un groupe se déplaçait sous un bouclier réflecteur et c'était intéressant de voir les gens tout autour qui s'écartaient, l'air indifférent, sans même avoir conscience de ce qu'ils faisaient, alors que le bouclier avançait en ligne droite sans s'arrêter. Un chien aboya sur son passage et son maître le tira à l'écart, sans afficher la moindre réaction. Un chat se cogna le nez contre le bouclier et recula en miaulant, sans savoir ce qui l'avait heurté.

– Tes collègues mages sont levés ? demandai-je, sans quitter des yeux ce bouclier.

Il avait quelque chose de familier.

– Tu plaisantes ? La plupart ne se lèvent jamais avant midi !

– Tu vois ce bouclier réflecteur, tout en bas ?

Saenia scruta les rues.

– Eh bien ?

– On pourrait se glisser en dessous, toi et moi. Tu me protèges et, moi, je sonde.

– Kite. Je suis un mage respecté. Je ne peux pas perdre mon temps à faire des bêtises comme toi.

– Personne n'en saura rien. J'ai un pressentiment, c'est tout. Tu sais bien que les mages sont censés suivre leur instinct.

Elle émit un grognement.

– Je savais que c'était une erreur de te faire venir ici. Il faut toujours que tu te mêles d'un tas de choses qui ne te regardent pas !

– Je t'en prie, Saenia. J'avais raison dans le désert, non ?

Elle soupira, mais je sentais monter sa magie.

– Très bien.

Je la remerciai d'un sourire et fermai les yeux. J'étais un ange d'ombre blanche, volant grâce à des ailes translucides. Une couverture de chaleur faite de compassion, d'amour et d'une petite touche de magie m'enveloppait, masquant ma présence aux yeux de tous.

Le bouclier réflecteur se détachait comme une balise dans mon œil magique. Je plongeai droit dessus, cherchai une faille et, aussi minuscule qu'un grain de poussière, je me faufilai à l'intérieur.

Le mage sentit quelque chose, mais il n'y prêta pas attention. Ses sondes ricochèrent mollement contre le bouclier de Saenia, il haussa les épaules et détourna la tête.

Mais nous vacillâmes tous les deux en découvrant la forme de cette sonde. Rouge sang, striée de noir et déformée par le chaos, elle portait une marque ô combien familière. Ce mage n'était pas un mage ordinaire et les quatre soldats qui l'accompagnaient n'étaient pas non plus des soldats ordinaires. La livrée rouge et noir offrait un premier indice ; la magie nécromancienne en était un deuxième ; les yeux rouge incandescent en étaient un troisième. Autant de preuves flagrantes.

Un rêveur se tenait près des gardes. Il avait les yeux fermés, était vêtu de haillons, et tremblait de tous ses membres. Protégé par la puissante magie de ma sœur, je pénétrai dans son esprit.

Il court, les chiens aboient sur ses talons, un tunnel de pierre noire sans fin. Épuisé, implorant la mort, il espère la libération que lui apporteront les griffes mortelles et, pourtant, il ne peut arrêter de courir…

Je me retirai en combattant la peur inscrite dans chaque parcelle du sort qui enveloppait cet homme, et je reportai mon attention sur le mage.

Une terre où tout est possible. Nous y sommes enfin,

le Vide tout entier nous appartient... J'ignorai les pensées de cet homme ordinaire et plongeai mon regard dans ses yeux. *Des boucliers par-dessus des boucliers, des couches de magie qui recouvrent toute la ville, des sorts de « Ne regardez pas maintenant » sur chaque mage, des sorts de « Ça ne me regarde pas » sur chaque garde, des sorts de sommeil et des sorts de paix.*

Et maintenant que j'avais entendu ses pensées, je sentais sur moi les filaments sournois de la magie, un sort qui me faisait tout ignorer, hormis la magie la plus flagrante. Combien de mages avait-il fallu pour créer cette illusion parfaite je n'en avais pas la moindre idée, mais ma sœur et moi repoussâmes ces sorts avec répulsion. Elle comme moi, nous ne supportions pas de succomber à une magie autre que la nôtre.

Alors que les derniers tentacules de magie nécromancienne retombaient, je balayai du regard Haven et découvris des centaines de boucliers réflecteurs, chacun recouvrant son propre mage. Et, au-dessus du palais, un bouclier géant qui bloquait tous les signaux avec lesquels j'aurais pu essayer de le transpercer.

Mon appel adressé à T'omar avait fonctionné uniquement parce que j'étais hors de l'enceinte du palais, mais quel imbécile j'avais été ! Pourquoi n'avais-je rien senti ? Pourquoi les mages n'avaient-ils rien senti ? Pourquoi mes systèmes d'alarme ne s'étaient-ils pas déclenchés ? Pourquoi n'avais-je pas regardé ma propre divination et écouté mes sensations intérieures...

< Tu l'as senti. Tu as pensé que quelque chose n'allait pas. >

Je réintégrai mon corps en sursautant. Saenia s'était déjà levée. Elle préparait ses bagages en fourrant toutes ses affaires dans un sac de voyage résistant au Vide, qu'elle balança sur son épaule.

– Haven est condamnée, déclara-t-elle brutalement. Jamais on ne pourra combattre autant de soldats sans la Clé, et nous n'avons aucun moyen de joindre Talsin.

C'est incroyable la vitesse à laquelle elle réfléchit. D'accord, elle envisageait une destruction totale et reconnaissait sa lâcheté, mais peu importe. Elle était parvenue à la conclusion évidente plus vite que moi.

– Tous les soldats protégés par le bouclier ne sont pas dans le palais, et le bouclier est si vaste qu'il doit être fragile.

– Nous devons alerter toute la ville et évacuer tout le monde. Le cauchemar n'est pas idiot, il va aller directement vers la Clé. Une fois qu'elle aura été dérobée, cet endroit va se transformer en un gigantesque bassin de lave. (Ses propres paroles lui arrachèrent un grognement.) Où ai-je la tête ? C'est nous qui devons foutre le camp d'ici. Cinquante mille personnes, ça n'a plus rien à voir.

– Préviens-les. Envoie des soldats au palais, demande aux mages de se rassembler sur la place principale.

Elle me dévisagea tout en réfléchissant.

– Tu vas essayer d'alerter le palais, n'est-ce pas ? Et de faire sortir Talsin ? Tu vas vraiment marcher vers les portes et dire : « Arrêtez le couronnement, un ennemi invisible nous attaque ! »

– Parfaitement ! Et je vais prévenir le Consortium. Ils peuvent faire accélérer l'évacuation et ralentir les soldats.

– Cinquante mille personnes dans une ville de nécromanciens, avec juste quelques mages paniqués ? A quoi penses-tu donc ?

– Je pense que je l'avais vu venir et que je n'ai pas fait ce qu'il fallait pour l'empêcher !

– Et maintenant tu es prêt à faire tuer ta sœur parce que tu as été aveugle ?

– Ma sœur devrait accepter de prendre quelques risques pour éviter que des milliers d'innocents meurent !

Saenia se pétrifia, une réplique au bord des lèvres. Finalement, elle se laissa fléchir.

– Je préviendrai les mages. Kite, es-tu conscient néanmoins que, face à autant de soldats, nous sommes condamnés ?

– Allons, sœurette, dis-je sur un ton de reproche. Moi qui croyais que tu voyais toujours le bon côté des choses !

Elle eut un ricanement amer.

– Cher frère, il y a des choses que la magie ne peut pas faire disparaître. Parmi ces choses, une gigantesque armée ayant franchi les portes de la ville figure en bonne position.

Je hochai la tête et m'approchai de la fenêtre.

– Prête-moi ta magie.

Sans un mot, elle fit glisser son pouvoir, chaud et énorme, dans mes mains. Je me concentrai sur le bouclier réflecteur et décochai une boule de feu dans ses profondeurs. La barrière magique explosa en une gerbe d'étincelles blanches. Des fenêtres s'ouvrirent et des gens sortirent la tête pour regarder. Je concentrai toute mon attention sur le mage et l'atteignis en plein cœur. Son signal de détresse frappa la magie froide et maîtrisée de Saenia et se trouva pétrifié. Le mage mourut avant de pouvoir alerter ses compagnons, et toute la ville s'anima.

– Voilà. On va voir maintenant ce que peut faire une armée monstrueuse face à la puissance d'une foule.

Sur le chemin du palais, je croisai deux autres boucliers réflecteurs, et je les pulvérisai avec le maximum de fracas. Prenant ensuite mes jambes à mon cou, j'atteignis les portes du palais en moins de dix minutes, mais j'entendais déjà le tintement d'un gong annonçant le début du couronnement. Il fallait que je prévienne Silverpoint. Je fis appel à la magie pour tracer le signe de l'Épée, mais je me figeai en voyant soudain une lumière rouge irradier dans ma main. Quelqu'un avait établi un lien avec moi, via l'empreinte de main que j'avais laissée à Silverpoint. < T'omar ! C'est une ruse, ils sont déjà là ! > lançai-je, bien trop effrayé et accablé de reproches adressés à moi-même pour me demander pourquoi on avait piraté mon sort.

< Et ici, aussi ! > La voix était tendue, la liaison était faible. < Ils se servent des rêveurs, ils essayent de tout détruire d'un seul coup. Ils ont surgi de nulle part ! >

< Je sais, je sais. > Je vérifiai mon stock de magie. Il m'en restait sans doute suffisamment, après cette bonne nuit de sommeil et ces bons repas… J'envoyai un éclair d'énergie en me servant du lien pour revigorer le soldat et lui donner de la force. < Règle tes problèmes, je règle les miens. >

J'établis un autre lien, avec Saenia cette fois.

< Le Consortium est attaqué. Ils ne pourront pas nous aider. >

< La foule s'est rassemblée devant la tour. Les gens sont déroutés, ils ont vu les nécromanciens. On va allumer la balise d'alerte, mais ils sont tous trop jeunes pour savoir ce qu'ils doivent faire en la voyant allumée. >

< Ça ne suffira pas. Rassemble le maximum de personnes sur les routes. Et conduis-les vers… Westpoint. Les hommes les plus robustes fermeront la marche. >

< N'est-ce pas un peu radical comme mesure ? >

< Saenia, j'ai déjà rencontré deux groupes de nécromanciens protégés par des boucliers, et je viens juste d'atteindre le palais. Je suis d'humeur radicale. >

< Je ferai ce que tu demandes. > Derrière moi, le sommet de la tour des mages explosa soudain dans une gerbe de lumière, destinée à rassembler devant la porte tous ceux qui tenaient à leur vie.

Je reportai mon attention sur le palais.

Le camouflage, constatai-je, n'était pas réellement un bouclier réflecteur. C'était juste une épaisse couverture magique qui projetait l'image que voulait voir celui qui regardait, tout en reflétant n'importe quelle magie.

Arrivé devant les portes, je saisis par l'épaule le garde le plus proche.

– Est-ce que tu me vois ? demandai-je d'un ton hargneux.

– Oui… monsieur, bredouilla-t-il.

– As-tu envie de me voir ?

– Non, monsieur !

– Très bien. Rassemble tous tes collègues fainéants et aveugles et dis-leur que Laenan Kite vous ordonne de vous rendre immédiatement à la cérémonie du couronnement, avec toutes vos armes !

Un nouveau coup de gong résonna quelque part, comme pour m'avertir que « immédiatement », c'était encore trop tard. Je courus d'un garde à l'autre pour les réveiller, en priant pour que les centaines d'ennemis que j'avais vus du haut de la tour de Saenia aient oublié leurs plans de la cité et qu'ils errent en tous sens, désorientés. Ça arrive parfois avec les militaires.

Je débouchai dans la première des trois cours intérieures qui menaient à la salle du couronnement, en veillant à rester concentré pour conserver mon bouclier intact et traverser le brouillard magique pour atteindre les esprits réceptifs.

Leur attaque était parfaitement orchestrée, je dois le reconnaître. Deux assassins de Nightkeep, spécialement formés par une sinistre institution pour tuer les mages stupides dans mon genre qui s'aventuraient dans le mauvais couloir, me prirent totalement au dépourvu. Celui qui surgit sur ma gauche, je réussis de justesse à le contrer avec une barrière de vent érigée en toute hâte ; mais son complice me prit par surprise et parvint à m'assener une série de coups de poing qui me laissèrent hébété, partagé entre la rage et l'admiration.

Bref, je me retrouvai allongé sur les pavés glacés, le souffle coupé, avec un couteau sous la gorge.

– Comment as-tu fait pour briser le sort ? éructa un des deux assassins.

Je ne répondis pas. Je n'avais aucune envie de coopérer. Celui que j'avais envoyé valdinguer se jeta sur moi, le regard empli de haine. Je vis des étoiles danser devant mes yeux lorsqu'il me roua de coups de pied, à côté desquels la série de coups de poing reçue précédemment ressemblait à des chatouilles.

– Tu allais prévenir le roi, hein ? Comment as-tu su ? Qui t'a averti ?

Il serra le poing pour me frapper de nouveau, et je me dis que le moment était venu de parler.

– Je m'appelle Laenan Kite. Votre sort n'était pas assez puissant.

– Dans ce cas, pourquoi tu n'envoies pas un signal pour appeler tes amis au secours ?

J'avais presque envie de sourire.

– Mes signaux sont bloqués.

– On devrait le tuer.

Les assassins étaient trop bien endoctrinés pour se poser des questions, me dis-je, et cette réflexion me sauva sans doute la vie. Quand des individus comme ceux-là estiment qu'ils doivent tuer quelqu'un, ils le font. Dans les contes de fées, les projectiles loupent peut-être les gentils, mais je n'étais pas disposé à risquer ma vie sous prétexte que Haven était une véritable Cité des Rêves.

Le couteau qui était appuyé sur ma gorge se transforma subitement en fer rouge, et l'assassin qui le tenait se retrouva projeté par-dessus mon épaule par une force invisible, en hurlant et en serrant sa main brûlée. Il faut toujours projeter vers l'avant un homme armé d'un couteau. En arrière, ça peut faire des dégâts, et comme je l'ai déjà dit, je n'aime pas le désordre.

Je plongeai pour échapper au deuxième assassin, par réflexe plus que par stratégie. C'est sans doute pour cette raison qu'il parvint à me sauter dessus et à me cogner la tête contre les pierres. Cette fois-ci, ce furent des galaxies entières qui explosèrent derrière mes paupières. A travers ma vision embrumée, je vis scintiller une lame. Ignorant les palpitations dans mon crâne, je dressai autour de moi un bouclier de feu. Mais le couteau, objet entêté, plongea vers moi à travers les flammes, et j'agrippai la main qui le maniait avec une force décuplée par la peur.

Personne ne peut tenir très longtemps face à un torrent de flammes, cet assassin ne faisait pas exception. Il poussa un hurlement et finit par s'embraser. Je le repoussai, me relevai tant bien que mal et je le vis, avec un mélange d'horreur et de fascination, se transformer en un tas de cendres, en quelques secondes.

Son complice avait changé de main, et de couteau. Une réaction aussi indésirable qu'inattendue. Mes réserves de magie étaient déjà mises à mal et je sentais venir l'inévitable migraine.

Il fonça sur moi comme un obus et j'eus juste le temps de l'éviter. Nous nous retrouvâmes entrelacés en une masse gesticulante composée d'un gentil et d'un méchant, et très vite il devint évident, à en juger par un saignement de nez et des mains immobilisées, que le gentil ne faisait pas le poids.

Vous avez déjà remarqué que les choses les plus désagréables nous semblent interminables, et qu'on s'en souvient toujours dans les moments les plus étranges ? Toute ma vie, je reverrai ce foutu couteau s'abattre sur moi dans un sifflement d'acier, et je ne cesserai d'entendre mon cri au moment où il se plante dans mon épaule, et le hurlement de mon agresseur, juste avant qu'il ne s'effondre sur moi avec une hache plantée dans le dos.

Renna recula, livide et tremblante. Sa jolie robe blanche était maculée de sang.

– Je... j'ai écouté ce que vous disiez... j'ai essayé de croire et... j'ai compris que vous aviez des ennuis, bafouilla-t-elle.

Je me dégageai de sous mon agresseur, tout en priant. Renna se précipita vers moi en me voyant tituber, puis retomber.

– Laissez-moi vous aider.

A travers un brouillard de douleur, je la vis se pencher en avant et dégainer un couteau. Je lui étais reconnaissant, je crois, tout en étant convaincu qu'on ne devait pas agir ainsi si on pouvait l'éviter.

– Tenez ça, ordonna-t-elle d'un ton ferme.

Elle appuya contre mon épaule une bande de tissu de sa robe, pliée en quatre, si fort que je faillis tourner de l'œil. Croyez-le si vous voulez, les mages légendaires eux-mêmes peuvent se sentir défaillir à la vue de leur sang.

– Nous devons... aller prévenir Talsin, dis-je. Nightkeep est entré dans la cité.

– Je sais. Je sens la présence des rêveurs, comme moi, de tous les côtés. Ils sont des centaines. Et ils ont peur.

Je regardai cette jeune fille avec une admiration nouvelle.

– Tu écoutes ce que te dit ton être, n'est-ce pas, au lieu d'écouter la science et la logique ?

Elle déchira une autre bande de tissu de sa robe, qu'elle pressa sur mon épaule avec plus de force encore, pour tenter d'arrêter l'hémorragie.

– Je suis restée éveillée toute la nuit, en essayant de réfléchir. Et soudain, j'ai compris : pourquoi vouloir changer ma façon de penser ? C'est une science également. Alors, j'y ai renoncé et je me suis dit simplement que c'était la vérité, que je vous avais vu utiliser la magie et voler sur le dos d'un dragon. C'était comme si une lumière s'allumait dans l'obscurité, mais avant qu'elle apparaisse j'ignorais que j'étais dans le noir.

C'était un sentiment merveilleux, la concrétisation de mes espoirs et de mes rêves, mais d'autres affaires plus pressantes occupaient mon attention.

– Il faut que j'arrive jusqu'à Talsin. Aide-moi, dis-je d'une voix cassée.

Elle me souleva avec une force étonnante, et ensemble nous marchâmes vers la salle du couronnement en titubant.

– Ne devrait-il pas sentir cette magie ? demanda-t-elle. Moi, je la vois presque, elle enveloppe tout.

– Non. Un sort a été jeté – ne me demande pas quand – qui détourne l'attention de tout ce que l'on veut voir. De plus, Talsin est fatigué, et il est en train de se faire couronner à l'intérieur d'une énorme bulle de magie inversée.

– Comment avez-vous brisé le sort ?

– J'ai quitté le palais. Je suis allé voir ma sœur. Les mages frères et sœurs puisent de l'énergie l'un dans l'autre sans même le vouloir. Le simple fait de nous retrouver côte à côte a suffi à rompre le sort, j'imagine.

– Vous venez vraiment d'une famille puissante tous les deux, hein ?

– Pas du tout. Ma sœur et moi étions les vilains petits canards.

Après avoir gravi les marches conduisant à la grande salle du couronnement, Renna poussa la porte.

En voyant cette pièce si paisible et cette cour resplendissante, il était facile de croire que je n'avais pas une plaie béante à l'épaule et que Renna n'était pas couverte de sang.

Le prêtre qui était en train de psalmodier son discours se figea en nous voyant apparaître. Talsin se leva ; l'étonnement se lisait sur chacun de ses traits. Nous atteignîmes le pied du trône au moment où Renna commençait à chanceler. Me libérant de son étreinte, je fis quelques pas avant de tomber dans les bras du roi.

Grâce à ce contact physique, je pus briser le sort qui l'aveuglait.

– Nous sommes perdus, murmurai-je.

Les yeux débarrassés de la magie du cauchemar, il regarda autour de lui, et je vis l'horreur s'insinuer sur son visage. Des boucliers réflecteurs étaient plaqués contre les murs et alignés sur les balcons. Derrière, des individus chargeaient leurs armes et se préparaient à attaquer ; ils n'attendaient plus qu'un simple signe. Talsin leva la main pour faire apparaître quatre murs de pierre autour de lui et de ses courtisans, transformant la réalité pour nous protéger, et j'entendis le premier coup de feu. Le roi s'affaissa et s'appuya sur moi, comme je m'étais appuyé sur lui. Les courtisans poussèrent des cris, alors que les détonations résonnaient d'un bout à l'autre de la salle. Ils tombaient comme des mouches, mais je ne leur prêtais pas attention. Talsin leva une main rouge de sang, du sien pas du mien, et il la regarda d'un air horrifié. Je tombai à genoux ; l'épuisement et le désespoir me privaient des derniers vestiges d'énergie qui m'avaient permis de tenir jusqu'à maintenant.

– Je suis navré, murmurai-je.

Il posa sur moi des yeux aveugles et me tapota faiblement la tête. Puis, sans un mot, il me tendit sa main mouillée. Après une courte hésitation, je la pris dans ma propre paume écarlate et collante.

– Tu es un homme bon, Kite. La Clé est à toi.

La magie coula entre nous, amplifiée par son dernier râle et le sang qui se déversait sans aucune retenue. Je sentis monter mes larmes, alors que Talsin se laissait retomber sur son trône, le regard perdu dans le vide, avec un étrange petit sourire. Il n'y eut aucun chant lyrique pour pleurer son trépas, aucun geste empreint de dignité pour lui fermer les yeux. Il continua à regarder droit devant lui, son palais dévasté et envahi, après tant d'années, par des ennemis. Ce n'est jamais agréable de voir pleurer un adulte ni même un enfant. Mais je pense que j'avais une bonne raison de laisser couler mes larmes.

Alors que les coups de feu s'atténuaient, je m'agenouillai devant Talsin, en attendant qu'il meure. J'ignore combien de temps dura la bataille entre les mages et combien d'entre eux périrent. J'étais entouré d'un bouclier de stupeur et de désespoir qu'aucune balle ne pouvait pénétrer.

Les courtisans, les rares survivants du moins, furent poussés au centre de la salle. Je sentais la présence de Renna et de Windsight parmi les rescapés et je remerciai les dieux pour ces petits miracles, sans doute de courte durée.

La Clé s'éleva hors du corps affaissé de Talsin, tandis que s'éteignait l'écho de la dernière détonation. Je vis immédiatement que quelque chose clochait. La Clé rougeoyait comme du sang, on aurait dit qu'elle essayait de se détruire. De petits éclairs apparaissaient à la surface et pénétraient dans son cœur. Je tendis la main pour m'en saisir et la sentis réagir comme si elle m'appartenait déjà. Mais soudain une main repoussa la mienne *et quelqu'un d'autre s'empara de la Clé !* Mon indignation jaillit d'une partie de moi-même que je ne connaissais pas. Puisant la haine et la fureur là où se tapit l'animal primitif, elle les plongea dans mon cœur, en hurlant que cette Clé m'appartenait !

Serein eut un grand sourire en me voyant m'affaisser, et il introduisit la Clé en lui.

– Non, Laenan. Haven est à moi. Je constate que tu n'es pas sorti indemne de ta rencontre avec mes assassins. C'est toi qui as brisé le sort, évidemment. Sais-tu qu'il a fallu cinquante mages uniquement pour en établir les bases ?

Des mains s'emparèrent brutalement de moi et me poussèrent sans ménagement vers un mur devant lequel des hommes armés de fusils attendaient d'un air indifférent.

Hein ? C'est tout ? Tu vas me faire fusiller sans même m'accorder l'honneur d'une réponse cinglante ou d'un discours héroïque ?

Sois réaliste, c'est évident.

De nouveaux coups de feu retentissaient à l'extérieur : la garde royale s'était jetée dans la bataille, mais trop tard. Tous nos plans, nos tactiques pour maintenir les soldats et les mages à Haven s'étaient volatilisés, pulvérisés par l'élément de surprise et mon aveuglement. Je priai tous les dieux pour que Saenia ait eu le temps de rassembler les mages. Ainsi, quelques personnes auraient pu survivre au moins.

Mais l'image qui occupait tout mon esprit, c'était celle de la Clé, la Clé tordue, déformée par les dernières volontés d'un mourant.

– Tu portes en toi une malédiction, Serein, murmurai-je. Elle est à l'intérieur de toi, elle te dévore, elle te consume. Tu ne la sens pas encore, mais elle va commencer à te tuer.

Il ricana

– Tu es un homme mort, Laenan.

On me poussa violemment contre le mur. Des mains brutales se saisirent des miennes pour les attacher solidement avec une corde.

– On a été prévenus, dis-je. Les mages se sont enfuis. Vous avez attaqué trop tard.

Le seigneur des cauchemars, devenu seigneur des rêves, prit l'arme d'un artilleur qui se trouvait près de lui et me mit en joue.

– Regardez bien, vous tous ! dit-il d'une voix claire

et puissante. Cet homme a assassiné mon père. Sa mort servira d'exemple.

Ces paroles étaient censées m'effrayer, mais elles eurent l'effet inverse. Après avoir traversé des tempêtes d'émotions, j'avais atteint les mers paisibles de la stupeur et de l'engourdissement. C'était sans doute irrationnel de ma part, mais je me dis que je pouvais peut-être m'en sortir grâce au flair. En utilisant le peu de contrôle qui me restait, je pris une poignée de pouvoir et tirai. Le coup de feu claqua au moment où les pieds de Serein se dérobaient sous lui. Windsight bondit en avant et des éclairs jaillirent de ses doigts, tandis qu'il se jetait sur les hommes armés avec une force qui me stupéfia. Alors que le chaos s'emparait de nouveau de la salle de couronnement, je vis Renna plonger vers moi et m'agripper par le col. Puis, avec son autre bras qui sembla s'allonger de plusieurs centimètres, elle attrapa Windsight, renversa la tête en direction des cieux et ferma les yeux.

Je levai la tête vers les balcons où des soldats en rouge et noir nous mettaient en joue. J'entendis les fusils cracher leur salve et je vis la mort en plomb foncer vers notre trio. Mais les balles semblèrent ralentir et s'enfoncer dans un air épais qui les enveloppa.

Avec un sentiment de terreur qui me noua le ventre, je vis alors Serein se lever, pointer son arme sur mon visage à bout portant, et replier son doigt sur la détente. J'entendis la détonation, je vis jaillir les étincelles.

Je les vis s'éteindre.

Et disparaître, comme lui, comme un fantôme. Disparaître comme un fantôme en emportant le monde entier avec lui, jusqu'à ce qu'il ne reste plus que le rougeoiement éclatant du Vide et le bruit des voix...

– Personne ne sait ce qui se passe dans l'esprit d'une personne comateuse.

– Quelqu'un a déjà posé la question ?

– Apparemment, aucune ne se souvient de rien. Et pourtant, elles rêvent.

– Elles rêvent de quoi ? Elles font des cauchemars ? Des années et des années de cauchemars ?

– Ou de rêves. Bon sang, en dix ans, tu as le temps d'imaginer tout un univers, avec des milliers de personnes différentes qui agissent toutes comme des individus à part entière, mais qui appartiennent à l'esprit du rêveur. Si ça se trouve, elle rêve qu'elle est une princesse des Mille et Une Nuits et qu'un prince étrange lui dit qu'elle n'existe pas réellement, qu'il est l'unique créature douée de sensations, la seule véritable créature de ce monde.

– Elle croit peut-être qu'elle se bat pour un ami qui pense et agit de manière individuelle et imprévisible, alors qu'en réalité, il n'est qu'une création de son esprit.

– Exact. Drôle de façon de mourir en se battant pour un rêve.

Et le monde s'évanouit. Comme un rêve.

La chute de la couronne . 12

Je me réveillai dans un lit chaud, dans une grande pièce ; le silence brûlant du Vide résonnait dans mes oreilles. Mais ni l'agitation des guérisseurs ni le bourdonnement de la conversation qui se déroulait à voix basse dans ce lieu étrange ne m'intéressaient ; toute mon attention était concentrée sur ce seul mot « réveillé ».

J'étais réveillé. Je ne jouais pas de la harpe au paradis, je ne buvais pas du pipi de chat en enfer. Je cherchai du regard des monstres ou des chaînes synonymes de donjon. Mais la chose la plus effrayante que j'aperçus, ce fut une infirmière qui portait un plateau avec des instruments étincelants et affreusement tranchants. Je guettai des bruits de guerre. Un dragon que son cavalier gratouillait derrière les oreilles ronronnait de plaisir.

Peu à peu, la réalité s'imposa. Je n'étais pas mort, ni emprisonné, ni agonisant, je ne souffrais même pas autant que je l'avais imaginé.

– Ah, tu es réveillé.

Je tournai lentement et douloureusement la tête et découvris le large sourire de Virisin. Il était allongé sous des draps blancs, avec un bras bandé.

– Virisin ? Où suis-je ?

– A Silverpoint. Ton ami le mage et sa pupille ont surgi de nulle part il y a quelques jours ; il te portait sur son épaule.

– De nulle part ?

– Ils nous ont fichu une sacrée frousse, surtout après cette dernière attaque.

Ces paroles pénétrèrent mon esprit, porteuses d'une chaleur qui n'était pas une simple sensation, mais bien plus que cela ; c'était la chaleur d'une joie immense.

– Elle a donc réussi, dis-je.

– La rêveuse ? Elle est incroyable, hein ?

Je passai la langue sur mes lèvres sèches.

– Raconte-moi tout ce qui s'est passé ici.

– C'est à lui qu'il faut demander ça.

D'un mouvement de tête, Virisin désigna un autre homme qui était assis dans son lit, le bras en écharpe, le visage couvert de bleus et le teint livide à cause de tout le sang perdu.

– T'omar ?

– Ah, tu aurais dû le voir, reprit Virisin. Quand ils sont apparus, il leur a foncé dessus et il les attaqués comme un vrai démon. Je n'ai jamais vu quelqu'un se battre de cette façon !

T'omar émit un petit grognement.

– Ne l'écoutez pas, murmura-t-il. Il n'a rien vu.

Mais une étincelle de fierté brillait au fond de ses yeux.

– Nightkeep a surgi de nulle part ? En se servant des rêveurs comme catalyseurs pour la téléportation ?

– Exactement.

– Et tu les as repoussés ?

– Nous avons été avertis cinq minutes avant. Un

de nos agents se trouvait près de la tour des mages à Haven quand vous avez fait griller un nécromancien. Il nous a envoyé son témoignage, juste au moment où l'on commençait à apprendre par les éléments que Nightkeep se vidait de toutes ses troupes. Nous avons donc dressé des défenses.

– Il y a des victimes ?

– Sur les quatre cents agents et éléments qui se trouvaient à Silverpoint et dans les environs au moment de l'attaque, nous en avons perdu cinquante-huit.

– Ça aurait pu être pire si T'omar n'avait pas été là, insista Virisin.

– Et pire encore si notre mage n'avait pas eu l'intelligence de convoquer un groupe de dragons pour soutenir les éléments quand nous avons contre-attaqué.

– Quels moyens de défense avez-vous choisis ?

– Nous avons étendu Silverpoint d'un kilomètre de tous les côtés et déclenché une sacrée tempête de sable. A l'intérieur, nous continuons à jeter des sorts d'alarme qui devraient nous alerter si quelqu'un d'autre surgit d'on ne sait où.

– Tu sembles très doué pour commander de ton lit.

– C'est un coup à prendre.

Je m'armai de courage pour poser la question tant redoutée :

– Et Haven ?

Je vis T'omar grimacer et je compris que la situation était grave.

– Les rapports sont confus, mais nous pensons que la moitié de la cour a péri lors du premier assaut. Deux personnes ont été froidement exécutées, les autres sont emprisonnées dans les donjons.

– Combien y a-t-il de nobles à l'extérieur de Haven ?

– Sept. Plus vingt héritiers.

– C'est un début. Et ma sœur ?

– Les mages ont conduit une foule de paysans vers le Vide. Ils ont réussi à évacuer dix mille personnes avant que Serein prenne le contrôle de la Clé. Ensuite on ignore ce qu'il est advenu de Saenia.

Je fermai les yeux, par instinct, et je suivis mentalement le tendre lien qui unit la famille, en quête de ma sœur. Un petit sourire apparut sur mon visage lorsque je sentis son contact et qu'elle insuffla son énergie en moi.

– Elle a quitté Haven, dis-je. Elle se rend à Stormpoint. Ils sont... deux mille ? Nom d'un chien ! Mon royaume n'est pas assez vaste !

T'omar pouffa.

– La famille, c'est toujours gênant, hein ? Vous vous rendez compte qu'il reste au moins cinquante mille personnes à l'intérieur de Haven ?

– Oui, je sais, la Cité des Rêves est devenue un cauchemar vivant, soupirai-je.

J'étais stupéfait de voir avec quelle facilité j'acceptais ma défaite. Malgré tout, quelque chose protestait en moi. *Vengeance,* murmurait cette chose. *La vengeance nous appartient. La Clé nous appartient. C'est à nous qu'elle était destinée...*

Quel est ce « nous » ? Je regardai à l'intérieur de moi-même et constatai que ma magie avait changé. C'était presque comme si on m'avait enveloppé d'un sort, mais si immatériel que je doutais même qu'il soit possible de le dissiper.

– Toutefois, Serein a énormément de mal à contrôler la Clé. Vous y êtes pour quelque chose ?

Je demeurai bouche bée. J'avais bien senti qu'il y avait quelque chose qui clochait. La Clé qui virait au rouge sang, la façon dont elle se tordait, la manière dont elle avait essayé de se détruire.

Un autre souvenir choisit cet instant pour refaire surface, en balançant des coups de pied pour attirer mon attention.

– Oh, mon Dieu, murmurai-je. J'ai tenu la main d'un roi au moment de sa mort et nos sangs se sont mêlés. Puis il a dit « la Clé est à toi », il a fait un peu de magie, et il est mort.

Le silence était aussi total que dans le Vide. Jusqu'à ce que le rire de T'omar emplisse la pièce d'une joie amère.

– Pas étonnant que Nightkeep ait du mal à contrôler la Clé ! Talsin vous a quasiment déclaré roi des rêves !

Je me redressai dans mon lit en laissant échapper un cri de désespoir.

– Non ! J'ai rempli mon rôle ! Je ne veux plus être mêlé à tout ça !

Mais le général ne l'entendait pas de cette oreille.

– Vous allez devoir sauver Haven, c'est inscrit dans votre sang ! Cette tâche est votre malédiction !

Je ne voyais vraiment pas ce qu'il trouvait de si amusant.

– Je dois me rendre à Stormpoint ! dis-je. J'ai des réfugiés à nourrir, des sœurs à qui je dois faire à manger et des frontières à défendre !

Virisin m'adressa un sourire ironique.

Je regardai les visages qui m'entouraient. Dans l'infirmerie, des dizaines de Mains d'Argent qui me connaissaient bien me regardaient avec insistance car ils avaient surpris notre conversation au moment le plus important, lorsqu'on m'avait déclaré héritier d'un trône conquis.

T'omar me sourit, avec un mélange de pitié et de respect.

– Vive le roi, dit-il doucement.

Silverpoint avait changé durant ma courte absence. Ce n'était plus une succession obscure de salles occupant un royaume de moins d'un kilomètre de long. Il avait été transformé en un bunker de pierre autonome, avec une seule porte qui s'ouvrait sur des pièces imposantes, et peu de couloirs. Les pièces étaient vastes pour que tout le monde puisse guetter les mystérieux nécromanciens.

A l'extérieur, une tempête de sable faisait rage, masquant la vue. Je me souvenais de ces torrents de vent aiguisés comme des couteaux, dans ma jeunesse, et j'étais bien content d'être à l'abri.

– C'est ici.

J'étais étonné de voir T'omar si disposé à se lever, malgré la souffrance due à sa douzaine de blessures. Un guérisseur charitable avait enveloppé mon épaule d'un sort, et on m'avait mis le bras en écharpe. Nous devions tous les deux ressembler à un couple d'anciens combattants en entrant dans la salle du conseil, T'omar en boitant, moi en chancelant.

Windsight trônait en bout de table. Ce n'était pas surprenant en vérité, car cet homme était aimé et respecté depuis de nombreuses années. A côté de lui était assise Renna, que je n'avais jamais vue aussi calme et maîtresse d'elle-même. Tout le monde autour de la table se leva lorsque nous entrâmes.

– T'omar ! Peut-être aimerais-tu récupérer ton siège ? J'en ai jusque-là de ce boulot ! lança Windsight, d'une voix où l'exaspération craquait comme de la glace.

T'omar accepta d'un soupir et toutes les personnes se déplacèrent pour nous faire de la place. Je me dirigeai vers Renna.

– Tu es consciente que c'est la quatrième fois cette semaine que tu me sauves la vie ? dis-je en m'asseyant à côté d'elle.

Elle sourit avec fierté, et j'ajoutai :

– Après cette réunion, tu me montreras ce que tu sais faire.

T'omar s'assit à son tour.

– Alors, quelle est la situation ? L'équilibre de l'univers est-il préservé ? Les rêves ne sont pas totalement morts, j'espère ? demanda-t-il avec une gaieté un peu forcée.

– Nightkeep semble consolider sa position à Haven, plutôt que de tenter de nouvelles attaques. Nous avons transmis des messages à tous les royaumes du Vide, concernant leur méthodes d'agression et les meilleurs moyens de défense.

– Nous sommes donc à l'abri.

– Pour l'instant.

Je pianotai sur la table.

– J'ai du mal à croire ce que je vais dire, mais nous devons frapper Haven. Maintenant. Et fort.

Virisin expliqua :

– Kite est victime d'un sort de contrainte, jeté par le sang, la mort, le roi et la Clé.

– Hein, les quatre en même temps ? s'exclama Windsight.

– Il s'est passé un tas de choses, dis-je d'un ton cassant. Talsin m'a dit que je devais posséder la Clé. Et même si je n'ai pas l'intention d'aller m'emparer du trône, j'ai la nausée en imaginant ce bâtard de Serein à la tête de Haven.

– Le sort est si puissant, ajouta Virisin, que Laenan lui-même ne peut pas s'en débarrasser.

– C'est donc si dur à admettre que je puisse être un type bien ?

T'omar frappa sur la table pour calmer l'explosion de rires qui suivit.

– Nous ne sommes pas ici pour nous moquer de Kite. Notre but est de défendre le rêve. Et il a grandement besoin d'être défendu en ce moment. Kite, quel est votre plan ?

Je souris, non sans une certaine nervosité.

– Nous savons qu'une attaque frontale sur Haven serait suicidaire. Et la seule personne qui peut y pénétrer sans se faire repérer semble être Renna.

Une ou deux personnes se tournèrent vers elle. Elle soutint leurs regards avec un sourire rempli d'assurance.

– Nous devons donc essayer une nouvelle tactique de guerre. J'ai trouvé ça dans un livre. Elle porte le nom d'une espèce de singe. Balançons l'honneur et toutes ces choses par-dessus les moulins.

Ils m'écoutèrent attentivement. Ce n'était qu'un plan vague qui devait plus au cadeau d'adieu de Talsin qu'à une réflexion de ma part. Mais je commençais à voir naître dans leurs yeux la lueur de la compréhension.

C'est ainsi que le troisième jour du règne de Nightkeep sur Haven fut déclenchée la contre-attaque.

Mais plus important que le désir de venger les rêves ou le risque de se faire houspiller par une infirmière en retournant à l'infirmerie, il y avait Renna.

Posté sur les remparts, je la regardais se matérialiser puis s'effacer tour à tour devant moi. A quelques mètres de là, la tempête de sable faisait rage derrière un bouclier de magie. Tout était étrangement paisible ; on n'entendait que le rugissement du sable et le déplacement silencieux de la réalité.

Après plusieurs minutes passées à disparaître et réapparaître, Renna se matérialisa de nouveau sur le mur de pierres chaudes à mes côtés.

– Alors ?

J'essayai de trouver des mots pour exprimer toute la fierté et la joie que j'éprouvais.

– De tous les rêveurs, tu es la meilleure, dis-je simplement.

Elle rougit.

– C'est une sensation bizarre. Si j'ai envie d'aller quelque part, je peux y aller. Par contre, je ne maîtrise toujours pas la technique pour influer sur la réalité, alors ne comptez pas sur moi dans une situation délicate.

– Peut-être que tu peux y arriver seulement quand un grave danger te menace. Parfois, la peur propulse notre énergie vers des sommets. Si tu es capable de la canaliser, c'est véritablement un don.

– Je peux vous emmener n'importe où. Je sais que j'en suis capable.

Je contemplai la tempête de sable avec regret.

– Je deviens trop vieux pour ce genre de choses. Mais les dernières volontés d'un roi sont sacrées. Le réseau des éléments est en train de couper toutes les routes qui mènent à Haven. Les Mains d'Argent tentent des opérations de sabotage et de révolte dans tous les cauchemars locaux qu'ils trouvent. Windsight se rend à Skypoint pour lever une armée.

T'omar va rassembler des vivres et rallier à sa cause les rares seigneurs qui ont survécu. Ils assiégeront tous les cauchemars situés aux frontières, pour empêcher l'envoi de soldats et de vivres. Tous les mages du Vide qui ont survécu ou qui n'étaient pas à Haven ont été convoqués ici. Le Consortium va diriger la plus grande armée du monde.

– Vous disiez que ce serait un suicide d'attaquer Haven.

– Uniquement parce que Serein s'y trouve, avec un contrôle limité sur la Clé. En revanche, il n'y a personne pour contrôler Nightkeep.

Elle demeura bouche bée un instant.

– Oh, vous vous moquez de moi !

– Justement ! Nous faisons semblant d'attaquer Nightkeep avec une partie de notre armée, pendant que l'autre partie reste en embuscade autour de Haven. Ensuite, pendant que Serein est occupé à se faire du mauvais sang, un petit groupe pénètre dans Haven et tente de l'atteindre. (Je remarquai l'expression inquiète de Renna.) Oui, comme je l'ai dit, la seule façon d'entrer dans Haven, c'est en se servant de toi. (Je poussai un soupir.) Mais avant cela, je dois recruter un ou deux alliés. On m'a chargé d'obtenir l'aide de deux royaumes : Westpoint et Waterpoint.

Elle haussa les sourcils.

– Waterpoint n'est pas... ?

– Si. Commençons donc par Stormpoint. Je vais préparer le dîner et enfiler une tenue plus impressionnante.

Sans rien dire, Renna me prit la main. Je lui envoyai l'image et j'attendis qu'elle la focalise dans son esprit. Cette fois, j'étais prêt pour le changement.

La couleur marron-jaune s'illumine et se transforme en rouge orangé tourbillonnant. Les remparts sont une couverture de feu violet qui plonge dans les autres couleurs comme l'eau teinte en bleu se déverse dans sa compagne plus claire ; dégradés, se fondant dans une autre couleur unique, un mélange de toutes les couleurs combinées.

Puis une rivière de possibilités rouges se transforme, s'éloigne en serpentant pour se jeter dans une rivière d'argent qui fait la course avec le feu jusqu'à un horizon lointain. Le feu jaune vacillant des peut-être s'incline sous nos pieds, il se balance dans le vent, se mélange comme des peintures sur une palette avec le Vide bleu, dans de hautes herbes vertes. Une colonne de « si » et de « peut-être » couleur lilas s'incurve dans une tour lointaine et plongée dans l'ombre.

La réalité revient, à contrecœur et lentement. Stormpoint émerge du feu et de la magie, et s'installe autour de nous comme un ami familier.

Nous étions au bord d'une rivière, à huit cents mètres environ de ma tour. Le soleil avait disparu depuis longtemps derrière d'épais nuages noirs et un vent frais soufflait du nord en apportant un parfum de pluie.

– Veux-tu que je fasse apparaître le soleil ? demandai-je.

Renna secoua la tête en regardant les nuages épais au-dessus de sa tête.

– C'est ici que vous vivez ?

– Oui.

– C'est beau.

Je fis une nouvelle tentative :

– Veux-tu voir le soleil ?

Son regard avait cet aspect vitreux de quelqu'un qui vient de traverser des miracles et de déboucher dans la magie.

– Je préfère un orage. Je n'ai pas vu un bon orage depuis des années.

Je ris et levai la main vers les cieux.

– Nous sommes à Stormpoint ! Le tonnerre, c'est ma spécialité !

A cet instant précis, des éclairs peignirent le ciel en blanc et des grondements de tonnerre traversèrent le paysage. Des vols d'oiseaux multicolores s'échappèrent des arbres assombris qui se balançaient et gémissaient au bord de la rivière. Il se mit à pleuvoir, un millier de petits cratères grêlait la terre grasse entre l'herbe du bord de la rivière et l'eau limpide sur le lit de galets. Nous allions être trempés, mais ça n'avait pas d'importance. C'était mon royaume, et je pouvais en faire ce que je voulais.

Je levai la main encore une fois et je sentis la Clé de mon royaume s'éveiller en rugissant. Des éclairs crépitèrent de nouveau, tels des coups de cymbale dans un orchestre, pour annoncer le roulement de tambour de la pluie.

– Je t'ai vu arriver. Très impressionnant ! cria Irinda par-dessus le rugissement du vent et de la pluie.

Elle tenait dans ses bras un paquet de serviettes chaudes et moelleuses. Sa beauté parfaite était à peine gâchée par son vieux jean et sa chemise tachée de boue. Je me demandais bien ce qu'elle avait pu faire dans la journée. Toute la scène était mise en relief par les lumières chaleureuses de la maison.

Nous nous étions blottis sous une douche de gouttelettes d'eau, et nous rîmes quand la porte se referma. Nous étions trempés jusqu'aux os l'un et l'autre, l'écharpe qui maintenait mon bras était toute froissée et elle se défaisait, et les cheveux de Renna étaient plaqués sur son visage comme une araignée qui s'accroche à sa proie. Malgré cela, nous ne pouvions pas arrêter de rire ; toute la fatigue avait été consumée par cette course grisante sous la pluie, accompagnés par les loups, les elfes et les fées pour éclairer notre chemin.

– Oh, pauvre petite, tu es toute mouillée ! s'exclama Irinda. (Elle enveloppa la plus grande des serviettes autour des épaules de Renna.) Franchement, Kite, tu n'aurais pas dû faire naître cet orage... Mais qu'est-il arrivé à ton bras ? Je tourne le dos cinq minutes, et aussitôt tu te retrouves impliqué dans une guerre, dans la politique ou je ne sais quoi d'aussi déplaisant.

De la cuisine, nous apercevions le ciel presque noir et le rideau de pluie qui captait la lumière de la tour. Nous étions assis sur des chaises en bois confortables, autour de la table massive posée au centre de la pièce.

– Irinda, il s'est passé un tas de choses que tu ne connais pas encore, dis-je. Sois gentille, prépare-nous des boissons chaudes.

– Vous ne pouvez pas les faire apparaître, tout simplement ? demanda Renna, tout en se séchant les cheveux.

Elle n'avait pas réussi à se débarrasser de son large sourire depuis que nous avions couru au bord de la rivière avec les loups.

– Ça ne sert à rien. Le corps humain est résistant au Vide, il doit donc manger des choses qui le sont aussi.

– Mais alors... où est-ce que vous trouvez votre nourriture ?

– Soit en faisant pousser les aliments de manière fastidieuse, sans aucune intervention magique, soit on sort du royaume pour les faire apparaître.

– On va faire nos courses quotidiennes, dit Irinda, qui s'affairait dans la cuisine et attisait le feu.

– J'aime bien les éviers ! Et la bouilloire ! Comment est-ce que vous la faites fonctionner ? Je croyais que les machines trop compliquées ne fonctionnaient pas ?

– Ah, fis-je, l'air honteux. On la met sur le feu, si tu veux savoir. Les fils électriques et tout le reste, c'est juste pour la frime.

– Ou bien alors on fait apparaître un feu tout autour, ajouta Irinda. Rien ne peut nous empêcher de tricher dès qu'il est question de préparer à manger. (Elle nous tendit deux tasses fumantes.) Allez, buvez maintenant.

Elle s'assit devant nous, pendant que nous avalions avec bonheur nos boissons chaudes.

– Alors comme ça, tu es une rêveuse ? demanda-t-elle poliment.

– Oui, coma, répondit Renna, tout en buvant.

– Et maintenant, tu pratiques la téléportation ? Je suis impressionnée.

Renna me regarda en haussant les sourcils.

– Comment est-ce que... ?

– Euh... Irinda est le fruit de mon imagination, expliquai-je. Tout ce que je sais et que j'accepte, elle l'accepte aussi. Rien, ou presque, de ce que tu lui dis ne peut l'étonner.

– Vous semblez épuisés tous les deux. Que s'est-il passé ? demanda Irinda.

Je lui envoyai mentalement une deuxième information, qu'elle absorba sans peine. Son expression se teinta de compassion horrifiée. Au mépris de son créateur, elle dirigea cette compassion vers Renna.

– Pauvre petite ! Viens donc te coucher. Kite, prépare une chambre pour Renna.

– Premier étage, porte verte, dis-je. Non, attends… voilà, ça y est, le lit est fait. Renna, quelle est ta couleur préférée ?

Renna semblait un peu déconcertée, mais pas trop.

– Le bleu.

– Veux-tu des tableaux, des fleurs… autre chose ?

– Euh… non merci.

– Premier étage, porte bleue, dis-je à Irinda.

– N'oublie pas de lui donner une brosse à dents !

Je levai les mains dans un geste défensif et fis apparaître l'objet incriminé dans la salle de bains.

– C'est fait !

Renna suivit la jeune domestique elfe, me laissant seul dans la cuisine. J'étais fier de Stormpoint, constatai-je. Mon royaume avait au moins cinq cents ans d'avance sur Haven. Des années terrestres, évidemment. Certes, l'électricité n'était pas en service mais la plomberie fonctionnait et les cuisinières étaient chauffées au bois. Les crayons n'étaient que des morceaux de machin grisâtre à l'intérieur d'un support en bois, et le papier était fabriqué avec de la pâte à bois, recouverte d'un mélange de matières colorées. Conserver la nourriture ne posait pas de problème, si vous disposiez d'une belle cave profonde. Et tous les ennuis dus aux éclairs étaient facilement réglés grâce à quelques sphères de magie scintillante disposées à des points stratégiques.

Bref, c'était le paradis. Pour ceux d'entre nous qui aiment ce genre de choses.

Je promenai mentalement mon doigt du haut en bas de la tour, une dernière fois, pour m'assurer que tout était propre. Aucun problème à ce niveau-là. Je me levai lentement et j'étirai quelques muscles choisis avec prudence, en sentant la douleur irradier. Une douzaine de petites lumières se balançant sous les arbres au pied de la tour indiquaient que les habitants de mon royaume étaient impatients d'avoir des nouvelles. Je leur envoyai une brève rafale d'informations et m'en retournai, satisfait.

Un miroir était accroché tout au fond de la cuisine. Je l'avais fabriqué il y a bien des années, et il était profondément magique. (M'imagines-tu possédant autre chose ? Nous autres, grands mages, nous avons des principes, cher rêveur.) Ce miroir pouvait montrer à un individu la véritable nature de son âme, soigner une blessure grave, faire venir le sommeil ou communiquer à travers de longues distances. Autant de choses quasiment inutiles pour un mage à la retraite comme je l'avais été. Si bien que maintenant ce n'était plus qu'un miroir ordinaire, avec un simple cadre poussiéreux, qui reflétait l'image d'un homme aux cheveux bruns et aux yeux bleus, vêtu d'une longue tunique miteuse, avec un bras en écharpe et un visage étrange qu'on aurait presque pu qualifier d'extraterrestre.

Un éclair s'abattit derrière moi et, l'espace d'une seconde, cet homme de rien du tout qui se trouvait dans la cuisine se transforma en grand mage. Ses cheveux mouillés, plaqués bêtement sur son visage, se retrouvaient balayés par les bourrasques qui s'engouffraient par la fenêtre ouverte, tels les serpents de Méduse. Sa tunique, sobre et tachetée, devint un costume de pouvoir, et ses yeux des fenêtres ouvertes sur un autre monde. Ce visage n'était pas seulement insolite, c'était le visage d'un roi qui contemplait le champ de bataille de sa victoire. Puis la lumière de l'éclair s'éteignit et je me retrouvai en train de cligner des yeux dans les dernières lueurs.

Non. J'avais beau me forcer, je préférais toujours la première vision, l'homme insignifiant avec ses vêtements mouillés. Je me sentais plus protégé, j'étais rassuré de penser que je pouvais passer inaperçu dans une foule.

– Kite, peut-on avoir une penderie ? lança une voix venue d'en haut, étouffée par les méandres de la tour.

Je poussai un soupir et fis apparaître une penderie dans la chambre de Renna.

– Bonjour !

Sachant qu'elle était réveillée, j'entrai dans la pièce en coup de vent, un plateau à la main, et j'ouvris les fenêtres en grand.

Renna referma brutalement le livre qu'elle était en train de lire.

– Je ne suis pas sûre de comprendre.

Je jetai un coup d'œil à la couverture et éclatai de rire.

– Ça ne m'étonne pas. C'est un livre d'histoires d'amour que j'ai trouvé dans la bibliothèque d'un nécromancien pendant que je m'enfuyais de Nightkeep.

– Ah ! Ça explique le passage avec les vampires.

Je m'assis au bord du lit, dépliai la table de chevet et y déposai le plateau.

– Voici du bacon frit, des œufs frits, du pain frit, des tomates frites, un légume à l'apparence bizarre que j'ai acheté à un homme à Treepoint, frit également, et un pichet de jus d'orange.

Une bonne nuit de sommeil dans mon lit, avec l'orage qui se déchaînait derrière les vitres, m'avait redonné un peu de vie et je me sentais d'humeur follement joyeuse. Je n'étais pas obligé de penser à

Haven ni de pleurer les morts, mais cela n'allait pas tarder, et je le savais. Mais en attendant, je pouvais sourire.

– Tout est frit ? dit-elle.

– Ça pose un problème ?

– Je n'ai pas visité un seul royaume qui avait pigé le truc pour frire ! Vous êtes tous si arriérés !

Ce qui ne l'empêcha pas de prendre le plateau avec impatience, les yeux brillants. La bouche pleine de bacon, elle demanda :

– Comment se fait-il que vous soyez bien plus moderne que les autres ?

Mon rire était amer.

– Cent ans loin de la politique, c'est long. Quand j'ai eu ce royaume, j'ai décidé de prendre de grandes vacances et de dormir énormément. Alors, j'ai beaucoup rêvé de la Terre. Fabriquer une plaque chauffante qui fonctionne ce n'était pas facile, mais après avoir entendu parler des merveilles de la friture…

– Vous avez décrété que tout ce que vous ne pouviez pas faire avec l'électricité, vous le feriez avec la magie ?

– Oui, quelque chose comme ça. (J'allai jusqu'à la fenêtre en prenant mon temps pour admirer Stormpoint.) Belle journée. Les odeurs montent après la pluie et quelques nuages blancs duveteux flottent dans le ciel. Les arbres sont verts, les oiseaux chantent et la rivière qui serpente à travers les vastes étendues d'herbes hautes capte les rayons du soleil.

Je levai les yeux vers le ciel en créant par la pensée tout ce que je décrivais, au fur et à mesure.

– Il y a deux phénix qui volent aujourd'hui ; les sirènes admirent leurs reflets dans le lac, tout en parlant des dernières tendances de la mode et en commentant le travail de leurs coiffeurs. La cour des elfes est en pleine effervescence et les fées s'amusent à faire des farces aux chouettes endormies. (Je me tournai vers Renna avec un large sourire.) Voilà mon paradis.

Elle me sourit en retour.

– Homme étrange.

Je fis apparaître une chaise à côté de la grande penderie et m'y assis en observant attentivement la rêveuse. Cela ne semblait pas la gêner ; sa nouvelle vie faite de rêves semblait lui avoir procuré une confiance nouvelle, qui, je l'espérais, ne la mettrait pas en danger. Il n'est jamais bon d'être trop confiant lors d'une guerre.

– Profite de tout ça pendant que tu le peux. Aujourd'hui, nous partons pour Westpoint rejoindre les nomades.

– Qui sont-ils ?

– Ils voyagent d'un royaume à l'autre, à la recherche d'un endroit pour chasser, manger, et généralement prendre du bon temps. Ils racontent un tas de choses bizarres sur les esprits.

– Quand partons-nous ?

– Avec tes tout nouveaux talents, je pensais partir après le déjeuner. Je vais faire un tour dans le Vide, pour essayer de nous trouver d'autres vêtements.

– Si vous apercevez un bouclier réflecteur attaquez-le, dans tous les cas. Si plus de deux personnes se présentent à l'orée de Stormpoint sans se déclarer, fermez les frontières. Je laisserai une paire de trolls de pierre au bord de la route, au cas où. Il y a maintenant trois phénix en plus du dragon. Tu devrais donc pouvoir discerner n'importe quelle sorte de magie.

– Et si quelqu'un jette un sort de royaume ? demanda Irinda.

Je continuai à faire les cents pas, suivi par un troupeau d'elfes qui essayaient de prendre des notes.

– Il y a un sort général qui englobe Stormpoint, mais il ne fonctionne qu'à l'intérieur du royaume. J'ai demandé au Consortium d'envoyer deux ou trois éléments dans cette direction ; ils devraient donc surveiller tout ce qui se passe à proximité. Par ailleurs je serai en contact permanent par le biais de la Clé, et si je suis à l'extérieur du royaume, aucun sort ne devrait m'atteindre. Au moindre problème, je reviendrai à la vitesse de la pensée. De toute façon, ma sœur est là pour veiller sur tout.

– Et deux mille réfugiés.

– Le Consortium nous fournira des vivres.

– Ils ont intérêt.

Irinda finit de vérifier sa liste et coinça le crayon derrière son oreille.

– Voilà, tout est réglé.

Eh oui, aussi incroyable que cela puisse paraître. Je ne m'étais pas senti aussi vivant depuis plusieurs jours, malgré mon bras en écharpe. Les soins d'une dryade de la forêt et quelques manipulations dans le Vide avec des herbes, plus une pincée de magie avaient accéléré le processus de régénération. Toutefois, ma blessure continuait à me tirailler quand je bougeais. Après une seule nuit passée à Stormpoint, je savais déjà que mon ancien foyer allait me manquer.

Mais mon sang criait vengeance pour la mort de Talsin.

Et Renna attendait.

– Prêt ? demanda-t-elle.

Je hissai le sac sur mon épaule.

– Autant que je peux l'être.

Elle me prit la main, je lui envoyai une image.

La tour se dissout dans les flammes couleur lilas, les herbes grandissent autour de nos pieds, nous enveloppant d'une couverture de feu scintillante qui nous touche sans nous brûler. La rivière est maintenant un rivage écarlate de « peut-être », la main d'Irinda qui me fait signe n'est plus qu'une tache verte fantomatique qui se détache sur la splendeur muette et orange du Vide.

Mais voilà que le Vide change de forme. La couverture de feu rouge qui s'étend sous nos pieds se replie sur elle-même, épaissit et se creuse pour former une falaise. Le mur orange du ciel devient aigre et sombre, des nuages gris dans un ciel qui s'assombrit. La steppe s'étend des centaines de mètres plus bas, parsemée de feux de camp et de tentes. Les gens se retournent pour regarder d'un air hébété les deux silhouettes grises qui surgissent au-dessus de chez eux ; le silence cède la place au murmure du vent qui, d'une certaine façon, a toujours été là.

Westpoint est arrivé. Nous n'avons pas bougé un seul muscle.

J'entendis le déclic d'un fusil. Je me figeai alors que je m'apprêtais à ajouter une bûche dans le feu. Le regard de Renna croisa le mien au-dessus des flammes.

– Ça fait plus d'une heure que nous t'appelons, l'ami, dis-je. Et ce n'était pas la peine de venir armé.

Je perçus un bruit de pas légers derrière moi. Les yeux de Renna observaient la silhouette qui se tenait juste à l'endroit où j'avais été accroupi devant le feu.

– Gardien de Stormpoint, tu es revenu.

– Cet après-midi. (Je me retournai, avec un sourire que j'espérais rempli d'innocence.) Ça ne t'ennuie pas, j'espère, qu'on se soit téléportés jusqu'ici ?

Les yeux du nomade filèrent vers Renna. Finalement, il s'inclina devant elle.

– Madame. Je croyais que seul Nightkeep surgissait ainsi de nulle part. Puis, s'adressant à nous deux, il ajouta : je dois vous informer que notre seigneur n'est pas encore revenu.

– Votre seigneur est certainement emprisonné, dis-je.

– Oui, c'est ce qu'a dit l'autre homme.

– L'autre homme ?

– Un élément.

Je hochai la tête.

– Tous les éléments que vous voyez agir de leur propre chef sont avec moi.

– Je devine que vous avez une histoire à raconter.

Tous les nomades de tous les camps semblaient désireux de se rassembler autour du feu. Sous un ciel d'étoiles inconnues, Renna et moi nous assîmes l'un contre l'autre, tandis que je racontais l'histoire de Haven.

Le chef des gardes, un nommé Dactac, hocha la tête d'un air songeur à la fin de notre récit.

– J'ai entendu des rumeurs concernant ce groupe dont vous parlez. Le Consortium de la Main d'Argent. Vous l'avez dirigé ?

– J'ai essayé, répondis-je avec un petit sourire chargé de regrets.

– Alors, nous avons été bien avisés d'accepter les conseils de notre Gardien. Mais ces nouvelles en provenance de Haven sont une source de préoccupation. Et vous cherchez maintenant à rassembler une armée ?

Je fis craquer mes doigts, songeur, et j'entrepris de leur confier le plan de T'omar.

– C'est tout ? demanda Dactac.

Je me tournai vers Renna. Nous arrivions au

moment délicat. Pendant que la moitié de l'armée provoquerait le chaos dans le cauchemar, l'autre moitié tenterait une opération insensée.

On nous offrit une tente pour passer la nuit, même si à notre horloge biologique c'était l'heure du dîner, et nous restâmes assis en silence sous la toile épaisse.

Soudain, une ombre passa devant le tissu malodorant. Le rabat de la tente se souleva. Je m'attendais à voir la silhouette massive de Dactac, mais c'était un jeune garçon qui se tenait devant nous.

– Le Clan de l'Ours aimerait savoir si vous voulez vous joindre à nous.

Je regardai Renna, qui haussa les épaules comme pour dire : « Pourquoi pas ? » Nous nous levâmes et suivîmes le garçon à travers un dédale de tentes, jusqu'à un autre feu de camp beaucoup plus petit.

A dire vrai, mes souvenirs de cette nuit sont confus. Les nomades sortirent une boisson visqueuse dont le goût était bien plus agréable que l'aspect. Malheureusement, je sentais déjà les effets produits à l'intérieur de mon crâne, et je savais que je me réveillerais le lendemain avec une horrible gueule de bois.

En revanche, je me souviens parfaitement d'une chose : alors que la lune était déjà haute dans le ciel, le rabat d'une tente se souleva et une vieille femme en sortit. Reconnaissant son pouvoir magique, je dressai immédiatement mes boucliers. Elle sourit d'un air entendu car ma réaction ne lui avait pas échappé, et elle me fit signe d'approcher.

– Viens, Gardien de Stormpoint. Je vais étudier ce que te disent les esprits.

Personnellement, je ne pense pas qu'on puisse lire l'avenir dans les cartes ou des trucs comme ça. Ce qu'il vous faut en principe, c'est une bonne poignée de Vide et une bonne compréhension de la situation dans laquelle vous vous trouvez. D'un autre côté, j'avais déjà la tête qui tournait et il n'est jamais bon d'insulter un mage en refusant une offre gratuite.

– Je reviens tout de suite, glissai-je à l'oreille de Renna, et je suivis la femme à l'intérieur de sa tente.

– Assieds-toi.

J'obéis et m'assis en tailleur sur le sol nu. Il n'y avait même pas un matelas. De toute évidence, cette femme ne plaisantait pas avec la dimension purement spirituelle de la vie.

Elle regarda l'écharpe qui soutenait mon bras.

– Enlève ça.

– Je préfère ne pas...

Je me tus en voyant son expression autoritaire. J'ôtai mon écharpe, ce qui provoqua de nouveaux élancements de douleur dans mon bras.

– Fais-moi voir cette blessure.

Tout cela était grotesque ! J'envisageais de prendre congé, mais la curiosité, à moins que ce ne soit la politesse, m'en empêcha. J'ôtai ma tunique grise et la pliai soigneusement par terre. Comme la femme ne disait rien, j'enlevai également ma chemise, à contrecœur.

Le froid s'abattit sur moi ; un froid mordant que je n'avais pas remarqué près du feu.

Quelque chose s'agitait avec nervosité à l'intérieur de mes sens. Sans doute à cause de ce froid quasi surnaturel.

– Tu as encore tes boucliers. Abaisse-les.

Parcouru d'un frisson, je secouai la tête.

– Je garde toujours mes boucliers dressés, où que j'aille. Vous ne m'avez donné aucune raison de vous faire confiance et je refuse de m'exposer.

Elle sourit de nouveau, avec ce petit air exaspérant. Soudain, je sentis très nettement sa magie, tandis qu'elle abaissait ses propres boucliers pour me montrer que son pouvoir était limité.

– Je ne peux pas te faire de mal et, de toute façon, jamais je ne ferais de mal à un invité. Je suis au service des esprits, et jamais les esprits n'accepteraient qu'on fasse du mal à un homme habité par un tel feu.

Ça semblait trop beau pour être vrai. Malgré tout, quelque chose me poussait à me montrer coopératif. *Les esprits ? Et s'il y avait quelque chose dans ses paroles...* Tout en restant sur mes gardes au cas où il s'agirait d'une ruse, j'abaissai les barrières magiques qui protégeaient mon âme depuis des centaines d'années. Curieusement, je me sentais plus léger. Comme si les machines d'un bateau venaient de s'arrêter, et que seul le silence pouvait vous faire prendre conscience du bruit qui existait auparavant.

La femme se pencha en avant pour examiner ma blessure, toujours enflée et sensible.

– Tu as vite cicatrisé.

– J'ai utilisé un peu de magie.

– J'en vois les traces. Elles s'accrochent à toi comme une toile d'araignée. Donne-moi tes mains.

Pourquoi pas ? Je m'étais déjà exposé à toutes sortes d'agressions. Qu'avais-je à perdre ? Je tendis les mains, paumes ouvertes.

– Mets de la magie dans tes mains.

Je fis apparaître une lumière de mage, deux petites flammes scintillantes qui dansaient d'une couleur à une autre dans un vent invisible. La vieille femme fit de même et abaissa ses mains rougeoyantes sur les miennes, en battant des paupières avant de fermer les yeux.

Le froid s'intensifia. Je m'aperçus que je tremblais maintenant de manière incontrôlable, je claquais des dents. J'avais terriblement envie de dresser un bouclier, mais aucun de mes sorts d'alarme ne s'était déclenché, et aucun de ces petits sens qui mettent cinq cents ans à se développer ne hurlait « Trahison ! » Alors, je gardai la lumière allumée, malgré la glace qui se formait dans l'herbe et le gel qui s'accrochait à mes cheveux.

Je jure que ce n'était pas une illusion, rien qui ressemble à ce que j'avais rencontré, en tout cas. Ce n'était pas non plus mon esprit qui me jouait des tours, ni une illusion d'optique ou un jeu de lumière.

Brusquement, je me retrouvai sur une longue route blanche qui s'étendait à l'infini, telle une route dans le Vide. Tout autour, il faisait noir ; la route était l'unique réalité. La glace continuait à s'accrocher à moi, et quand je me mis à marcher, mes pieds firent craquer le gel.

J'avançai prudemment sur cette longue route, en glissant à plusieurs reprises, et manquant de basculer dans le précipice. Puis elles apparurent devant moi : sept silhouettes blanches et fantomatiques rassemblées. Je reconnus immédiatement cette présence faible et tremblotante : c'étaient des rêveurs.

Des rêveurs dans cet endroit ? Et d'ailleurs, quel était cet endroit ? Que se passait-il, nom d'un chien ? Je leur posai ces questions et n'obtins en guise de réponses que des regards fixes à côté desquels la glace semblait presque chaude.

– Il est entêté.

– C'est la faute à mes parents, répondis-je.

– Et aveugle.

– Euh... je crois que je ne peux pas accuser ma famille sur ce plan.

– Et arrogant.

– Regardez un peu qui dit ça !

Les voix semblaient provenir de toutes les silhouettes en même temps, mais cela ne me dérangeait pas. J'avais déjà visité des royaumes qui ressemblaient beaucoup à celui-ci. Il y avait toujours un nécromancien quelque part qui plongeait son territoire dans l'obscurité et donnait à sa voix des effets stéréophoniques à faire pleurer de jalousie le meilleur technicien. Ce qui m'inquiétait davantage, c'était d'être arrivé jusqu'ici. Et aussi le fait que je ne savais absolument pas comment repartir.

– On nous a demandé de te conseiller dans ta quête.

– Ah bon ? dis-je instantanément, avant que le sens de cette phrase ne s'impose à moi.... Ma quête ?

– Nous voyons une grande lutte.

– Félicitations, marmonnai-je, agacé par leur ton sec.

Par pure curiosité, pour voir si ça fonctionnait ici, je lançai un rapide sort chauffant. Je vis des étoiles pendant cinq bonnes minutes, je l'avoue, et quand je repris enfin mon souffle ce fut pour me retrouver sur une couche de glace, face à une obscurité qui ne pouvait être qu'un ciel.

M'offrirent-ils une parole de réconfort ? Non ! Ils semblaient n'avoir rien remarqué et ils continuèrent sur leur lancée, indifférents.

– Si la Voyageuse ne termine par le Voyage, elle mourra quand la Terre inversera le courant.

– La Voyageuse ? Vous voulez parler de Renna ? Mais Renna est à l'abri. Nous avons tout prévu !

L'un des rêveurs se tenait juste derrière moi. Je pivotai et faillis tomber lorsque sa voix glaciale brisa le silence.

– Tu as agi au mieux car le Voyage est à moitié achevé. Mais c'est seulement quand le cauchemar sera vaincu que la Terre pourra être isolée.

– La Terre ? (J'observai les silhouettes muettes pour obtenir confirmation.) La Terre ? Le Royaume du Milieu ? Mais vous êtes des rêveurs, non ? Qu'est-ce que ça veut dire ?

– Nous avons subi le sort de tous les Voyageurs. Nous n'étions pas assez forts.

– Des Voyageurs ? Vous voulez dire des rêveurs ? Mais... vous n'êtes pas des rêveurs. Tous les rêveurs se réveillent, ils vivent vieux et heureux, et ils meurent. On ne revient pas ici après la mort ! On meurt sur Terre, pas ici... (Ma voix se brisa.)... le coma. C'est ça, hein ?

Je fis le tour de chacun d'eux, en remarquant pour la première fois comme leurs muscles étaient tendus, leurs regards vides, leur peau pâle et sèche, et comme leurs veines de fantômes étaient exsangues.

– Vous étiez des rêveurs, vous êtes tombés dans le coma et vous êtes morts en rêvant ? Et vous êtes venus ici ?

– Nous n'avons aucun moyen de pénétrer dans un monde, sauf sous la forme d'esprits.

Les esprits. Ces êtres qui exerçaient un tel pouvoir sur l'imagination des nomades de Westpoint.

– Et, comme les esprits, on peut difficilement s'échapper. Nous sommes prisonniers ici, et nous ne voulons pas que la Voyageuse subisse le même sort. Si le cauchemar l'emporte, elle nous rejoindra.

Les voix se déversaient de toutes parts et m'étouffaient sous leur rugissement furieux.

Quand les échos et le bruit de la glace qui se détache s'atténuèrent, je pris le risque de me relever.

– Vous dites que… si Serein contrôle toujours Haven quand Renna… meurt, elle deviendra comme vous ?

– Exact.

– Et sinon ?

– Si la Cité des Rêves retrouve sa gloire passée, la Voyageuse survivra.

– Attendez ! Je ne peux pas lui trouver un paradis, ça ne s'est jamais fait ! De plus, votre raisonnement n'est pas logique ! S'ils lui suppriment son respirateur artificiel, son corps mourra, son cerveau mourra ! Renna n'est qu'une projection dans ce monde, créée par son cerveau !

Les silhouettes commencèrent à disparaître.

– Je ne peux pas influencer la Terre, je ne peux pas empêcher Renna de mourir ! Je peux juste essayer de lui offrir une fin heureuse !

– Nous sommes dans un monde de magie et tu es un grand mage. Tu relèveras le défi du cauchemar, tu placeras au pouvoir le véritable dirigeant, celui dont la lignée n'a pas vu le trône depuis mille ans, qui n'est pas né de la corruption et de rêves médiocres, et tout rentrera dans l'ordre.

Oh, comme c'est beau et simple !

Le froid de la glace et la morsure du gel réapparurent. < Notre bénédiction t'accompagne. Libère-la du cauchemar, et tout ne sera pas perdu. >

J'ouvris les yeux et regardai le sourire de la vieille femme. Elle n'était plus simplement un mage, elle était devenue quelque chose de plus.

– Je vous ai déjà vue, murmurai-je. Quand je me rendais à Haven, pour rejoindre Talsin. Je vous ai *vue* à travers le bandeau. Et après encore, quand il est mort. Mais comment… ?

Elle posa la main sur mon épaule, pour me faire taire. Ma blessure était entièrement guérie.

– Dors un peu. Les choses te sembleront plus claires demain matin.

Je ne pouvais pas protester. Je n'avais qu'une seule envie : me coucher en boule dans l'herbe froide et gelée, et dormir jusqu'à ce que le soleil soit haut dans le ciel.

Ce que je fis.

Des mondes qui se chevauchent . 13

Les gens se réveillaient. Apparemment, Nightkeep avait obtenu ce qu'il désirait et il libérait l'immense réseau de sorts qui maintenaient les rêveurs endormis. Il ne servait plus à rien de gaspiller toute cette énergie pour la téléportation.

Une atmosphère de soulagement s'était répandue à travers le monde. Je passais devant des marchands de journaux qui affichaient des gros titres comme : « Le virus mutant ne parvient pas à vaincre le corps humain » ou bien « L'expérience gouvernementale tourne mal » et « La bactérie issue de la météorite ne survivra pas ».

Si seulement ils savaient.

Curieusement, pour la première fois depuis des jours, je n'étais même pas sur le même continent que le corps endormi de Renna. J'étais dans un endroit baptisé Londres, où j'avais souvent pris plaisir à visiter les universités à la recherche de nouvelles idées à voler durant mes six heures, environ, de sommeil nocturne. J'errai dans des rues vaguement familières jusqu'à ce que je tombe sur un grand panneau indiquant que l'endroit où je me trouvais faisait partie de l'université de Londres, et j'entrai.

En y pénétrant pour la première fois par le rêve, j'avais vite découvert que l'université était immense, avec un tas de bâtiments partout. Cette fois-ci, j'échouai en pleine conférence dans une vaste salle située à proximité d'une grande rue remplie de magasins qui vendaient des choses appelées « ordinateurs ».

Le professeur, ou je ne sais quel spécialiste, tapotait le tableau noir dans son dos. Le mot « rêves » était écrit dessus.

Je résistai à l'envie de rester. J'avais le sentiment que certaines personnes de ma connaissance mortes depuis peu essayaient encore de semer le désordre dans ma vie.

Cinq cents nomades environ suivaient la longue route qui conduisait au cauchemar, une longue file animée d'hommes et de femmes qui avançaient avec la sinistre détermination d'une armée qui suit un plan. Pis encore, une armée avec un plan *et* une cause. Je me demandais combien d'entre eux ne reviendraient pas.

Les gardes de Westpoint s'étaient divisés grosso modo en deux groupes. Une force entraînée et disciplinée marchait vers Silverpoint pour rejoindre l'armée rassemblée par les agents du Consortium. L'autre moitié partait affronter un destin incertain à l'intérieur du cauchemar. Frapper pendant que Serein est divisé, frapper là où personne ne vous attend...

– Waterpoint ? demanda Renna à voix basse.

– Waterpoint, répétai-je.

Une fois de plus, le monde s'effaça.

Quel dommage que Waterpoint soit aussi performant au niveau des troupes et des mages ! Ce royaume possède un des plus importants bastions de guérisseurs et de jeteurs de sorts de tous les royaumes, mais malheureusement tout cela était placé sous la juridiction de Lisana. Si vous vouliez que Waterpoint vous accorde un énorme avantage militaire, il fallait le demander gentiment.

Malheureusement.

– Nul ne peut parler à lady Lisana ! Elle est assignée à résidence en attendant son procès !

Renna était parfaite dans son rôle. Je n'avais qu'à regarder et admirer.

– Vous oseriez renvoyer le Gardien de Stormpoint, le mage de Haven, l'héritier de la Clé ? s'exclama-t-elle.

Je faillis éclater de rire. Pendant presque une heure, j'avais essayé de franchir l'obstacle du garde de manière traditionnelle. J'avais eu recours à toutes sortes d'arguments complexes dans l'espoir de le convaincre que le fait que Haven soit tombé entre des mains ennemies ne me privait pas de mon autorité. Je n'avais pas obtenu plus de résultats en essayant de lui expliquer pourquoi nous avions surgi de nulle part.

C'est alors que Renna avait explosé ; son impatience avait submergé le garde et attiré la foule :

– Évidemment que c'est l'héritier de la Clé ! Le roi l'a décrété juste avant de mourir et l'infâme seigneur de Nightkeep lutte pour contrôler la Clé, face à la malédiction du sang et de la haine !

Les salles de Waterpoint sont faites d'un verre bleu irisé et remplies d'une eau vive à la beauté parfaite. Des bassins clairs comme du cristal occupent chaque pièce et les domestiques sont souvent mi-humains mi-lézards. Des mosaïques rose, bleu et jaune pastel représentent des poissons, des baleines et des héros, dont les visages sont déformés par le ruissellement de l'eau qui ondoie sur les plaques de verre placées à la surface. Si j'avançais le petit orteil hors du carré de verre où je me trouvais, je pourrais agiter l'eau et voir si un des poissons aux couleurs vives avait envie de venir jouer.

Mais je n'avais toujours senti aucun contact d'aucune Clé. Ce qui signifiait probablement...

< Attends ici, je vais aller discuter avec notre illustre lady adorée. >

Obéissant à mes instincts, je me protégeai derrière un bouclier de « Qui ? Moi ? » et me dirigeai, d'un air nonchalant, vers l'endroit où j'avais le plus de chances de trouver Lisana.

Il y avait deux gardes devant la porte, dont un mage. Je réapparus dans un scintillement, ce qui se traduisit par une boule de feu et un fusil pointés sur moi. L'illusion de l'apparence du capitaine de la garde, dont j'avais étudié les traits durant notre conversation, semblait résister à l'examen en profondeur du mage, et je dressai le menton pour le regarder d'un air de défi.

– Je viens voir la prisonnière.

Les deux hommes s'interrogèrent du regard et, finalement, me saluèrent. J'entrai rapidement dans la cellule, sans ciller.

La porte claqua (le mot serait sans doute plus approprié pour décrire le bruit du cristal) derrière moi.

Je dois expliquer qu'il ne s'agissait pas d'une cellule ordinaire. Tous les murs étaient recouverts de miroirs, et il n'était pas difficile de percevoir la magie qui s'en échappait. On avait placé là un lit, une table, une chaise et, dans la pièce voisine, elle aussi totalement tapissée de miroirs, se trouvaient les toilettes et une baignoire. *Pourquoi pas ? Elle est simplement soupçonnée de trahison après tout.* Je compris qu'une cellule comme celle-ci était probablement le seul moyen de l'empêcher d'utiliser sa Clé.

Je n'avais aucun mal à me souvenir que lorsque j'avais été « suspecté » moi aussi, j'avais eu droit à une volée de coups chaque soir dans une cellule crasseuse du sous-sol, grâce à cette charmante dame qui se tournait maintenant vers moi avec un grand « Oh ! » étonné sur le visage. Mais cette jolie expression d'étonnement qui me fit chaud au cœur s'assombrit très vite pour virer à la haine.

– Laenan Kite, dit-elle. Tu es venu pour te délecter ?

Chacune de ses paroles dégoulinait de poison.

– Si seulement, soupirai-je. Vous êtes au courant au sujet de Haven ?

– J'ai entendu, j'ai ri et j'ai pleuré, répondit-elle. Mais je m'étonne qu'un *grand* mage comme toi n'ait rien pu faire.

– J'étais trop occupé à me faire assassiner.

– Tu sembles aller beaucoup mieux.

– Oh, je pourrais vous raconter un tas de choses, répliquai-je. Ça n'a pas arrêté. Talsin est mort, évidemment.

Avais-je perçu une infime réaction, une légère contraction autour des yeux ? Non, impossible, me dis-je. Pas venant d'elle.

– Je sais. Tu voudrais que je sois triste ?

– Il fallait que je vérifie. Bref, tout ça pour dire qu'il va falloir reprendre Haven, et je préfère avoir la Gardienne de Waterpoint et son armée derrière moi que face à moi.

– Je n'enverrai pas mes soldats à une mort certaine, déclara-t-elle sèchement.

J'étais impressionné. Je pensais sincèrement qu'elle dirait, avec un sourire : « Qu'ils meurent. »

– Si ça peut vous rassurer, ils ne mourront pas. Mais moi, peut-être.

Elle fronça les sourcils ; cette perspective avait éveillé son intérêt.

– Pourquoi donc ?

– Ils vont feinter le cauchemar en lançant une fausse attaque. L'autre moitié de l'armée qu'on est en train de rassembler se cache près de Haven. Elle attaquera quand Serein sera mort et que la Clé sera de nouveau entre mes mains.

– Entre *tes* mains !

– Temporairement, précisai-je aussitôt d'une voix remplie d'un mépris qui égalait celui de Lisana. Dans d'autres mains, la Clé ne réagira pas. Talsin a jeté un sort de manière à ce que moi seul puisse l'utiliser. Bon sang, vous croyez que je *veux* la couronne ?

Elle m'observa avec ces yeux pétillants et intelligents qui ont toujours subjugué tout le monde, à l'exception de ce jeune mage qu'elle avait naguère tenté de faire assassiner.

– Je crois que tu dis la vérité. Tu as toujours été un idiot aveugle, Kite.

– C'est ce que tout le monde me dit. Parfois, je rêve de paroles de réconfort et de flatteries. Alors, acceptez-vous de nous soutenir ?

– « Nous », dis-tu ?

Bah, ce n'était plus un secret. Très bientôt, tout le monde chanterait ses louanges.

– Le Consortium de la Main d'Argent.

Lisana ne paraissait pas surprise.

– J'ignore de quoi il s'agit au juste, mais je savais que tu étais mêlé à ça. Avant ton départ, Talsin répétait sans cesse que tu allais dresser le Consortium contre lui.

– Il avait tort. Le Consortium a été créé pour venir en aide à Haven sans faire du tort à l'égoïsme d'un roi stupide.

– Et maintenant, il va s'emparer de Haven. Comme ça tombe bien.

– Même si cela peut vous sembler inconcevable, tout le monde n'a pas une ambition semblable à un marteau sur une enclume. Nous voulons juste placer le roi légitime sur le trône.

– Et qui est ce roi légitime ?

J'hésitai. Techniquement, les derniers vœux de Talsin avaient fait de moi un candidat sérieux pour ce poste. Mais fort heureusement, j'avais vu mes chances diminuer du fait de mes viles origines.

– Je défends cette chose merveilleuse qu'on appelle « démocratie ». Peut-être que nous essaierons de l'instaurer. A vrai dire, je n'ai pas beaucoup réfléchi aux suites du grand affrontement.

– Pendant lequel tu risques de mourir.

– Probablement. Dans le meilleur des cas, je dois m'attendre à de légères migraines à force de créer des boucliers, à de fortes migraines à force de briser des sorts, à des tremblements dans les doigts à force de rôtir des gardes ; et je risque la mort en jetant tout ce que j'ai contre Serein. Les missions suicides ne sont jamais bonnes pour la santé, dis-je avec un petit rire amer. A moins que je ne me fasse poignarder par le premier lutin que je rencontre. Ne soyons pas prétentieux.

Elle se pencha en avant, d'un air entendu.

– Tu crois que tu vas mourir. Comment peux-tu espérer gagner en te jetant dans une bataille où tu penses trouver la mort ?

Je ne pouvais plus affronter son regard.

– Tu as manigancé autre chose, n'est-ce pas ? dit-elle.

– Pas question d'en parler à la femme qui a essayé de me tuer et qui a envoûté le roi.

– Ce n'était rien du tout, voyons ! Tu devenais trop puissant, tu risquais de tout gâcher.

– Pourquoi ? Pourquoi représentais-je une telle menace ?

Elle se renversa au fond de son siège, en secouant la tête.

– Dis-moi quel est ton véritable plan.

– Vous n'êtes pas en position de donner des ordres.

Curieusement, elle ne semblait pas trop agacée par mon entêtement. J'avais le sentiment tenace qu'elle comptait les points, comme toujours entre nous, et qu'elle était en train de gagner.

– Très bien, dit-elle. Étant donné que j'ai l'intention de te soutenir de toute façon, je ne vois pas ce qui m'empêche d'être franche. Je vais donc répondre à ta question, en espérant que tu daigneras répondre à la mienne. Tu m'as percée à jour. Tu as vu l'ambition qui se cachait derrière mon éducation courtoise. J'ai commis une erreur en essayant de te gagner à ma cause. Je pensais que tu étais mûr pour céder, et que tu serais pour moi un atout puissant en tant que nouveau mage dépourvu de préjugés. Quand j'ai échoué, quand je t'ai vu te rapprocher du roi et devenir plus puissant, j'ai compris que tu deviendrais un ennemi de la cause.

– Quelle cause ?

– Celle pour laquelle ma mère a donné sa vie, et sa mère avant elle, et sa mère avant elle. Pour que la couronne repose sur la tête de la reine légitime.

Lisana souriait maintenant ; elle m'obligeait à reculer devant la lumière de la vérité qui sortait de sa bouche.

– Talsin et ses semblables ne sont que de petits seigneurs, dont le complot à provoqué la chute du vrai roi, il y a longtemps. Je suis l'héritière de la véritable maison des rêves, et cela fait des années que je brûle de récupérer ce qui m'appartient.

Elle ouvrait son bouclier en parlant pour me permettre de plonger dans son âme. Je voyais chaque parcelle de vérité dans ses paroles, je voyais à quel point elle ressentait le besoin de se confier à quelqu'un, combien elle avait eu envie de murmurer ces mots à mon oreille jadis dans les donjons, quand elle était persuadée que j'allais mourir.

Je m'obligeai à prendre un air détaché.

– Que voulez-vous ? Que je fasse demi-tour, au nom du droit du sang, en disant : « Faites donc, prenez le trône ! » Vous m'avez détruit, Lisana. Vous êtes une femme perverse et maléfique, et si je suis ici c'est parce que la situation est désespérée.

– Suis-je donc si perverse ? Si maléfique ? J'aurais fait une bonne reine, une grande reine. On m'a appris l'ancien code des cours royales, le code que seule ma famille connaissait et aimait. Tu penses que j'aurais exécuté Talsin si j'avais obtenu la couronne ? Tu te trompes. Tu crois que je t'aurais regardé mourir ? Tu crois que tu as échappé à la hache du bourreau grâce à tes seuls pouvoirs de persuasion ? Non, c'est moi qui t'ai laissé partir. J'aurais épousé Talsin, et mon enfant, un véritable roi, se serait assis sur le trône. Haven a toujours été plus réceptif au sang ancien, au code ancien. Haven est à l'écoute du passé, comme du futur. Le passé de

Talsin était fait de corruption. Le mien, c'est l'âge d'or des rois.

La vérité était inscrite dans ses paroles, en effet. Grâce à ma magie bien plus puissante que la sienne, je la lisais comme à livre ouvert.

– Cela complique la situation, mais c'est tout, répondis-je, d'une voix tremblante néanmoins. Je ne suis pas venu pour ressasser des chagrins anciens. Pour moi, ils sont morts et enterrés. Tout ce que je veux, c'est votre coopération. Je ne suis pas ici pour placer quelqu'un sur le trône, mais uniquement pour faire en sorte que le trône soit libre à temps...

Ma voix se perdit. *C'est un reptile débordant d'ambition. Elle transformerait Haven en poussière...*

Lisana n'était pas stupide, je l'ai dit. Je sentais maintenant ses yeux brûlants qui pénétraient en moi comme un serpent qui hypnotise sa proie.

– A temps pour quoi, Kite ? Que prépares-tu ?

Je n'en pouvais plus. Devant mes yeux dansaient les murs familiers de la cellule dans laquelle on m'avait roué de coups pendant si longtemps. Soudain, le visage doux du vieux roi qui avait introduit à la cour le jeune mage victorieux semblait déformé par un œil de conspirateur.

Pourquoi le roi était-il si désireux de faire de moi son loyal serviteur ? Était-ce véritablement parce que j'avais jeté un sort puissant et parce que j'étais un garçon de la campagne bien intentionné ? Ou parce que je pouvais maudire n'importe lequel de ses ennemis et provoquer leur chute ? Je n'avais jamais pensé à poser ces questions, j'avais accepté aveuglément ce qu'on me disait, comme un idiot.

Et si le trône qui symbolisait la lumière et les rêves combinés avait été occupé par un individu venu d'un royaume rongé par la corruption ? La cité était moins corrompue avant, et l'on disait qu'elle réagissait uniquement à la volonté du trône. La famille qui avait gouverné Haven pendant si longtemps était-elle responsable de cette maladie ?

Paniqué, je me levai en toute hâte, courus vers la porte et la claquai derrière moi. Toujours protégé par l'illusion de l'apparence du capitaine des gardes, je m'enfuis comme un ouragan. J'attendis d'être loin, hors de vue, pour relâcher ma magie. Puis je m'appuyai contre un mur et laissai les questions traverser mon esprit en rugissant.

< T'omar ! > Le signe de l'Épée s'enflamma dans ma main. Je l'avais tracé presque sans m'en rendre compte.

< Kite ? >

< T'omar, les choses se compliquent. >

Nous nous rendîmes à Silverpoint et apparûmes directement dans la pièce où était assis T'omar, le visage fermé, le regard froid. Il ne semblait même pas légèrement surpris de nous voir surgir ainsi de nulle part, de manière si soudaine. D'un petit mouvement de tête, il désigna deux chaises situées devant lui.

– Asseyez-vous. Tous les deux.

Je m'assis, en sentant mon cœur battre dans mes oreilles. Renna semblait désorientée, elle ne comprenait pas pourquoi nous étions déjà de retour dans un endroit que nous avions quitté moins de deux jours plus tôt, mais elle se montrait toujours aussi coopérative, à sa manière : en silence, sans poser de questions.

La fureur embrasait les yeux de T'omar. Moi, un membre de la Main d'Argent, j'avais délibérément caché des informations concernant Renna et ce qui allait arriver à mon avis...

– Vous allez tout nous raconter, depuis le premier jour où vous avez mis les pieds à Haven jusqu'à maintenant. Vous parlerez sans préjugés, vous ne ferez état d'aucun sentiment, vous relaterez uniquement ce que vous avez observé. (Ses yeux filèrent se poser sur Renna, avant de revenir sur moi.) Vous évoquerez également vos rapports avec la Terre, et les liens qui vous unissent. Je veux savoir de combien de temps nous disposons pour atteindre notre objectif.

Alors, je leur racontai tout. Depuis la seconde où j'étais entré à Haven et avais obtenu le diplôme de plus grand mage de l'année jusqu'à mon séjour à la cour, lorsque Lisana avait tenté de me recruter dans son groupe de comploteurs, puis j'évoquai mon entrée dans le Consortium, puis le procès, jusqu'à aujourd'hui.

A la fin de mon récit, Renna était livide, sous le choc. Oui, j'avais tout raconté. Y compris le fait qu'elle allait bientôt mourir. Tout cela se déversait de ma bouche comme un flot intarissable.

Puis le silence s'abattit sur moi, ma gorge devint sèche et les sentiments accumulés durant cent ans se mirent à gronder en moi, tel un océan calme pris soudain dans un cyclone inattendu.

– Vous auriez dû me le dire. J'avais le droit de savoir, dit Renna.

Il n'y avait aucune colère dans sa voix ; elle ne faisait qu'émettre une affirmation catégorique porteuse d'une vérité brûlante.

Je baissai la tête ; la honte submergeait toutes mes autres émotions comme une lame de fond.

– Je sais, dis-je. Je suis désolé. Tout est arrivé trop vite, trop tôt. (Je me tournai vers T'omar, d'un air suppliant.)

Et maintenant, général ? Je ne fais pas confiance à mes sentiments dans cette affaire. J'ai passé trop de temps au milieu d'une cour corrompue, trop de temps à me battre et à fuir, trop de temps à suspecter et à nier. Que fait-on ?

D'abord, il ne dit rien, se contentant de m'observer avec cet air songeur qui faisait battre plus vite mon cœur.

– Vous avez déjà fait tant de choses, Kite. Vous êtes devenu une légende. Mais vous n'êtes qu'un homme, n'est-ce pas ? A ce point torturé par les actes que vous avez commis que vous n'osez plus rien faire, car vous craignez ce dont vous êtes capable.

Je me penchai en avant sur ma chaise, au désespoir. Le feu brûlait autour de mes doigts et je n'arrivais pas à l'éteindre.

– Je vous en supplie. Si vous me dites « Couronnez Lisana » ou « Laissez vivre Serein », je le ferai ! Il y a deux mille réfugiés à Stormpoint, Nightkeep gouverne Haven, la femme que j'ai méprisée durant toutes ces années n'était rien d'autre qu'un pion manipulé par les désirs de sa famille, et peut-être était-elle la reine légitime. *Aidez-moi.*

Une porte s'ouvrit en claquant contre le mur. Je me retournai juste à temps pour voir Renna disparaître dans le couloir avant que la porte se referme. Maintenant que j'avais été obligé d'ouvrir mon cœur au flot de l'histoire nommée Laenan Kite, je m'apercevais qu'ils avaient tous raison. Jusqu'à aujourd'hui, j'avais été aveugle.

– Vous n'allez pas aimer ce que je vais proposer.

T'omar semblait indifférent ; en tout cas, sa voix restait aussi calme que d'habitude.

– Je vous écoute.

Je n'arrivais toujours pas à chasser le feu qui entourait mes doigts...

– Il y a deux choses à prendre en compte. D'abord, Renna. Si on veut la sauver, le cauchemar doit être chassé, et rapidement, de la Cité des Rêves. Si on peut se fier à ces... esprits, cela signifie remettre sur le trône quelqu'un issu d'une lignée qui ne soit pas née de la corruption. Techniquement, nous pourrions attendre pour attaquer. Techniquement, nous pourrions rassembler des hommes pendant des semaines et des semaines avant de frapper à Haven. Mais dans ce cas...

Je n'osais pas affronter son regard.

– Continuez.

Il avait un ton presque paternel, comme s'il arrachait des aveux à son fils dévoyé. *Combien de visages portes-tu, jeune T'omar? Tu es un caméléon, tu es tour à tour père, fils, soldat et espion, en un clin d'œil. Et que le rêve me pardonne, je t'admire pour cela.*

– Renna mourra si on ne réussit pas à rétablir rapidement le rêve. Elle n'a pas le temps d'attendre que nous soyons mieux préparés. Une seule personne. Ce n'est qu'une seule personne, T'omar. Tu es un soldat. Quand des milliers de vies sont en jeu, la vie d'une seule personne est considérée généralement comme un sacrifice nécessaire. Mais pas elle, T'omar. Elle n'est pas notre sacrifice. Je ne *peux pas* la voir sacrifiée. Je préférerais encore pénétrer nu et désarmé dans Haven, et mourir en essayant de la sauver, plutôt que d'y pénétrer triomphalement après sa mort, suivi d'une armée d'un million de guerriers invincibles.

T'omar resta muet un long moment, et je sentais chaque seconde de ce silence passer à toute allure devant moi comme le vent chaud du désert, brûlant ma peau et faisant naître des picotements, tandis que j'attendais sa réponse avec un rugissement dans les oreilles.

Il regardait ses doigts et se curait les ongles d'un air totalement absent.

– Vous ne vous êtes jamais marié, Kite ?

– Non. J'ai bien failli, plusieurs fois, mais ça ne s'est jamais fait.

– Vous devriez vous marier. Les gens bien sont moins nombreux qu'aiment à le croire les femmes, et le temps passe.

Je relevai brutalement la tête et le regardai d'un air interrogateur, essayant de déchiffrer chaque trait de son visage impénétrable. Il m'adressa un petit sourire gêné.

– Pour l'amour du rêve ! C'est vous le vieux mage rempli de sagesse. Moi, je ne suis que le gamin qui marche derrière vous, en espérant que personne ne s'en apercevra. On fera ce que vous déciderez.

J'aurais pu lui sauter au cou à cet instant, mais il avait parlé de manière si calme, avec si peu d'émotion que j'étais presque gêné que son « vieux mage rempli de sagesse » ait provoqué en moi une si vive émotion. Alors, je me retins et gardai un air aussi impassible que le sien. Je n'avais aucune envie d'être surpassé par T'omar. Pas maintenant. Pas après tout ce que nous avions subi en si peu de temps.

– Merci. Le deuxième problème, c'est le trône. Étant donné que vous refusez de porter la couronne que Talsin vous a promise, il faut trouver un autre héritier. Une lignée qui n'est pas née de la corruption, cela pourrait signifier Lisana. Vous dites vous-même qu'elle a dit la vérité au sujet de son héritage.

T'omar avait dit que ça ne me plairait pas, et il avait raison.

– Je ne veux pas m'y opposer, dis-je.

– Mais ?

– Mais c'est une femme redoutable.

– Oui.

– Et peut-être malfaisante.

– Oui.

– J'aimerais la faire sortir de Waterpoint. Immédiatement. Et l'emmener à Stormpoint.

– Pourquoi ?

– Parce qu'on ne sait pas comment elle se comportera quand elle portera la couronne. Et je veux le découvrir.

– Faites.

A nouveau réunis, nous nous regardions en chiens de faïence.

Finalement, je rompis le silence :

– Je... je suis navré de ne t'avoir rien dit.

Renna haussa les épaules.

– Je ne suis qu'une rêveuse. Ce qui se passe dans un autre monde ne vous intéresse pas.

– Tout m'intéresse.

– A divers degrés.

– Non. Je m'intéresse à *toi.*

– Alors, pourquoi ne m'avoir rien dit ?

Je répondis en toute franchise :

– Je ne sais pas. Vais-je mourir ? T'omar va-t-il mourir ? Comment pourrais-je le savoir ?

– C'est tout ? On doit accepter toutes ces choses ? Et les esprits, alors ? Et les rêves et le cauchemar ? Tout ça ne compte pas ?

– Renna... dis-je d'une voix faible. (Elle s'écarta de moi, ses yeux lançaient des éclairs de fureur.) Renna, je ne sais pas ce qui va arriver ! J'aimerais tant que tu ne sois pas ici, car au moins je ne serais pas obligé de te voir souffrir ! Windsight avait une bonne raison de vouloir te protéger de moi. Sa fille est morte à mes côtés !

– Windsight... avait une fille ?

– C'était un mage, et une Main d'Argent, répondis-je d'un ton dépité. On nous avait envoyés tous les deux à Firepoint, il y a environ deux cents ans, pour y rencontrer un transfuge. En fait, c'était un piège.

– Pourquoi me racontez-vous tout ça ?

– Je ne sais pas.

Timidement, comme si elle craignait d'être brûlée par mes doigts, elle me prit la main.

– Venez. Je suis trop impliquée désormais pour me retirer. Autant finir ce qu'on a commencé.

Mais elle n'osait pas croiser mon regard, et il n'y avait aucun sourire sur son visage.

Adieu, Silverpoint, une fois de plus. Salut à toi, Waterpoint.

Je dois avouer que, malgré le grand chambardement historique que j'avais subi, c'était agréable de voir l'expression de stupeur sur le visage de Lisana lorsque nous surgîmes de nulle part.

– Impressionnant, commenta-t-elle d'une petite voix. Et moi qui croyais que cette cellule était une zone d'antimagie.

– Ce n'est pas de la magie, répondis-je. Prenez la main de Renna, s'il vous plaît.

– Pourquoi ?

– J'ai dit « s'il vous plaît », il me semble ?

– Je suppose que je n'ai pas le choix.

Elle se leva avec cette grâce ancienne et familière et serra la main de Renna dans la sienne.

– Direction Stormpoint ? me demanda la rêveuse.
– Stormpoint. La cuisine.
Un rapide passage par Waterpoint, sans déranger personne, sans provoquer de raffut. Voilà le genre de visites que j'affectionnais.

Basict se retourna brusquement, ses longues canines se dévoilèrent et ses ongles se transformèrent en griffes au moment où nous nous matérialisâmes. Juste avant que ses yeux s'assombrissent en virant au jaune, il nous reconnut et parvint juste à temps à contrôler son champ morphique pour ne pas bondir sur nous.
– Je faisais juste un peu de cuisine, monsieur.
Je m'approchai de la fenêtre pour contempler Stormpoint.
– Cinquante personnes qui s'amusent à lutter à la corde ? Et les autres, là-bas, que font-ils donc ?
Basict suivit mon regard.
– Euh... les elfes ont décidé de donner un concert.
– Et là-bas ?
– Les dryades dispensent des cours d'artisanat.
Je regardai le loup-garou d'un œil méfiant.
– Les dryades ne savent faire qu'une seule chose, et ce n'est pas la fabrication de paniers en osier.
– Mais ça occupe les gens, monsieur !
L'échelle produisit un bruit métallique et Saenia fit son apparition dans la cuisine. Elle portait un de mes peignoirs et ses cheveux dégoulinaient.
– Kite ! Quand es-tu arrivé ?
– Il y a environ trente secondes. Et toi ?
Elle rit.
– Environ trois heures. Tes gens savent donner l'impression que nous sommes les bienvenus, sans

aucun doute. Et maintenant que tu es ici, tu vas pouvoir faire apparaître une tour pour chacun !

J'émis un grognement.

– Renna, Saenia. Saenia, Renna. Tu connais Lisana ? Non ? Eh bien, Lisana, Saenia. Saenia...

Ma sœur passa devant moi d'un pas décidé pour prendre les mains d'une Lisana stupéfaite.

– Ravie de vous connaître. Mon frère vous a-t-il bien traitée ?

Pour la première fois depuis des années sans doute, Lisana avait le bec cloué. Peut-être avait-elle sondé la magie de Saenia et découvert un pouvoir bien supérieur au mien. Ou peut-être était-ce simplement l'effet dévastateur de ma sœur dans son rôle de fouineuse.

– Pendant le dîner, ajouta Saenia, il faudra m'expliquer ce que vous venez tous faire ici.

– Promis, mais je dois d'abord faire quelque chose.

En disant cela, je jetai un regard lourd de sous-entendus en direction du miroir accroché sur le mur du fond.

Basict saisit immédiatement le message et s'élança vers la porte. Renna se détacha de notre petit groupe pour le suivre, avec un sourire en direction de Saenia – laquelle poussa un soupir.

– La politique et toi, vous faites mauvais ménage, petit frère.

Sur ce, elle s'en alla, elle aussi.

Je me retrouvai donc seul avec Lisana.

– Tu veux bien m'expliquer, Kite ? Pourquoi suis-je ici ? Et d'ailleurs, où sommes-nous ? Et comment sommes-nous arrivés dans ce lieu ?

Je répondis à chacune de ses questions dans l'ordre, en comptant sur mes doigts.

– Premièrement, parce que je ne vous fais pas confiance. Deuxièmement : Stormpoint. Troisièmement, par l'intermédiaire de Renna qui est une rêveuse. Maintenant, asseyez-vous quelques minutes pendant que je vois ce qu'on peut faire au sujet de ces tours.

Les grandes choses prennent toujours un certain temps, même quand vous avez une Clé et un océan de pouvoirs pour vous aider. Loger deux mille personnes ce n'était pas comme faire apparaître par magie une simple chaise. Je fixai mon attention sur la frontière de mon petit royaume et je poussai de toutes mes forces. Le ciel commença à s'étirer, le Vide recula. Il faudrait un certain temps pour que je crée l'espace nécessaire, mais il me restait encore plusieurs heures avant le coucher du soleil.

En me retournant, je découvris Lisana qui me regardait d'une drôle de façon.

– Tu es vraiment un homme bon, n'est-ce pas ? Toujours en train de te démener pour faire de bonnes actions, toujours en train d'essayer de conserver cette bonté en toi, même quand le reste du monde rigole et se réjouit du mal.

– Vous me surestimez.

– Je ne surestime jamais un adversaire. Au contraire, sous-estimer les autres a toujours été mon plus grand défaut.

Avais-je loupé quelque chose ? Lisana avait-elle un plan secret, poursuivait-elle un but précis en me racontant tout ça et en coopérant avec son ennemi ? Je n'étais pas prêt à prendre un risque dans l'espoir que la défaite l'avait adoucie et transformée en une personne plus ou moins fréquentable.

– Alors, Kite, vas-tu m'expliquer ce que je fais ici ?

– Hein ? (Elle m'avait arraché à mes pensées.) Ah, oui ! Le Consortium a pensé à la succession. Étant donné que vous pouvez légalement prétendre au trône, nous avons décidé de vous donner une chance.

Cela suffit à la calmer.

– Non ! dit-elle.

– Non ? Vous ne voulez pas du trône ?

– Non… je veux dire… c'est une ruse.

– Vous croyez que je vous conduirais ici à Stormpoint, *mon* Stormpoint, si je ne disais pas la vérité ?

J'étais sincèrement outré. Je lui annonçais que son plus grand espoir, l'unique désir qui avait motivé sa famille des siècles durant avait une chance de se réaliser, et elle réagissait comme si j'avais mis une grenouille dans son verre.

– Mais… tu es un membre puissant du Consortium ! Et tu me méprises !

– Je suis peut-être puissant, répondis-je dans un soupir, mais ce n'est pas moi qui commande. T'omar a réuni tout le monde et nous en avons discuté.

– Je ne comprends toujours pas pourquoi tu m'offres la couronne.

– Premièrement, je ne vous offre rien. La couronne est sur la tête de Serein, et il se peut qu'on ne réussisse pas à la récupérer. Deuxièmement, je continue à ne pas vous faire confiance, et le Consortium est tombé d'accord sur un point : à la lumière de vos révélations, nous devons effectuer quelques tests.

Une lueur de compréhension s'alluma dans ses yeux et son visage se para du masque de la courtisane. Aussi dur que la pierre, et certainement aussi impénétrable.

– Quels tests ?

– Les test du Grand Mage de Jadis.

– C'est-à-dire ?

Je la pris délicatement par les épaules et l'obligeai à se retourner jusqu'à ce qu'elle se trouve face au mur et à l'unique miroir en pied. Elle se contempla, hypnotisée par son reflet.

– Regardez dans le miroir. Regardez le plus profondément possible.

J'avais toujours rêvé de prononcer ces mots.

Pendant qu'elle regardait fixement le miroir, avec mes mains posées sur ses épaules et ma tête qui dépassait derrière la sienne, je laissai monter la magie. Je ne savais pas comment les sorts réagiraient après cent ans de négligence de ma part, ce qui ne m'empêcha pas de tisser les vieux symboles. La magie pour faire apparaître les choses, la magie pour déformer le Vide, la magie pour redresser la réalité, la magie qui faisait passer un mensonge pour une vérité, et une vérité pour un mensonge. La magie qui dévoilait l'âme.

Un arc-en-ciel de lumière traversa le miroir, disparaissant aussi vite qu'il était apparu. Parfait. Le miroir était toujours actif et en veille. Je reculai, car je n'avais pas très envie de voir mon âme telle qu'elle était réellement.

Le sort du miroir se déclencha lorsque j'y introduisis une dose supplémentaire de magie, et Lisana eut beau lutter pour se libérer, son propre reflet avait tendu les bras pour l'agripper dans un étau d'acier. Il y avait maintenant deux Lisana dans la pièce : un ange serein et une femme paniquée et suspecte qui gesticulait.

Je continuai à reculer jusqu'à ce que mon dos heurte le mur. La lumière sortait du miroir en tourbillonnant, englobant à la fois la véritable femme et son reflet. Il allait y avoir une sacrée décharge magique d'une seconde à l'au…

L'éclair fut si blanc et si éclatant que le soleil à côté ressemble à une bougie en plein jour. Et lorsque les forces magiques se rencontrèrent et explosèrent, le vacarme fut tel que le sol trembla. Des assiettes glissèrent des étagères et se brisèrent sur le sol.

Je me cachai les yeux, je tentai de me boucher les oreilles tout en essayant de me cacher moi aussi, en reculant face à ce pouvoir qui, d'une certaine façon, était le mien.

Les échos s'éteignirent.

Lisana était recroquevillée devant le miroir, tremblante, le visage enfoui entre les genoux. Alors que ma tête continuait de bourdonner, je rampai jusqu'à elle et posai délicatement la main sur son épaule. Elle sursauta en poussant un hoquet d'effroi et recula en tremblant.

– Lisana ? dis-je d'une voix douce.

Timidement, elle leva la tête. Ses yeux remplis de larmes croisèrent les miens et elle laissa échapper un petit cri de désespoir. Elle se jeta en avant et je sentis ses bras se refermer autour de moi et ses larmes couler en toute liberté. Elle se raccrochait à son pire ennemi comme s'il était son seul ami au monde. *J'aurais dû essayer ça il y a plusieurs centaines d'années…*

– Jet'enpriepardonnemoijet'enpriepardonnemoi…

C'était un traitement brutal, une violente explosion de vérité qui aurait pu se révéler fatale. J'avais pensé que je serais ravi, réconforté, de voir une femme qui m'avait causé tant de souffrances réduite à une épave en l'espace de quelques secondes. Eh bien, non. Je ne ressentais que le vide profond d'une tâche qui devait être accomplie et nécessitait bien plus que ce que chacun avait à offrir.

Je me souvins alors de ce que faisait ma sœur autrefois, quand je courais me réfugier vers elle. Tenant la tête de Lisana dans mes mains, j'essayai d'émettre des sons apaisants en la berçant comme un enfant. Au bout d'un long moment, les larmes refluèrent, et après un moment encore plus long elle s'écarta de moi et se releva avec grâce, le visage recomposé.

Aujourd'hui encore, j'ignore ce qu'elle avait vu dans le miroir, ce jour-là, et ma magie ne me dévoila rien. Parfois, je me dis que ce miroir possède une volonté propre. Disons simplement que je n'avais pas le cœur à poser la question et j'aidai Lisana à se mettre au lit à Stormpoint, sans dire un mot.

Elle s'endormit en me tournant le dos, face au mur, et je rejoignis Renna.

Elle déchiffra mon expression sans aucune hésitation :

– Il s'est passé quelque chose.

– Le sort a fonctionné. Lisana est couchée.

– Et ?

Je répondis par un haussement d'épaules, comme je le fais toujours. Un haussement d'épaules pour ceci, pour cela, pour la fin du monde. Mais en vérité, il y a des choses qu'on ne peut pas chasser d'un haussement d'épaules.

– Lisana est l'héritière légitime, si tu veux te donner la peine d'étudier les arbres généalogiques sur un millier d'années. Elle s'est regardée dans le miroir et semblait très repentante.

Renna se pencha vers moi, et avec elle tous les habitants de l'ensemble de la forêt. Tout le monde voulait savoir. Parfois, songeai-je, je ne suis qu'un messager, un intermédiaire entre des forces sur lesquelles je n'ai aucun pouvoir. Ou alors, je suis paranoïaque.

Toujours est-il que je me trouvais devant eux, afin d'annoncer des nouvelles que, pour une fois, je contrôlais, et qui risquaient d'affecter des millions de vies. *Mon Dieu, les rois doivent-ils subir cela chaque jour ?*

Je conclus ainsi :

– Si Lisana ne fait pas l'affaire, le Consortium pourra toujours se passer d'elle.

Ne devrait-il pas y avoir une réaction ? La forêt des elfes, des loups-garous et des réfugiés restait là sans bouger, le regard fixe.

J'inspirai à fond et obligeai les mots à franchir le barrage de mes dents serrées.

– Vive la reine !

C'est à cet instant seulement qu'ils devinrent, comme on dit sur Terre, complètement cinglés.

Salutations et adieux . 14

La dernière nuit. Ces mots ne cessaient de rebondir dans ma tête et je commençais à douter sérieusement de ma santé mentale. C'était la dernière nuit avant ce qui ressemblait fort à une tentative de suicide de notre part. Je fondais tout sur un seul espoir. Oh, tout le monde disait que je ferais un formidable chef, en répandant ma magie un peu partout, soutenu par les dernières volontés d'un roi, une reine authentique, un millier d'espions, un millier d'éléments et un millier de soldats.

Mais j'avais réduit tout cela en tout petits morceaux de rien du tout.

A quoi servait la magie si je n'avais qu'un pouvoir limité et un contrôle restreint sur ce qu'elle frappait ? A quoi servaient les dernières volontés d'un roi ? Surtout maintenant que je savais qu'il descendait d'un mauvais roi et qu'il était, comme pouvait le suggérer la nature même de son influence, tout à fait mort !

Il y a trois jours seulement, alors que nous parlions avec légèreté de « ce que nous ferons quand Haven sera libre », j'avais dit que j'aimerais m'installer à Stormpoint et tracer une carte qui se modifierait chaque fois qu'un royaume changerait. J'avais tout prévu déjà, la moindre déformation du moindre sort.

Et voilà qu'aujourd'hui nous nous préparions à attaquer une ville protégée par les cauchemars les plus coriaces, les plus rapides et les plus forts qui soient jamais venus se promener aux abords de la frontière des rêves.

Mon espoir reposait sur une hypothèse. Sur le genre de miracle qui survenait dans les rêves, au tout dernier moment. Il s'agissait également d'exposer à un redoutable danger une personne qui m'était chère.

Tout le monde serait exposé au danger, me dis-je. Cela ne faisait aucun doute. Le désastre s'annonçait.

– Assez, dis-je. On partira tôt demain.

Les Mains d'Argent réunis autour de la table hochèrent la tête, mais aucun n'osait s'exprimer à voix haute. Ils savaient que notre plan était de la pure folie.

Renna me toucha le bras lorsque je passai près d'elle.

– T'omar veut vous voir.

Je la serrai contre moi. C'était peut-être la dernière occasion qui m'était offerte. A mon grand étonnement, elle ne se recula pas et m'étreignit elle aussi.

– Bonsoir, murmurai-je.

– Bonne nuit.

Nous nous séparâmes sans rien ajouter et je partis en quête de T'omar.

Le général était dans son bureau, ce qui n'avait rien d'étonnant, en train d'examiner la double toile d'araignée qui constituait l'univers. Il ne leva même pas la tête lorsque j'entrai.

– Vous avez intérêt à être sacrément efficace pour capturer Serein.

J'étudiai la carte. On avait disposé des jetons un peu partout, ou de simples morceaux de papier quand les jetons avaient fini par manquer. Des chiffres étaient griffonnés dessus, avec de petites étoiles. Chaque étoile représentait, supposais-je, une force expérimentée ou compétente. Chaque morceau de papier symbolisait l'endroit où un grand nombre de personnes allaient survivre ou périr.

Je ne suis pas très doué pour la stratégie, c'est sans doute pour ça d'ailleurs que j'ai échoué à la cour. En vérité, la stratégie n'est qu'une façon de faire la guerre avec des mots. Pourtant, même moi j'étais capable de voir l'ampleur des risques que nous courions. Le long des frontières où se rejoignaient les deux toiles d'araignée se trouvaient de petites balises qui symbolisaient nos forces, éparpillées sur une vaste zone. Elles seraient insuffisantes, leurs attaques seraient coûteuses et dangereuses, nous allions perdre beaucoup de vies...

Autour de Haven, les jetons étaient d'une couleur différente. Et dans les espaces vides au milieu de la toile d'araignée se trouvaient les éléments, à proximité des remparts. Ils attaqueraient dès que nous serions entrés dans la cité, pour détourner l'attention de Serein. Ce serait une attaque aussi brève que faible, et les éléments battraient en retraite presque aussitôt pour aller se régénérer dans la magie chaude du Vide. Mais une courte attaque était suffisante, surtout si une force massive s'abattait en même temps sur Nightkeep...

A sa place, que ferais-je si tous les endroits étaient attaqués en même temps ? J'avais presque de la peine pour Serein, mais je fus frappé immédiatement par l'absurdité de cette pensée.

– Il sera averti de votre arrivée à l'instant même où les éléments se retireront, dit T'omar. (Le ton de sa voix était grave et résigné.) Et dès qu'il détectera votre présence, il passera à l'attaque avec toute la puissance de la Clé.

J'ouvris la bouche pour répondre, mais T'omar me devança :

– Oui, je sais que vous y allez seul afin de conférer le maximum de puissance à votre précieux scryblock. Et je sais aussi qu'il sera occupé à se faire un mauvais sang d'encre au sujet du cauchemar. Si la puissance de votre sort n'était pas limitée, nous pourrions certainement faire progresser en douce une armée de plusieurs milliers de soldats jusqu'à la porte principale. Mais même vous, vous ne pouvez pas le retenir très longtemps.

– Ce ne sera pas nécessaire, répondis-je, avec une assurance que j'étais loin d'éprouver. Il reste cinquante mille habitants à Haven. Ça fait beaucoup de monde pour se fondre dans la foule.

Il ricana.

– C'est la taille d'une armée qui peut périr en une journée.

– Une fois à l'intérieur du palais, je détournerai l'attention de Serein. Il ne faut pas sous-estimer le pouvoir d'une réputation. Pour lui, je suis « Celui qui a tué papa », et je l'occuperai pendant un long moment.

– Et une fois que vous serez à l'intérieur ? Donnez-moi les détails techniques.

Je soupirai ; nous avions déjà abordé cette question.

– Parlez-moi de votre scryblock. Ce sort dont vous n'avez jamais révélé le secret à personne. Peut-il protéger deux personnes à la fois ?

Je sentis le ver du soupçon s'infiltrer dans mon esprit.

– Oui. Pourquoi ?

– D'après ce que j'ai compris, vous allez étendre votre bouclier partout. Ça risque d'être périlleux. Quelle quantité de pouvoir devez-vous utiliser s'il vous faut également éliminer les gardes ?

– J'ai toujours survécu.

– Pas cette fois. Vous êtes doué pour vous infiltrer quelque part et ridiculiser des gens stupides et sans grands pouvoirs, au fin fond du cauchemar. Mais là, c'est différent. Vous n'avez jamais approché Nightkeep en tant qu'ennemi, et dans le Vide vous avez *seulement* combattu son roi. C'est un exploit, je vous l'accorde, mais c'était juste vous contre lui, sans intervention extérieure.

– Où veux-tu en venir ?

T'omar sourit, mais c'était un sourire sans joie.

– Vous aurez besoin d'une fine lame. Pour manier le fer pendant que vous maniez le feu. Quelqu'un qui peut surveiller vos arrières pendant que vous lancez vos sorts l'un après l'autre, totalement concentré et donc incapable de guetter l'arrivée d'un agresseur invisible.

Je secouai la tête ; la peur prenait racine là où le ver avait creusé son trou.

– Non. Pas question.

– Ce n'est pas une requête, Kite. Vous m'avez nommé chef du Consortium et nous savons bien que si vous n'aviez pas prononcé le nom de T'omar, je serais resté un visage anonyme dans la foule. Aujourd'hui, vous payez le prix pour avoir utilisé votre légende. Je ne tiens pas compte de votre refus. Je vous accompagnerai.

Retour dans la Cité des Rêves . 15

Vêtements gris, capuches grises, bottes grises. Gris de la tête aux pieds. Nous étions vingt-deux et, comme nous ne pouvions pas tous nous accrocher à Renna, nous nous étions séparés en six groupes pour nous relayer. Quatre dans les cinq premiers groupes, et deux dans le dernier. Nous allions et venions dans la grand salle, en proie à une très grande nervosité, n'osant pas croiser les regards des autres tandis qu'une nouvelle journée se levait à Stormpoint, bien trop tôt.

T'omar vérifia son fusil. Je ne l'avais encore jamais vu habillé en guerrier, avec une arme à feu et une épée. Cela ajoutait considérablement à sa prestance, il faut l'avouer. Soudain, ce n'était plus le tacticien silencieux assis dans son bureau, les doigts joints en pyramide et les yeux fixés sur une carte. C'était maintenant un tueur de dragons, tout de gris vêtu ; le chasseur silencieux qui ne ratait jamais sa proie. Je n'avais pas remarqué qu'il mesurait plusieurs centimètres de plus que la plupart d'entre nous et qu'il était beaucoup plus large d'épaules ; il portait au côté une énorme épée comme s'il s'agissait d'une simple dague. Cette épée avait été enchantée pour lui conférer précision et force, mais en regardant avec des yeux de mage la faible lueur qu'elle irradiait, je ne me sentais pas prêt à confier ma vie à ses pouvoirs magiques au cours d'une bataille. Le fusil était une arme bien plus rassurante.

Les guérisseurs avaient fait du bon travail et, comme moi, T'omar ne conservait de la bataille trop récente que quelques cicatrices roses qui s'estompaient déjà. *Toi au moins ; tu n'as eu qu'à demander gentiment,* pensai-je. *Tu n'as pas été obligé de jouer aux devinettes avec des morts.*

Mon bâton avait été béni lui aussi. C'était une des rares fois où j'en prenais un, mais ils m'avaient été utiles par le passé quand j'essayais de pénétrer dans les royaumes mineurs du cauchemar, pour frapper des choses molles et surtout pour bloquer les objets tranchants. Le bois ancien était chaud sous mes doigts, chargé d'une énergie magique que je pouvais prélever à volonté.

Mais j'avais quand même conservé mes dagues, et les vêtements que je portais étaient les miens, agrémentés de sorts venant du Vide, dont je savais qu'ils fonctionnaient. A mon grand soulagement, Renna portait elle aussi des vêtements que j'avais confectionnés et qui devraient lui être utiles en cas de problèmes.

Windsight s'avança, armé jusqu'aux dents.

Il faisait partie des cinq « hommes-nécromanciens-hacheurs », ainsi avions-nous baptisé nos mages, ou HNH pour faire plus court. C'étaient eux que T'omar et moi devions couvrir en nous occupant de Serein. Il fallait espérer qu'en retour ils parviendraient à occuper la plupart des gardes.

Quelle était la plus grande menace, les gardes ou les mages ? Nous n'en savions rien. Mais une chose était certaine : nous nous battrions comme de beaux diables dès l'instant où nous aurions franchi les remparts.

Je devenais nerveux à force d'entendre parler de mort et de destruction. Mais T'omar, lui, semblait prendre tout ça avec calme, ce qui ne faisait qu'aggraver les choses pour moi. Avec son regard serein et ses paroles d'encouragement, il était le héros de l'histoire. Moi, j'étais le sous-fifre effrayé qui pianotait nerveusement sur son bâton et essayait de se remémorer tous les tours de magie qu'il avait effectués dans sa vie.

Je venais d'arriver au numéro quarante-deux (le feu rebondira mieux sur un bouclier mou que sur un bouclier dur), quand l'appel retentit.

– Les éléments ont lancé leur attaque, monsieur !

Nous avons tous une idée de ce que représente un départ au combat. Mais réunis en petits groupes dans la grande salle de Silverpoint, tandis qu'on débarrassait les couverts du petit déjeuner, sans un seul ennemi en vue, c'était un ordre très civilisé que nous venions de recevoir, pour nous faire traverser ces étendues désertiques.

Tous les yeux se tournèrent vers Renna. En la voyant ainsi, seule, les mains serrées devant elle, balayant du regard chaque visage, j'éprouvais des sentiments tellement mélangés que je faillis l'informer de mon plan.

Mais si je prenais le risque d'imposer l'ordre sur le chaos dont dépendait mon projet, nous mourrions sans le moindre doute.

– Groupe un, en avant ! lança T'omar.

Il y eut un murmure de « Bonne chance » et d'« Adieu », tandis que Windsight s'avançait. Nos yeux se croisèrent brièvement avant de se séparer. Si nous avions quelque chose à nous dire, il était trop tard de toute façon.

Renna s'éloigna et disparut peu à peu, en emmenant le groupe.

Les secondes se transformèrent en minutes. De longues minutes insupportables. Je perçus un frémissement dans ma magie : les échos de la guerre menée par les éléments parvenaient jusqu'à leur créateur. Puis Renna réapparut enfin, apportant avec elle une vague de soulagement qui fit tressauter mon cœur.

– Groupe deux, en avant !

... Groupe trois !

... Groupe quatre !

... Groupe cinq !

Il ne restait plus que nous. Tous les autres avaient disparu vers un destin inconnu.

Kite, le mage aux mille sorts. T'omar, le guerrier aux épées étincelantes. C'était ainsi que les gens nous voyaient. C'était ce que disaient les yeux des Mains d'Argent. *Si ces deux-là échouent, personne ne pourra jamais réussir. Ce sont nos deux meilleurs éléments ; ensemble ils peuvent vaincre...*

Et si nous échouions ?

Je ne voyais qu'un seul motif de consolation : au moins, je ne serais pas obligé d'assister à la suite.

Renna nous conduisit à une quinzaine de rues du palais, dans une maison sombre, remplie d'ombres et d'un silence assourdissant. Haven avait sacrément changé depuis ma dernière visite.

A travers les ruines d'un mur à moitié effondré,

j'apercevais la rue. Elle était plongée dans une quasi-obscurité, et les fenêtres d'un grand nombre de maisons étaient brisées ou condamnées par des planches. Des rats passaient en courant avant de plonger dans des égouts, d'où s'échappaient des gaz nocifs et des bruits louches. L'enseigne d'une taverne était tombée en même temps que la charpente de la maison ; elle gisait maintenant au milieu de la rue comme un vestige de ce qui avait existé autrefois. Sous l'épaisse couche de suie qui la recouvrait, on devinait le nom de l'établissement : Au repos du rêveur.

Le soleil était rouge et âpre dans un ciel aux couleurs orange et brunes tourbillonnantes. De loin nous parvenaient les bruits de la bataille : les éléments livraient un combat inégal aux abords du Vide. Ils battraient bientôt en retraite, mais T'omar et moi devrions être passés à l'action avant cela. Il faudrait que nous soyons déjà dans ces rues infernales où la chaleur vous étouffait, alors que le vent qui soufflait des ruines hantées tentait de vous geler les doigts. Mais le pire, c'étaient les mouches. Elles se détachaient en essaims des cadavres qui gisaient dans les rues, parfois mutilés. Un cheval qui n'avait que la peau sur les os était penché au-dessus d'un abreuvoir dont l'eau était recouverte d'une telle couche de vase verte et de petits insectes suceurs de sang qu'il pouvait à peine boire. Des rats grouillaient autour d'une charrette renversée pour pouvoir planter leurs dents dans le chargement de grain moisi. Les rues empestaient l'urine, le sang et la pourriture.

Elles étaient maintenant envahies de vampires, de démons qui s'accrochaient aux façades des maisons, de griffons flottant dans le ciel ou de cavaliers noirs qui attaquaient une maison innocente avec leurs grandes épées incurvées.

Je me tournai vers Renna, car je savais qu'elle attendait un peu de réconfort. Hélas, je ne pouvais pas lui en offrir.

– Bon, c'est le moment d'y aller.

– Déjà ?

– Tu aimerais mieux rester ?

Elle me regardait fixement ; ses yeux étaient aussi tourmentés que le ciel tourbillonnant.

T'omar vint à ma rescousse en s'inclinant devant Renna et en lui baisant la main.

– Ma lady, dit-il, respectueusement. Si cela peut vous faire plaisir, sachez que nous allons botter le cul au cauchemar autant pour vous que pour les rêves.

Il se redressa et resta à mes côtés. Il s'ensuivit un long silence, brisé uniquement par les bruits de grattement de quelque monstre qui flairait la viande fraîche.

– Va ! m'écriai-je, alors que les bruits se rapprochaient.

– Laenan... dit-elle.

– Chut ! fis-je, le doigt dressé en signe de mise en garde. Nous n'avons pas le temps. Pars et ne reviens pas !

Après une courte hésitation, elle disparut. Ce n'étaient pas des adieux très chaleureux, mais un changement brutal avait eu lieu en moi.

A l'instant même où j'entendis le bruit d'un cauchemar qui approchait, l'autre Kite se tint prêt à prendre la relève.

Nous n'avons pas été présentés, je crois. Je suis le Laenan Kite dont on fait les légendes. Jusqu'à présent, c'est mon autre moi-même, le joyeux mage solitaire, doté d'un tempérament paresseux et de quelques sorts utiles, qui a tenu la vedette. Et maintenant que le cauchemar rôde autour de moi, les souvenirs renaissent. Et avec les souvenirs, le réflexe de tuer.

Mais pour le moment, je dois résister à mon instinct qui me pousse à faire jaillir le feu et la magie de mes doigts pour incinérer sur-le-champ tous mes ennemis.

Le bruit se produisit de nouveau : une sorte de raclement, accompagné d'un léger sifflement. Un monstre se trouvait au-dessus de nos têtes, et sans doute nous considérait-il comme des cibles faciles. Les deux « moi », le combattant et l'érudit, partagèrent le même soupir. Car il y a une seule chose sur laquelle la légende et l'homme authentique peuvent se mettre d'accord : nous haïssons l'un et l'autre le désordre.

Le vampire se laissa tomber dans la pièce.

Vous autres, sur Terre, vous avez vraiment de drôles d'idées. Vous pensez qu'il suffit d'agiter une croix devant un vampire pour qu'il pousse des hurlements et tombe en poussière. Pourquoi ?

Celui-ci arborait deux belles paires de canines pointues comme il convient, et son visage gris cendré était ridé par un rictus libidineux, typique d'un vampire.

– Ah ! deux idiots, l'un enveloppé d'acier, l'autre de magie, qui pensent pouvoir se mesurer au cauchemar.

Cette créature manquait d'originalité.

T'omar et moi échangeâmes un regard. Voilà donc le genre d'imagination qui plantait le décor. Un esprit comme celui-ci n'avait pas interrogé suffisamment de rêveurs, et il ne possédait aucune idée personnelle.

– Serein n'a pas lu les bons livres, déclarai-je.

– Ou bien il n'a aucune classe, tout simplement.

Le vampire émit un nouveau sifflement et fit un mouvement en avant qui se voulait sans doute menaçant. T'omar n'avait même pas porté la main à son épée. Il restait immobile en essayant de dissimuler le fait qu'il portait à la ceinture une arme massive en acier tranchant. Le plus incroyable, c'est qu'il y parvint.

– Écoute, mon gars, dis-je au vampire d'un ton posé, on sait que tu n'es qu'un fragment de l'imagination de Serein et que tu disparaîtras dès que tu pénétreras dans le Vide. Nous cherchons juste à combattre les gens véritables, ceux qui risquent de continuer à poser des problèmes même après la mort du salopard qui t'a créé.

Le vampire sembla hésiter.

– Ah, tu essayes maintenant d'alerter ton créateur grâce à la Clé. C'est inutile, j'en ai peur. Une attaque d'éléments a lieu en ce moment même, et de toute façon tu es à l'intérieur du champ d'action de mon sort.

– Quel sort ? Tu mens !

– C'est un mage, expliqua T'omar, en conservant son air de touriste qui assiste à une scène pittoresque.

– Et pas n'importe lequel, ajoutai-je.

Dieu que les vampires sont stupides ! Si nous avions eu affaire à un monstre sensé et équilibré, il nous aurait déjà sauté dessus pour nous égorger. Au lieu de cela, il restait planté là, désorienté.

Le moment était venu de mettre fin aux souffrances de cette pauvre créature.

– Cet homme s'appelle T'omar, dis-je en montrant le guerrier vêtu de son armure étincelante. Je ne voulais pas qu'il vienne, mais il est affreusement entêté et, de toute façon, c'est mon supérieur. Il sait manier le fer et il a commandé un millier de batailles, ajoutai-je en voyant que le monstre ne réagissait toujours pas.

T'omar comprit le message et sa réaction se traduisit par un mouvement unique et rapide. Si ces vampires sont stupides, au moins meurent-ils proprement. Exploser dans un petit nuage de poussière est la meilleure des alternatives. Ainsi n'est-on pas obligé de dépenser de l'argent pour la crémation.

L'acier siffla dans l'air lorsque T'omar rengaina son épée.

– C'était une créature totalement stupide, dit-il.

– Nous avons au moins appris une chose sur Serein.

– Oui. C'est une infâme crapule sans imagination, n'est-ce pas ?

J'aimerais pouvoir dire que nous traversâmes sans embûches les rues brûlantes et sèches, en laissant derrière nous les bruits du combat qui s'atténuaient et en évitant tous les monstres qui patrouillaient grâce à des sorts ou en nous cachant prestement. Ce serait mentir. Serein avait posté un démon presque à chaque coin de rue. Mon estomac se nouait en entendant les hurlements des victimes, et le rugissement de la réalité ne cessait de se modifier là où combattaient les éléments.

Mais les bruits de la guerre me troublaient moins que le spectacle du nouveau palais. Des gardes – de vrais gardes – patrouillaient le long des remparts, sur lesquels avaient poussé des pointes en métal noir, des épines gigantesques, et par endroits le corps estropié de quelque dignitaire. Sur les portes dansaient d'imposants démons faits de flammes rouges ; dans les tours de pierres noires, des nécromanciens observaient la bataille à travers des télescopes ou assassinaient calmement une habitante de la ville qui hurlait.

Et derrière les remparts se dressait le palais le plus rudimentaire et fonctionnel que j'aie vu depuis longtemps. C'était un donjon tout simplement, carré, sans les tours qu'on s'attend à trouver dans ce genre de construction. Des gargouilles accrochées aux façades crachaient de l'acide. Un unique dragon noir était enroulé autour du donjon, et si vous ne l'aviez pas vu bouger vous auriez pu croire qu'il n'était pas là.

– Impossible de passer par là, déclarai-je. Il faut emprunter un autre chemin, ou renoncer.

– Il y aura des monstres dans les égouts, dit T'omar.

– Mais pas de gardes. Les monstres m'inquiètent moins, répondis-je. Les monstres sont stupides. Les gardes ont des cerveaux.

– Il fera une chaleur étouffante là-dedans, ça pue et c'est rempli de rats.

– C'était ton idée, non ?

– Je croyais que vous étiez lié par un sort de dernières volontés et...

– C'était ton *plan*. Il faut pénétrer à l'intérieur du palais si on veut que les troupes aient une chance.

– Il faut *tuer* Serein pour donner une chance aux soldats, rectifia-t-il. *Vous* devez tuer Serein et *vous* devez récupérer la Clé.

Mes doigts pianotaient nerveusement sur le bâton.

– Allez, Windsight ! Fais sauter quelque chose.

– C'est ça que vous attendez ? demanda T'omar. Une deuxième diversion ?

Je lui jetai un regard mauvais. Nous savions bien tous les deux ce que j'attendais. Si tout se passait bien,

Serein croirait que l'attaque des éléments était une diversion pour permettre à Windsight de pénétrer dans la cité ; il ne penserait pas que Windsight était un leurre pour nous permettre de pénétrer dans le palais. C'était un plan simple, mais réaliste. Seul un fou s'attaquerait directement au palais.

– Si on attend que Windsight fasse sauter quelque chose, toute l'attention de Serein se reportera sur lui. Or, votre ami lui-même ne peut pas contrer toute la puissance de concentration de la Clé.

Je me mordillais la lèvre, pianotais nerveusement sur mon bâton et tapais du pied... le tout en même temps. La vérité, c'était que T'omar avait raison. Si nous laissions Windsight encaisser à lui seul toute la violence de l'attention du cauchemar, je n'aurais plus personne à qui parler ensuite.

– Voyons voir s'il n'y a pas une plaque d'égout à proximité.

Il n'était pas difficile de trouver l'entrée des égouts. La puanteur aurait suffi à attirer une chauve-souris privée d'odorat à des kilomètres de là. En revanche, il n'était pas facile de trouver une entrée à l'écart des gardes, des griffons ou d'autres désagréments. Nous finîmes par en dénicher une dans une rue à ce point envahie de mouches que les habitants du cauchemar eux-mêmes n'osaient pas s'y aventurer. Je résolus le problème grâce à une boule de magie que je lançai dans la rue à toute vitesse. Sur son passage, toutes les mouches furent attirées par la boule, comme de la limaille de fer par un aimant, et y restèrent collées. Résultat, quand la boule finit par s'embraser en arrivant au bout de la rue, elle était recouverte de petits corps noircis. C'était une solution un peu voyante, mais bon...

T'omar souleva la plaque d'égout qui retomba avec un fracas métallique. Immédiatement, d'autres mouches plongèrent à l'intérieur des égouts, attirées par la puanteur. T'omar sortit de sa poche un grand morceau d'étoffe qu'il noua sur son visage.

– Vous feriez bien d'en faire autant, dit-il d'une voix maintenant étouffée.

Je scrutai les ténèbres et faillis vomir.

– Une seconde, murmurai-je en lui tournant le dos.

Le feu jaillit de mes doigts. Je l'obligeai à grandir en y injectant une nouvelle dose de magie et en ajoutant à l'intérieur une deuxième couche de force inexploitée, au cas où. Même les citoyens de Haven doivent aller aux toilettes, cher rêveur. Et quand on sait s'y prendre, ce machin brûle très bien. En voyant la boule de feu, T'omar recula de plusieurs pas.

– Quand ça va exploser…

– Tout va être incinéré en quelques secondes, dis-je avec un sourire macabre. Il y a tellement de magie potentielle dans cet endroit que le feu va sans doute brûler également tout ce qui se trouve autour de la plaque, sur au moins un mètre.

– Pourquoi ne pas lancer une allumette, tout simplement ?

Je le regardai d'un air outré.

– Non, non, non ! Il faut exploiter le côté magique du feu !

– Pourquoi ?

– Tu le verras bien assez tôt.

– Ils vont fouiller les égouts dès que ça va exploser.

– Ils fouilleront les égouts dès que ça commencera à refroidir. Ce n'est pas du tout la même chose.

T'omar me jeta encore un de ces regards à faire rougir un lion, et je craquai :

– Au nom du rêve, suis-je, oui ou non, le grand mage du feu ? demandai-je, exaspéré par tout ce foin à cause d'un simple brasier. Mais peut-être as-tu peur d'avoir trop chaud à l'intérieur d'un bouclier d'exclusion ?

Il émit un grognement.

– Vous improvisez au fur et à mesure, hein ?

– *Non !* Brûler tout ce qui couine est une technique ancestrale. Je ne supporte pas les rats. Ni les araignées, d'ailleurs.

Il croisa les bras.

– Très bien. Allez-y, balancez votre truc.

Avec une certaine suffisance, j'avançai vers la bouche d'égout. En restant le plus en retrait possible, je lançai la boule de feu. Avant même qu'elle ait atteint le fond du puits, je décampai pour me mettre à l'abri.

Les flammes fétides, alimentées par des choses qu'il vaut mieux ne pas décrire, jaillirent sous la forme d'un geyser jaune et rouge qui vint roussir les toits des bâtiments. Partout dans Haven, des colonnes de feu semblables sortirent de terre. Des maisons s'embrasèrent ; le rugissement des flammes se détachait du fond sonore de la bataille.

– J'espère que personne n'était aux toilettes au moment de l'explosion, commenta T'omar.

J'ignorai sa remarque.

Vous autres rêveurs, vous avez compris certaines choses. Déjà à l'époque romaine, vous ne gaspilliez pas des tonnes de pierre et de mortier pour bâtir d'énormes supports pour vos ponts. Vous avez inventé la clé de voûte et vous l'avez utilisée pour créer des échafaudages et des piliers bien plus légers. Voici où je veux en venir : ne gâchez jamais un sort trop puissant quand un simple sort suffit. Les eaux usées brûlent très bien, quand on sait s'en servir.

T'omar me donna un petit coup de coude et montra le ciel. De gros nuages noirs s'amoncelaient. Moins d'une minute plus tard, les premières gouttes de pluie firent leur apparition.

– Serein ne veut pas que sa ville parte en fumée, murmura le général.

Je ressentis une légère piqûre et regardai ma main.

– Ce n'est pas de l'eau de pluie, T'omar.

Il regarda ma main. Un mince filet de sang s'échappait de l'endroit où s'était plantée une petite pointe de glace. Évidemment, les monstres de Serein devaient posséder d'épaisses écailles. Ses soldats portaient des armures et ses nécromanciens feraient surgir des boucliers.

Je reportai mon attention sur la bouche d'égout. Les flammes continuaient de l'éclairer par en dessous. Mais bon, à quoi servaient les mages... ?

– Donne-moi ta main.

Je dessinai un symbole dans la paume de T'omar et immédiatement, la lueur rosée, à peine visible, d'un bouclier, apparut. Je fis la même chose avec ma main, et je soulevai avec mon pied la plaque d'égout noircie et fumante.

Tandis que nous descendions l'échelle, les flammes qui se dressaient sous mes pieds semblaient rire de leurs prochaines proies volontaires. Mais le bouclier résista. Chaque fois que je saisissais un barreau métallique calciné, la lueur rosée se tordait pour s'enrouler autour de ma main et repousser la chaleur. Mon bâton pesait des tonnes et était presque aussi encombrant que le fusil de T'omar.

J'atterris dans un champ de flammes qui se dressa autour d'un petit cercle de magie, à quelques dizaines de centimètres de mes genoux. T'omar me rejoignit et scruta le tunnel qui aurait pu concourir au titre de chemin de l'enfer. Nous n'avions pas besoin de lumière : les flammes orangées éclairaient chaque éclat de mortier et chaque tuyau roussi.

Soudain, elle apparut : cette légère sensation de picotement que seul un mage peut ressentir.

– Attention, murmurai-je.

Brusquement, la lumière rassurante qui entrait par la bouche d'égout au-dessus de nos têtes fut masquée. Nous levâmes les yeux juste à temps pour voir le puits par lequel nous étions descendus se murer tout seul ! Les pierres surgissaient de nulle part et se superposaient à toute vitesse, en partant du sol. D'un bout à l'autre du tunnel, la même chose se produisait dans d'autres puits. T'omar humecta ses lèvres sèches.

– C'est pour nous empêcher de sortir ou d'entrer ? demanda-t-il.

– Sans doute de sortir, répondis-je à contrecœur. Serein sait que le feu continue de faire rage dans les égouts et il se dit que seul un fou a pu y descendre.

– Bien raisonné.

Il se produisit de nouveau ce resserrement de la réalité. *C'était quoi, cette fois ?* Les murs se gondolaient ! T'omar poussa un juron, comme seul un militaire peut le faire.

– Où sont les diversions de Windsight quand on en a besoin ? marmonnai-je.

Les eaux usées enflammées dans lesquelles je pataugeais commencèrent à bouillonner, tandis que les murs continuaient à se rapprocher. Nous allions mourir noyés ou broyés. *Broyés avec un peu de chance,* se disait la partie de moi-même qui avait baissé les bras dès le début et qui toisait maintenant ma raison avec l'air de dire : « Tu vois, je t'avais prévenue. » *Non, on va... on va... s'échapper,* me disais-je désespérément en luttant pour repousser la terreur.

Comment ?

– Kite, dit T'omar d'une voix incroyablement calme, je pense que c'est le moment idéal pour faire un peu de magie.

O.K., changement de plan. On ne va pas s'échapper ; quelqu'un d'autre va prendre des risques à notre place. <Windsight ! Dépêche-toi de créer une diversion, bon sang ! > hurlai-je mentalement.

< Accrochez-vous à quelque chose. > La réponse était calme. Étais-je donc le seul à paniquer dans ce monde ?

– Windsight nous demande de nous accrocher à quelque chose.

– Pourquoi ?

– Tu préfères ne pas lui obéir ?

Hélas, nous ne pouvions que nous accrocher aux murs, qui se transformaient rapidement en un bloc de réalité déformée. <Windsight, dépêche-toi !> m'écriai-je, alors que les parois du souterrain étaient maintenant si proches que j'aurais pu les toucher en écartant les bras. Les flammes montaient, pressées les unes contre les autres. Elles s'élevaient jusqu'à ma taille désormais, et le bouclier que j'avais créé peinait à les repousser à mesure que la pression du feu devenait plus forte. Non, nous n'allions pas mourir noyés dans la merde, ma magie y veillerait. Au lieu de cela, tous les os de nos corps seraient réduits en poussière...

Soudain, un éclair plus brillant que n'importe quel feu transforma le mur sur lequel j'avais posé mes mains en réalité liquide. Puis vint le bruit, qui tentait paresseusement de rattraper son collègue de destruction. Et enfin, en troisième et dernière position, surgit la *pression*.

Je me retrouvai couché à plat ventre dans une mer de feu et de cendres, tandis que le mortier s'effritait autour de moi et que tous mes sens magiques vibraient sous le choc du sort. T'omar me rejoignit à quatre pattes, au milieu des flammes. Les murs s'étaient figés.

– C'était quoi, ce machin ?

– Une fissure dans le Vide, murmurai-je d'une voix enrouée.

– Ici ?

Je hochai la tête, j'avais du mal à parler.

– Windsight... a dû provoquer une fissure pour... pour obliger Serein à arrêter de traficoter la réalité dans les égouts, en le forçant à réparer le trou dans son royaume. Les fissures du Vide détruisent des kilomètres de réalité et la transforment en...

Je n'avais pas la force de continuer. T'omar m'aida à me relever, mais je ne sentais presque plus rien.

– Je... je suis sûr que Windsight s'en est sorti, dit-il. Il s'est protégé avec un bouclier.

Je m'essuyai le front avec le dos de la main, laissant sur ma peau une traînée noire.

– Il n'existe aucune protection contre le Vide.

<Windsight ?> lançai-je. Était-ce un frémissement de conscience que je percevais ? Une faible lueur de pensée ? Ou était-ce mon imagination qui me jouait des tours ? Saenia elle-même ne pouvait pas provoquer une fissure dans le Vide sans se vider de toutes ses forces et se transformer en épave bafouillante.

< Il survivra >, murmura une voix.

< Saenia ? Où es-tu ? >

< A Stormpoint. Je suis avec toi depuis plusieurs heures déjà. Ce bâton que tu tiens, c'est le mien. Au cas où. >

< A quoi tu joues, nom d'un chien ? >

< Je garde un œil sur toi, petit frère. >

< Pourquoi n'as-tu rien dit ? >

< J'observe, simplement. Et... je te donne un coup de main éventuellement. Tu es trop loin pour que je te donne un bouclier ou quoi que ce soit d'utile. >

J'adore ma sœur. Il n'y en a pas deux comme elle, sincèrement. Elle m'est tellement supérieure dans le domaine de la compassion et de la sagesse.

La lassitude m'abandonna totalement et je redressai les épaules, rempli d'une nouvelle énergie magique qui provenait des propres réserves de ma sœur. Cette énergie me revigorait et m'emplissait d'une confiance sans bornes.

< Bonne chance. > Le lien mental avec ma sœur faiblit, puis s'éteignit.

J'aurais préféré qu'elle ne dise rien du tout. Cela m'aurait évité de chercher des mots, en vain. Il est difficile d'exprimer certains sentiments sans tomber dans la mièvrerie, c'est pourquoi je ne m'y essaierai pas. Je ne dirai qu'une chose : si au cours d'une de vos errances dans les rêves, vous rencontrez ma sœur par hasard, embrassez-la très fort de ma part.

– Allez, viens, murmurai-je.

– Où ça ? demanda T'omar en regardant ostensiblement l'endroit où se trouvait le puits précédemment.

Je poussai un soupir. Très souvent j'ai tenté d'expliquer ma philosophie de la magie, et rares sont ceux qui l'ont comprise. Il ne sert à rien d'élaborer un plan quand il est question de magie ; la nature même de la bête est tellement chaotique que vous ne pouvez pas lui imposer l'ordre ni le bon sens.

– Tu préfères rester ici, c'est ça ?

– Je me demandais simplement comment vous comptiez nous faire sortir.

– Je vais faire un trou dans la première brique qui me paraît un peu branlante, répondis-je.

Et je parlais sérieusement.

Sur Terre, vous avez un truc qui s'appelle la poudre, que nos alchimistes ont depuis longtemps adaptée aux fusils. Pourquoi est-ce qu'on ne l'utiliserait pas comme explosif ? C'est très simple. Rien ne vaut les bons vieux sorts d'explosion ou une pluie d'envoûtements à l'acide.

T'omar haussa les épaules.

– Très bien.

Nous traversâmes les flammes en silence.

Il est étonnamment facile de se perdre dans des égouts éclairés uniquement par des flammes et la lueur de la lumière de mage. En outre, la réalité ne cessait de se modifier tandis que Serein luttait pour combler la fissure du Vide (merci Windsight et HNH1), avant de convoquer un escadron de dragons pour remplacer ceux incinérés par HNH2, avant de repousser une invasion de fées, mi imaginaires mi réelles (merci HNH3), et avant de remplacer les sorts perdus lorsqu'une tour de nécromanciens s'écroula (l'acte dont HNH4 était le plus fier), pour pouvoir ensuite réparer les dégâts causés par les geysers de flammes qui jaillissaient des égouts de la ville.

T'omar tournait et retournait la carte entre ses mains, en étudiant d'un air perplexe l'entrelacs de traits fins et en marmonnant dans sa barbe. Nous nous arrêtâmes au milieu d'une étendue de flammes pour décider de la suite des opérations. Il restait peu d'eaux usées, grâce aux foyers d'incendie qui continuaient à dévorer les recoins obscurs. J'essuyai mes yeux mouillés, laissant sur mon visage déjà sale des traces malodorantes.

– On est perdus, hein ? demandai-je en plissant les yeux pour essayer d'apercevoir T'omar à travers les flammes.

– Non ! Je crois qu'on est près du palais !

– Près comment ? Tu veux parler des postes de garde remplis de soldats ?

– Je crois qu'on est par ici, dit-il en désignant un endroit sur la carte avec son doigt noirci.

– Tu es sûr ?

– Non. Mais Serein ne peut pas fermer les égouts toute la journée.

Un peu plus loin dans le souterrain, des flammes crépitèrent. En soi, cela n'avait rien d'étonnant étant donné la dose de magie que j'avais libérée. Ce qui était surprenant, c'était la soudaineté, le rugissement inattendu de ce feu qui aurait dû agoniser. Nos regards se croisèrent.

– Serein peut faire appel à un groupe d'éléments de feu pour parcourir les souterrains et dévorer tout sur leur passage, répondis-je.

Ne vous méprenez pas : j'aime les éléments et, comme je l'ai déjà dit, ma plus grande réussite fut de faire surgir du Vide de telles créatures autonomes et conscientes de leur existence. Mais ici c'était très différent, dans ces égouts ravagés par les flammes, avec l'œil d'aigle de Serein qui parcourait la ville à la recherche de quiconque osait simplement allumer une bougie à l'aide de la magie. Les créatures que nous étions sur le point d'affronter n'étaient pas aussi redoutables que mes créations bien-aimées, car elles étaient liées à Haven et légèrement retardées. Mais dans un royaume où la réalité était contrôlée par notre ennemi, elles avaient quand même de quoi m'inquiéter.

En outre, Serein pouvait se servir de la Clé pour en faire apparaître d'autres, à sa guise, en moins de temps qu'il nous en fallait pour les tuer. D'autant plus que les fusils sont d'une inefficacité reconnue face aux créatures faites de magie pure.

J'attirai brutalement T'omar contre une paroi.

– Écoute.

Il colla son oreille contre la pierre.

– Des éléments de feu, murmura-t-il. Et certainement accompagnés d'une salamandre. Vous ne les sentez pas ?

Je reniflai. Effectivement, une odeur de soufre flottait dans l'air. Une puanteur assez forte pour couvrir les effluves à base de méthane qui nous assaillaient jusqu'à présent. Assez forte pour traverser les boucliers et les masques qui nous protégeaient.

– C'est l'heure des simulacres ? demanda T'omar.

– Absolument.

Je m'adossai contre le mur et expédiai mon esprit vers l'extérieur. Il remonta à travers les égouts et émergea dans les rues. Deux gardes patrouillaient à proximité d'une place déserte. Ils portaient des sorts de protection, mais pas assez puissants, créés par des mages déjà épuisés par trop de combats livrés contre les citoyens de Haven.

Sans hésiter une seule seconde, j'enveloppai les deux gardes d'une couverture de magie et façonnai leurs traits de manière à les faire vaguement ressembler à T'omar et à moi. Cela étant fait, j'injectai un peu de lumière dans l'illusion pour la parachever.

– Vite, murmura T'omar.

Je courus d'un homme à l'autre à travers toute la ville, créant ainsi un réseau d'illusion à notre image qui les englobait tous. A cinq reprises je sentis la présence de Serein passer tout près de moi, alors qu'il se précipitait au milieu de nos simulacres à la recherche des véritables T'omar et Kite. A chaque fois, je me cachai. Je n'étais pas disposé à me manifester. Pas encore.

Mais j'aurais bien aimé voir le visage de Serein qui, courant d'un leurre magique à un autre et sondant chaque secteur sans rien trouver, perdait le contrôle de soi au point de laisser la folie l'emporter.

– Kite !

Le dos plaqué contre la paroi, T'omar décrivait de grands arcs de cercle avec son épée pour essayer de repousser deux salamandres enflammées qui sifflaient et crachaient du venin. Je quittai en titubant le chemin magique que j'avais emprunté, juste à temps pour dresser un bouclier réflecteur qui isolait les créatures de leurs maîtres.

L'épée enchantée du général fut probablement la seule chose qui lui évita de périr carbonisé sur-le-champ. Pas facile de tailler en morceaux des créatures créées à partir d'un feu sauvage.

Avec des gestes maladroits, je dévissai ma gourde d'eau et en versai le contenu sur la salamandre la plus proche. Elle poussa des cris aigus et eut un mouvement de recul ; les flammes qui se dressaient sur son dos s'éteignirent, ne laissant qu'un morceau de chair carbonisée d'où s'échappait de la fumée. Quelques secondes plus tard, l'épée de T'omar s'abattit sur la créature, qui cessa de hurler. Il ne restait plus qu'une salamandre, qui bondissait vers nous tous crocs dehors. Le général ne poussa même pas un grognement quand elle planta les dents dans sa jambe, mais son épée frappa de bas en haut et la créature se retrouva projetée dans les airs, avant d'aller s'écraser contre la paroi opposée. Tandis que la salamandre essayait de retrouver son équilibre pour attaquer de nouveau, T'omar déboucha sa gourde d'un geste brusque et aspergea d'eau la tête de la créature, qui poussa un hurlement si aigu et si puissant que mes tympans éclatèrent.

– Venez ! s'écria T'omar en me tirant par la manche.

J'abandonnai mon bouclier et me mis à courir.

On ne s'arrêta que lorsque nos poursuivants furent loin derrière. Généralement, je n'aime pas employer ce genre de formules, car vous pourriez me demander : « Comment ont-ils fait pour se retrouver loin derrière ? » Je vous en prie, ne me posez pas la question. Ou alors, pensez à toutes ces histoires dans lesquelles les gens retiennent leur respiration sous l'eau bien plus longtemps que cela est possible. Les galeries qui serpentaient et se divisaient se réunirent pour ne plus en former qu'une seule, tandis que nous courions sans nous arrêter pour tenter de fuir. L'affolement avait pris le dessus sur le contrôle de soi et finalement, par miracle, malgré la panique et le chaos, nous réussîmes à échapper à la mort.

Arrivés au bout de notre course, le souffle coupé et dégoulinants d'eaux usées, nous nous cachâmes pendant plusieurs minutes dans une galerie annexe, guettant les bruits de nos poursuivants, tout en essayant de dresser le bilan des dégâts subis. La jambe gauche de T'omar était parsemée de marques de morsures, dont certaines enflaient déjà sous l'effet du poison. Nous n'avions pas d'eau pour les nettoyer, et quand je lui proposai d'utiliser la magie, il secoua la tête en souriant.

– Concentrez-vous sur votre scryblock.

– A ton avis, on est là-dessous depuis combien de temps ? demandai-je, alors que nous nous engagions dans un tunnel dont T'omar était *certain* qu'il conduisait au palais.

Les flammes étaient moins hautes, mais je n'avais pas pris le risque d'utiliser la lumière de mage pour nous éclairer, car on entendait parfois le rugissement d'un élément de feu au fond d'un des immenses tunnels.

– Une heure, répondit T'omar, qui boitait légèrement. Peut-être plus.

– Une heure ? Il faut se dépêcher !

Il haussa les épaules. Parfois, je ne supporte pas l'attitude des gens téméraires face à la mort.

– Une heure de travail acharné pour nous et les autres, c'est une heure pendant laquelle Serein peut devenir fou de frustration.

– Ce n'est pas une guerre psychologique ! m'exclamai-je.

Soudain, il leva la main.

– Chut !

Je tendis l'oreille. J'entendis le bruit des cendres qu'on attise, suivi d'un léger crépitement qui s'intensifiait. Puis des voix qui utilisaient le spectre réservé aux utilisateurs de la magie.

< A gauche. >
< Vite. >
< A droite. >
< Regardez. >
< Traquez. >
< Trouvez. >
< Tuez. >

Une succession d'ordres élémentaires. Les créatures possédaient une intelligence très réduite ; Serein les avait créées avec une telle précipitation qu'il n'avait pas pris la peine de les doter d'une capacité de réflexion indépendante. Cela pouvait constituer un avantage pour nous, même si j'étais bien incapable de voir de quelle façon.

Plaqués contre les parois, les capuches sur la tête, les masques devant les yeux, nous regardâmes passer un couple d'éléments de feu. Je craignais que les battements de mon cœur me trahissent.

Plusieurs minutes s'écoulèrent, pendant lesquelles j'entendais le souffle de T'omar, semblable à un vent violent, et le mien qui évoquait un ouragan en pleine mer.

T'omar s'avança, très prudemment. Il courut jusqu'à l'extrémité du tunnel, sans un bruit, scruta le long couloir de pierre et de feu et m'adressa un hochement de tête. Je le rejoignis tout doucement, mais mes pas ressemblaient à des roulements de tambour à côté de sa démarche féline.

– Par ici, murmura-t-il en pointant le doigt droit devant.

Je le suivis, tous les sens en alerte pour repérer d'éventuels poursuivants. Rien. Peut-être que les défenseurs souterrains étaient aussi perdus que nous.

J'avais l'impression de courir depuis une heure, mais sans doute ne s'était-il écoulé qu'une dizaine de minutes ; en tout cas, les foyers commençaient à s'éteindre et je devais plisser les yeux pour discerner la silhouette floue de T'omar qui ouvrait la marche. L'odeur n'était plus qu'une sensation pareille aux autres, au second plan, tout comme les bruits de succion que nous faisions à chaque pas... T'omar s'arrêta brusquement et plaqua son index sur ses lèvres. Je tendis l'oreille pour essayer de détecter ce qu'il avait entendu. Des voix. Des rires. Qui ne venaient pas de l'intérieur des égouts, constatai-je, mais de *là-haut.*

– Une caserne ? demandai-je.

T'omar hocha la tête et me fit signe de continuer à avancer. Je lui emboîtai le pas et nous nous arrêtâmes de nouveau pour écouter.

– Je n'entends rien.

T'omar sourit. Ses dents blanches étincelèrent dans la quasi-obscurité. Il tapota la paroi.

– Ici ?

Il tapota de nouveau.

– Tu n'as pas intérêt à te tromper.

Il haussa les épaules et coinça son fusil contre son épaule, prêt à tirer. Après tout ce que nous lui avions fait subir, j'avais du mal à croire que son arme fonctionnait encore.

Je commençai à puiser des forces dans mon bâton.

Prudemment, je fis monter mon esprit vers l'extérieur, juste au-dessus du niveau du sol. C'était une écurie, remplie de chevaux noirs massifs appartenant aux chevaliers noirs. Ils hennirent nerveusement. Les chevaux sont plus doués que la plupart des humains pour sentir la magie. Je retournai dans les égouts et me mis au travail.

Le mortier des murs était vieux et friable, et il n'y avait qu'une trentaine de centimètres de pierre entre moi et le sol de l'écurie. Je ramassai au creux de ma main un peu de cendres d'immondices calcinés, la seule chose que j'avais à ma disposition, et je traçai un grand cercle sur la paroi de pierre. Assez large pour laisser passer un homme, au moins. J'essayai d'expliquer au cercle d'excréments humains carbonisés qu'il ne devait pas avoir honte de ce qu'il était, car sa puissance pouvait dévorer n'importe quoi en l'espace de quelques minutes.

Le cercle se mit à grésiller. Patiemment, je lui expliquai qu'il était capable de vaincre ces pierres qui osaient l'empêcher de faire provision d'oxygène et que, s'il réussissait à atteindre l'air libre, il se transformerait en une merveilleuse substance.

Une fumée verte commença à s'échapper des pierres. Je reculai, en respirant à travers le morceau d'étoffe noué sur mon visage.

J'expliquai au cercle de cendres qu'il était de l'acide ; il existait pour dévorer l'alcali, son ennemi intime, et le réduire à néant. Je lui expliquai qu'avec l'aide de ma magie, il pouvait détruire n'importe quoi.

Le cercle se mit à rougeoyer légèrement, avant de se désintégrer sous la forme d'une mousse blanche qui pénétra dans la pierre en un instant, produisant des éclats de magie rouge et bleu lorsqu'elle rencontrait une zone de résistance.

– C'est un de vos tours, hein ? murmura T'omar.

– Humm. Le sort d'acide accéléré, répondis-je. Tu es capable de grimper, hein ?

Il me jeta un regard chargé d'une telle fureur qu'il aurait pu transpercer les ténèbres.

– Désolé, murmurai-je.

– Il n'y a que vous pour avoir l'idée de transformer de la merde en acide.

– Ça marche avec n'importe quoi. Il suffit d'ajouter de l'hydrogène et un petit coup de pouce magique, et ce truc dévorera n'importe quoi

– J'ai toujours voulu vous poser la question : d'où vous viennent toutes ces idées ? Je veux parler des trucs du genre « ajouter un peu d'hydrogène et un petit coup de pouce magique ».

Je lui souris et répondis en employant une expression que vous savez inventer, vous autres rêveurs :

– Ça m'est venu dans un rêve, dis-je.

Soudain, une lumière terne pénétra dans le tunnel, accompagnée par une avalanche de débris de mortier et le hennissement des chevaux. Grimpant jusqu'au bord du trou, je risquai un coup d'œil dans la lumière du jour et dans la paille.

– Fais-moi la courte échelle, murmurai-je. Quand je serai sorti, je te lancerai une corde.

T'omar regarda autour de lui pour vérifier qu'il n'y avait pas d'éléments avant de joindre les mains en coupe pour me propulser à travers l'étroit orifice. Ayant coincé le bâton à l'arrière de ma ceinture, je me hissai jusqu'en haut à la force des poignets et émergeai enfin à l'air libre avec bonheur, noir de crasse et transpirant. Les chevaux hennirent de plus belle et je me précipitai vers le plus proche d'entre eux pour le dompter avec des caresses, en remplissant son esprit d'ondes apaisantes. Voyant l'un des leurs se calmer, les autres chevaux firent de même.

– Dépêchez-vous !

La voix de T'omar jaillit du tunnel sur un ton pressant qui me surprit.

Avec des gestes fébriles, je fourrageai parmi mes vêtements sales pour trouver la corde que j'avais enroulée autour de ma taille. Après m'être battu avec le nœud, je parvins à défaire cette saleté de corde et j'en lançai une extrémité à T'omar.

Des bruits me parvenaient du tunnel. Des bruits étranges. Des bruits inquiétants.

T'omar saisit la corde avec une force qui indiquait qu'il ne me le pardonnerait jamais si par malheur je la lâchais. Alors qu'il commençait à se hisser vers moi, les bruits se rapprochèrent, apportant avec eux une sensation de magie et de chaleur.

Je tirais sur la corde, de plus en plus vite à mesure que les éléments se rapprochaient. Ils avaient vu les pieds de T'omar pendre dans le vide, ils avaient vu la lumière du jour, ils avaient entendu les bruits de notre évasion, ils sentaient l'odeur de soufre et de méthane qui s'accrochait à nos vêtements...

Le visage de T'omar apparut enfin. Je tirai de toutes mes forces et il jaillit du trou comme un bouchon de champagne qui saute, avant de s'affaler sur le sol. Je cherchai autour de moi quelque chose pour couvrir l'orifice et masquer la lumière. Un râtelier de boucliers m'apporta la solution. Nous en traînâmes deux jusqu'au trou, juste au moment où passait un groupe d'éléments incandescents.

Les boucliers s'immobilisèrent dans un raclement de métal contre la pierre. Les chevaux nous regardèrent avec curiosité, et nos regards se croisèrent. T'omar éclata de rire, et moi aussi.

C'était le rire hystérique de deux hommes qui, contre toute attente, ont survécu. Nous empestions les eaux usées et étions couverts de cendres noires et d'un magma marron répugnant.

T'omar arracha son masque maculé de boue pour inspirer à pleins poumons l'air pur et frais. Je me dirigeai vers la fenêtre la plus proche. Nous étions dans la cour centrale du palais, en plein dans le mille ! Je sentais renaître le fou rire, mais cette fois je me retins en voyant une escouade de gardes passer à toutes jambes. Des soldats hurlaient des ordres ; je compris que des nécromanciens observaient la cité et qu'un groupe de jeunes mages se précipitait vers le donjon.

Je revins vers T'omar à pas feutrés.

– Nous ne sommes pas tirés d'affaire, dis-je. Serein a fait doubler la garde, apparemment.

– Peut-on appeler les groupes ?

C'était risqué...

– Oui, sans doute.

– Alors, faites-le. Le plus discrètement possible.

< HNH1 au rapport. >

<Ici HNH1, Windsight est blessé, on se met à l'abri. Fissure du Vide au centre ville, ça continue à se déchaîner. >

< HNH2, au rapport. >

< Ici HNH2, poste de garde. Deux attaques réussies, aucune perte. >

Je continuai ainsi, un groupe après l'autre, écoutant les paroles triomphantes ou les tristes récits des pertes, jusqu'à...

< HNH5, au rapport. >

< Ici HNH5, on nous attaque ! On tente de fuir. Trois nécromanciens et deux escouades foncent sur nous... >

Le contact fut interrompu.

– Alors ?

Je me tournai vers T'omar en analysant tout ce que je venais d'entendre.

– Tout se passe bien. Trois escouades ont vu nos deux répliques marcher dans les rues, et avec l'attaque des éléments plus la fissure du Vide de Windsight, Serein ne sait plus où donner de la tête. HNH4 dit avoir vu des citoyens de Haven attaquer une patrouille. (Je secouai la tête.) C'est incroyable. Il suffit d'envoyer cinq groupes de quatre personnes ; s'ils font suffisamment de chahut, les gens croiront qu'il s'agit d'une révolution et ils se joindront à eux.

Le général semblait ravi.

– C'est ce que j'avais prévu.

Deux chevaliers noirs entrèrent dans la cour de l'écurie avec un fracas métallique. Nous nous accroupîmes et demeurâmes immobiles. Ils passèrent devant l'écurie pour prendre la direction de l'arsenal.

Je me tournai de nouveau vers T'omar et murmurai d'un ton affolé :

– Il faut absolument parvenir jusqu'à Serein. Ce qui a été détruit est secondaire. Deux tours de nécromanciens, quatre patrouilles et trois groupes de mages trop distraits. Certes, cela va détourner l'attention de Serein, mais ça ne suffira pas pour détruire le palais.

– N'oubliez pas qu'il lui reste une force ici, chuchota T'omar.

– Il nous faut des vêtements qui ne soient pas couverts de… *quoi que ce soit.*

– Je m'en charge.

Je le regardai d'un air horrifié.

– Que vas-tu faire ? Tu vas débarquer à l'arsenal et dire : « Pardonnez-moi, monsieur, mais il s'est produit un petit accident. Pourrais-je avoir des vêtements propres pour mon ami et moi ? »

– Oui, quelque chose comme ça. C'est moi, le soldat. Je sais comment raisonnent les soldats, ils ne sont pas aussi méfiants ou avertis que vous autres les mages. Attendez-moi ici, d'accord ?

Ce fut une des plus longues attentes de ma vie. Sans doute qu'avec toute cette magie présente dans les égouts et tous ces sorts que j'avais jetés un peu partout, j'en étais venu à penser que nous agirions uniquement avec la magie. A l'idée de ne pas m'en servir et de nous exposer aux soupçons de n'importe quel mage, je serrai le bâton dans ma main et jetai des regards inquiets autour de moi. A tout moment je m'attendais à voir surgir la silhouette menaçante d'un nécromancien tenant dans son poing magique le cadavre de T'omar.

– Hé, toi ! Viens donc m'aider !

Heureusement que j'avais ôté ma tunique grise. La chemise que je portais en dessous était moins sale, si bien que l'homme ne remarqua pas immédiatement que j'étais recouvert de merde. C'était un chevalier noir, sans doute un infâme meurtrier. Mais son épée et son fusil, ainsi que son armure sophistiquée indiquaient que son absence ne passerait pas inaperçue. Adoptant un air humble comme il convenait, je me dirigeai vers l'entrée de l'écurie où il m'attendait près d'un cheval sellé.

Il fronça le nez d'un air dégoûté.

– Tu pues !

– Désolé, monsieur. J'ai eu un accident.

Il renifla avec mépris.

– Vous autres, habitants de Haven, vous êtes tous des bêtes.

– Oui, monsieur.

– Alors, tu m'aides oui ou non ? Tu es demeuré ou quoi ?

Je joignis les mains en coupe et dus supporter tout

le poids d'un chevalier en armure qui monte en selle. Je l'entendis qui murmurait : « Pauvre imbécile... »

Il se produisit alors une explosion dont l'onde de choc fit vibrer les pierres et tinter la sellerie.

– Bon sang, c'était quoi, ça ? beugla le chevalier.

Je me précipitai vers la porte de l'écurie pour regarder dehors.

– La tour des nécromanciens est en feu, monsieur.

J'avais du mal à masquer ma satisfaction.

Le chevalier monté sur son cheval me bouscula pour déboucher au galop dans la cour remplie de monde.

C'est alors que je *le* vis.

Serein se tenait au milieu d'une multitude de gardes, crispé par l'effort, tandis qu'il convoquait de nouvelles forces pour venir à son secours. Trois dragons qui crachaient plus d'eau que de feu jaillirent de nulle part et s'envolèrent en direction de la tour. La pluie qui tombait toujours avait redoublé de violence, apportant dans son sillage coups de tonnerre et éclairs.

– Personne n'est donc capable de le trouver ? J'ai vu vingt images qui portaient son visage ! braillait Serein. Dix-neuf d'entre eux sont morts, et il est toujours là ! Il se déplace d'un endroit à l'autre à travers la ville, en éliminant mes mages et en poussant le royaume vers le Vide ! J'exige qu'on l'arrête !

Je souris intérieurement et reculai pour retrouver la sécurité relative des écuries. Parfait. Serein était désorienté et effrayé. Je commençais à préparer le sort qui mettrait fin pour toujours au seigneur de Nightkeep, quand apparut un nouveau messager.

– Monsieur ! Les citoyens de Haven se révoltent ! Poussés par les agents du Consortium, ils attaquent les gardes de tous les côtés ! Ils marchent vers le palais !

Le visage de Serein était un masque de fureur, écarlate et boursouflé. *Il ne peut pas gérer tout ça. Il y a trop de problèmes à régler en même temps…*

– Déployez mes chevaliers ! Ils vont mater cette vermine !

Sur ce, il pivota sur lui-même et rentra dans le donjon d'un pas énergique. En le voyant disparaître, je renonçai à jeter mon sort.

– Vous avez entendu ?

T'omar avait surgi à mes côtés comme par enchantement, en tenant un paquet de vêtements propres. Il avait assisté à toute la scène avec un sourire.

– Oui. Si les chevaliers interviennent, les gens vont mourir. Je vais lancer l'attaque. Maintenant. Pendant que Serein a la tête ailleurs.

– Bonne idée.

Je dessinai le signe de la Main d'Argent et je sentis le contact.

< Attaquez. >

< Que le rêve vous garde, monsieur. >

– Ils arrivent.

Voilà, c'était fait. Quelques paroles rapidement échangées et nous avions condamné à mort des milliers de personnes : tous ces soldats venus de différents territoires, rassemblés en quelques jours, allaient se faire tuer parce qu'ils pensaient que Haven était une cause digne de se sacrifier. Tous ces nomades de Westpoint qui allaient dégainer leur épée, tous ces soldats de Waterpoint qui fourbissaient leurs armes, prêts à tuer, à se battre et à mourir.

Mais le pire était que je n'éprouvais rien. Uniquement un immense vide là où aurait dû se trouver l'émotion.

T'omar hocha la tête ; il réfléchissait.

– La première vague devrait arriver à la porte dans cinq minutes, les éléments débarqueront avec la foule dans un peu plus de deux minutes, et la deuxième vague creusera une brèche dans les remparts dix minutes plus tard. A ce moment-là, Serein devra être mort ou bien… occupé à autre chose.

Je lui adressai le sourire crispé d'un homme terrorisé qui espère voir le bon côté des choses.

– Ne t'en fais pas. Avec l'intervention de Saenia et le bon travail de tes mages, je pense que je pourrai occuper Serein.

– Assez longtemps pour me permettre de me faufiler derrière lui et de lui faire exploser les tripes ?

– Je suis content de voir que nous pensons tous les deux que l'honneur c'est du bidon, ironisai-je.

Il me jeta un regard outré.

– Je suis un soldat ! L'honneur entre en ligne de compte seulement quand on sait qu'on peut survivre. Allez, enfilez ça.

Il me fourra dans les mains un paquet de vêtements. Je les dépliai et me retrouvai en train de contempler une tunique de mort.

Enfin, pas exactement. Il s'agissait d'une tunique de nécromancien, toute noire, avec une capuche qui plongeait le visage dans l'obscurité et de larges manches qui flottaient autour des poignets et cachaient les mains. De ce fait, les gens voient passer une grande tunique entièrement noire qui ne repose sur rien et un bâton qui semble tenir tout seul. T'omar déplia sa propre tenue : l'uniforme noir et rouge d'un simple soldat.

– Ne faites pas cette tête-là, ça ne va pas vous mordre ! dit-il en se débarrassant de sa tenue grise recouverte de boue séchée pour enfiler l'uniforme par-dessus sa tête.

Je l'imitai en poussant un soupir, avant de me laver avec l'eau de l'abreuvoir des chevaux pour ôter au maximum la puanteur des égouts.

T'omar balança son fusil sur son épaule, vérifia que son épée était bien dans son fourreau et m'adressa un signe de tête.

– Parfait, dit-il. Vous êtes absolument... mortel.

– Je me sens bête, surtout.

– Vous ressemblez à un nécromancien. (Il tendit la main pour abaisser la capuche sur ma tête.) Personne ne remarquera la différence.

Résigné à sauver le monde sous l'apparence d'un abruti, je me redressai, saisis fermement mon bâton et sortis dans la cour. Nul ne fit attention à nous. Je remarquai avec intérêt que T'omar avait adopté le regard figé et vide de tous les gardes, et je m'efforçai, quant à moi, de marcher avec la dignité d'un nécromancien.

Nous nous dirigeâmes directement vers le donjon, montâmes les marches conduisant à la lourde porte enchantée et frappâmes. La porte s'ouvrit en grand : deux gardes armés et un nécromancien nous foudroyèrent du regard.

– Qui va là ? demanda le nécromancien d'une voix rocailleuse.

– Ferme-la et laisse-nous entrer, imbécile ! répondis-je d'un ton hargneux. Ou sinon, je jure que ton sang coulera sur l'autel.

Il semblait affolé.

– Je vous en prie, monsieur, j'ai besoin de connaître votre identité.

– Bande d'idiots ! Est-ce que vous refusez l'accès à quiconque se présente ? (Je levai une main que faisaient rougeoyer les flammes et l'agitai devant le visage du soldat le plus proche.) Serein sera mis au courant de votre insolence.

– Oh… oui, certainement, monsieur.

Il s'inclina et recula. Je faillis éclater de rire mais je parvins à entrer dans le donjon en me pavanant, sans un mot ni un geste de plus. Le secret, c'était d'en dire le moins possible. Et de ne pas courir.

A l'intérieur d'une forteresse en proie à la panique et au vacarme, après nous être égarés et disputés, nous parvînmes, grâce au culot, à faire le tour du donjon. Soudain, T'omar me tira par la manche pour m'attirer dans une petite salle, dans un des étages supérieurs. Il y avait là un lit, une penderie pleine de vêtements de cour et une table sur laquelle étaient empilées des armes et une armure.

D'un ton grave, il demanda :

– Alors, quel est votre plan maintenant ?

Je lui répondis par un grand sourire forcé.

– Je me disais qu'on devrait localiser la cachette de Serein. Je lancerais du feu, pendant que toi, tu lui tires dessus.

– Comment et où ?

– J'improvise au fur et à mesure. Inutile de se stresser à cause de…

Je n'achevai pas ma phrase. T'omar regardait quelque chose par-dessus mon épaule. Ses mains, dissimulées aux yeux de ce qui se trouvait derrière moi, glissaient vers la petite dague accrochée à sa ceinture.

Je me tournai lentement, en prenant soin de cacher les mouvements de T'omar. Un homme armé d'un fusil, dont le canon était pointé sur moi, se tenait sur le seuil de la pièce. Il faut toujours être prêt à voir surgir ce genre de mauvaises surprises dans les cités du cauchemar. Je ne l'étais pas.

– Euh, désolé... Vous préféreriez qu'on aille ailleurs ? bafouillai-je.

– Je préférerais que vous leviez les mains en l'air. Tous les deux.

Je me demandais si un sort de combustion s'imposait, puis je me ravisai. Les balles vont plus vite que la magie, et cela risquait d'attirer inutilement l'attention. Si T'omar pouvait régler ce problème sans faire trop de bruit...

Je jetai mon bâton et levai les mains. T'omar apparut derrière moi, mais il se figea en découvrant le visage de l'homme qui tenait le fusil.

Je n'ai jamais très bien su ce qui se passa ensuite. Au moment où les deux hommes se virent, un déclic sembla se produire. T'omar poussa un grognement rageur et bondit en avant – la lame de la dague scintillait dans sa main. Son adversaire visa et pressa sur la détente en un clin d'œil. T'omar chancela, mais continua malgré tout d'avancer.

Tout cela se déroula si vite que je n'eus même pas le temps de lever le petit doigt avant que l'homme se retrouve plaqué contre le mur, l'air totalement hébété. Quant à T'omar, il était couché par terre, recroquevillé autour d'une blessure que je ne voyais pas.

Le coup de feu avait attiré l'attention. J'entendis des bruits de pas précipités dans le couloir. Tout en poussant un juron dont T'omar aurait été fier, je refermai la porte, tirai le verrou et projetai un sort temporaire sur les boiseries. Je sentis la présence de Serein balayer la pièce.

Il y avait du sang sur le sol. Du sang sur les mains, les vêtements, les pierres... et je ne savais pas à qui il appartenait.

M'agenouillant près de T'omar, j'écartai ses mains appuyées sur une tache écarlate qui s'étalait sur son flanc.

Son visage était pâle, mais il affichait un sourire triomphant.

– J'ai eu un de ces salopards.

– Tu n'aurais pas pu l'éliminer plus discrètement ? Reste allongé !

Il obéit, avec une lueur de folie dans le regard.

– Fichez le camp d'ici, Kite. Vous devez encore éliminer Serein.

On tambourina à la porte.

– Pour un prétendu grand tacticien, tu as un foutu sens du timing ! m'exclamai-je.

Comment sortir d'ici ? Que faire ? Ne panique pas... ne panique pas...

Je fis passer la grande tunique noire par-dessus ma tête et j'entrepris de la déchirer pour en faire de longues bandes de tissu.

– Pourquoi as-tu fait ça, d'abord, si je peux me permettre ? demandai-je.

– C'est cet homme qui s'est emparé de Mountpoint.

– Seul ?

– C'est le général qui m'a vaincu.

– Et tu as laissé ta fierté professionnelle prendre le pas sur la mission ? Non, je te connais trop bien.

– Ça n'avait rien de professionnel, Kite. Il méritait de mourir.

J'observai T'omar en m'efforçant d'ignorer les coups frappés à la porte. Quelqu'un commençait à s'attaquer à mes sorts.

Au prix d'un gros effort, T'omar tourna la tête vers la fenêtre.

– Êtes-vous doué pour la maîtrise de l'air ?

– Pour voler, tu veux dire ? Je me débrouille quand je ne suis pas obligé de maintenir en même temps deux scryblocks, un sort de base et un bouclier réflecteur...

– Oublions la fenêtre, alors... Si vous me donniez mon fusil...

– Pas question. Tu vas te cacher sous ce lit et y rester jusqu'à ma mort, ou celle de Serein.

Il lui fallut plusieurs secondes pour comprendre.

– Kite ! Pour l'amour du rêve ! De quoi aurai-je l'air quand ils chanteront nos exploits en disant : « Pendant que l'un sauvait le monde, l'autre était caché sous un lit » ?

– Tu auras l'air d'un héros quand ils parleront de tout le sang que tu as perdu. La balle a peut-être atteint un poumon, mais à cause de la pression du temps et du cauchemar je ne peux pas risquer un sort de guérison.

– Autrement dit, je vais mourir.

– Non, absolument pas !

J'étais furieux. Furieux après T'omar et son foutu courage, furieux après moi-même parce que je n'étais pas aussi courageux, furieux après Serein, parce qu'il existait. Et j'étais rempli de colère parce que je ne savais pas quoi faire !

– Vous êtes un homme incroyablement entêté, Kite.

Le nécromancien anonyme qui s'attaquait à mes sorts m'énervait lui aussi. Je renforçai ma magie et propulsai vers l'extérieur un flot mental pour empoigner son cœur dans une main de glace. Le nécromancien se débattit inutilement ; ses boucliers se désintégrèrent devant la force de ma colère et, soudain, il n'y eut plus personne pour se déchaîner sur la porte.

Je fis un nœud serré avec les bandes de tissu, ce qui arracha un petit cri de douleur à T'omar.

– On est dans un sacré pétrin, hein ?

– C'est toi le stratège. A toi de me le dire... Tiens, appuie là-dessus avec ta main.

Il obéit et exerça une pression sur la plaie.

En jetant un coup d'œil en direction de la porte, je compris ce qu'il voulait dire. Malgré mes sorts, le verrou menaçait de céder.

– Je vais te pousser sous le lit et je tirerai sur les draps, juste assez pour te dissimuler aux regards les plus superficiels. Ne fais pas de bruit, ne tente aucun geste héroïque. Pense simplement à appuyer sur ta blessure et à respirer.

Une substance acide commença à ronger la porte. *Mais c'est ma tactique !* Je pris le risque d'envoyer une sonde mentale. Une sorte de monstre tentaculaire, assis avec effronterie dans le couloir, faisait gicler une matière verte visqueuse sur le bois de la porte. Je sentis la pression énorme d'une Clé qui s'efforçait de dissoudre la réalité qui m'entourait, et je résistai de mon mieux en faisant appel à la plus petite goutte de magie qui me restait.

Rapidement, je poussai T'omar sous le lit et abaissai les draps autour de lui. Une main maculée de sang agrippa ma manche et son visage livide, inondé de sueur, me regarda au fond des yeux.

– Kite, je suis désolé de ne pas avoir été plus utile.

– Quand on sortira d'ici et que tu auras retrouvé toute ta lucidité, tu verras que ta présence a été une bénédiction, un cadeau du rêve.

Il hésita, essaya de sourire, et me lâcha. Bien que je n'aie pas le choix, je culpabilisais de l'abandonner ainsi, sans protection. J'introduisis une sonde dans son esprit afin de déclencher un état de transe aussi profond que possible. T'omar battit des paupières, puis ses yeux se fermèrent.

J'étais désormais seul à l'intérieur d'un château bien décidé à me pulvériser en mille morceaux. Je me précipitai vers la fenêtre et ouvris en grand les volets.

Serein était quelque part près d'ici, et il observait tout. Je sentais sa présence qui martelait mon scry-block. *Et puis zut, il sait où je suis de toute façon...* J'abandonnai le sort, ne conservant qu'une seule épaisseur de bouclier protecteur. Au pied du donjon, des buissons d'épines commencèrent à pousser à toute vitesse, escaladant les boiseries de plus en plus vite jusqu'à ce que toute la construction massive ressemble à un gigantesque hérisson carré. De toute évidence quelqu'un ne voulait pas que j'essaye de grimper. On voulait m'obliger à voler...

Dans le ciel, trois dragons attendaient que je me lance dans le vide. Le plancher se mit à craquer sous mes pieds ; c'était Serein qui essayait de le faire s'écrouler sous moi. De nouveau, je sentis le poids écrasant de la Clé, les pierres se lézardèrent...

Sans s'effondrer.

« La Clé t'appartient. » *Une boule de feu écarlate déformée qui essaie de se fendre en deux ; des petits éclairs qui s'enfoncent dans son cœur en jaillissant d'un cercle invisible.* Je sentis la colère bouillonnante et la confusion de Serein face à cette Clé qui refusait d'obéir à ses ordres. J'éclatai de rire. Haven était de mon côté ! Certes, Serein pouvait faire apparaître des buissons d'épines pour me lacérer les mains si j'essayais de grimper, et des dragons pour me transformer en poussière, mais il ne pouvait pas m'attaquer directement avec la Clé !

La porte se gondola et commença à s'effriter. *Mais il pouvait toujours détruire la porte et confier la sale besogne à ses gardes...*

Je traversai en courant le sol qui vibrait, récupérai le fusil de T'omar et celui de son ennemi inconnu ; j'en mis un en bandoulière et coinçai l'autre contre mon épaule. En deux enjambées, je retournai devant la fenêtre et je visai...

Je ne suis pas un très bon soldat, et je tire très mal. Mais un dragon est une grosse cible, et ces créatures ne s'attendaient certainement pas à une attaque de ce type de la part d'un mage aux abois. Le premier dragon rugit lorsque la balle le frappa. Le deuxième plongea désespérément sur le côté pour échapper au projectile, mais j'entendis avec satisfaction se déchirer une de ses ailes parcheminées au moment où il traversait une salve. Le troisième dragon montra les dents en crachant le feu, et il fonça droit vers moi. Je tirai à bout portant, ce qui n'empêcha pas le monstre de vider son estomac chargé de flammes sulfureuses sur mon sort de feu tout juste opérationnel. Mes yeux se remplirent de larmes et, à moitié aveuglé, je vis la silhouette floue du dragon plonger en piqué vers le sol, avec trois balles dans la tête.

Le moment me semblait aussi bien choisi qu'un autre pour tenter de voler. Je grimpai sur le bord de la fenêtre et m'élançai dans le vide. La magie ne s'enclencha pas immédiatement. Arrivé à six ou sept mètres du sol, je repris brusquement de l'altitude au milieu des coups de feu et des vociférations des gardes qui venaient de se réveiller dans la réalité d'une bataille magique d'une ampleur sans précédent.

Un éclair jaillit en décrivant un arc de cercle, me manquant de peu et laissant une traînée de feu sur le sol carbonisé. La pluie battante plaquait mes vêtements contre ma peau et faisait pénétrer jusque dans mes os la froideur soudaine. Je ne pourrais pas continuer à voler très longtemps. Je redressai ma course et fonçai vers le sommet du donjon, obligé de consumer mes réserves magiques à une vitesse inquiétante pour pouvoir alimenter mon ascension. Mes zigzags involontaires me sauvèrent sans doute la vie lorsque les deux sentinelles postées sur le toit tirèrent à vue. Je franchis le sommet du donjon dans une pluie d'étincelles magiques et j'atterris entre les deux gardes. Rassemblant le peu de forces qu'il me restait, je fis apparaître deux murs de magie et expédiai les sentinelles par-dessus. Les éclairs continuaient à frapper tout autour de moi, sans m'atteindre une seule fois.

– Tu es maudit, Serein ! La Clé refuse de t'obéir ! Elle va te consumer, te dévorer, te ronger de l'intérieur ! hurlai-je en direction du ciel.

Je tremblais de froid, trempé jusqu'aux os et mort de fatigue, mais du sommet du donjon j'apercevais toute l'étendue de la ville. Je vis les éléments, revigorés par un répit à l'intérieur du Vide, plonger en piqué de leur barrière étincelante entre le possible et le réel, et bombarder leurs ennemis d'une magie mortelle. Je vis la masse bouillonnante de l'ordre vacillant au cœur de la cité, là où une faible toile de magie avait bien du mal à empêcher la fissure du Vide, toujours béante, de tout dévorer. Je vis la foule enragée charger dans les rues et prendre d'assaut les tours des mages et les postes de garde des chevaliers noirs. Je vis les armées massées de Silverpoint, Waterpoint, Westpoint et d'une douzaine d'autres royaumes émerger apparemment de nulle part sur toutes les routes autour de Haven, telles des fourmis qui sortent de leur trou. Je les vis se tourner vers la cité ravagée et divisée, et attaquer.

– Tu vas mourir, Serein ! Toi et tous les tiens !

Une bourrasque semblable à des coups de couteau me déséquilibra et m'expédia sur le sol de pierre, les quatre fers en l'air. Des gardes venant des tours qui encerclaient le donjon se précipitaient vers moi, armés de fusils et d'épées. Je rassemblai tout ce qui me restait d'énergie pour essayer d'ouvrir sous mes pieds une fissure dans le Vide qui détruirait, d'une seule décharge de force magique mortelle, le palais, moi, T'omar, tout le monde dans un rayon de plus d'un kilomètre et, surtout, celui qui gouvernait le cauchemar.

Mais quelqu'un me frappa.

Je crois que je ne nageai pas très longtemps dans l'océan noir de l'inconscience. En tout cas, les gardes qui me traînaient sur le sol n'avaient pas atteint la grande salle quand je revins à moi. Ma première pensée fut : où donc ai-je mis ce livre que je lisais à Stormpoint avant le début de toute cette histoire ? Voilà le genre de choses auxquelles vous pensez quand vous souffrez d'une légère commotion cérébrale, je suppose. La seconde pensée qui parvint à se glisser au premier plan de mon esprit perturbé fut : « T'omar est-il toujours vivant ? » N'ayant aucun moyen de répondre à cette question, je décidai de ne plus y penser et de me concentrer sur mes propres problèmes.

Problème : un groupe de gardes armés de gros fusils et d'épées me traîne dans un couloir. Problème : je me suis ouvert le crâne et je n'ai plus toute ma tête. Problème : je suis trempé et transi de froid, j'empeste les égouts, je suis couvert de sang et j'ai envie d'aller me coucher après avoir pris un bain, si possible. Problème : je ne peux pas bouger les mains à cause de cette foutue corde, et j'ai l'impression que mes jambes vont s'endormir. Problème : je vais mourir.

Hé, attends un peu ! Ce n'est pas un problème, ça, c'est une probabilité. Ça ne deviendra un problème qu'au moment où ça atteindra le temps présent, et à ce moment-là, tu n'auras plus à t'en faire, de toute façon !

Assurément, je n'avais plus toute ma tête.

Mais les vieilles habitudes ont la vie dure et l'instinct né d'un millier de situations semblables prit le dessus. Je me laissai aller dans les bras des gardes, en réduisant au strict minimum le peu de magie qui me restait et en relâchant tous mes boucliers, à l'exception du plus rudimentaire. Cela eut pour effet de me faire paraître bien plus mort que je ne l'étais.

La grande salle du palais était légèrement différente du souvenir que j'en avais gardé. Premièrement, il y faisait plus chaud. Un créateur fou venu des profondeurs de l'enfer avait été lâché en liberté dans l'immense salle. Disparues les grandes tables à tréteaux autour desquelles se formaient les complots et les mariages. Disparues les énormes tapisseries illustrant les merveilles du passé de Haven. Disparus les vitraux sur lesquels des aigles déployaient leurs ailes.

Bonjour les puits de flammes bouillonnantes et les esclaves qui hurlent. Ignorant tous les bruits de souffrance qui m'entouraient, je me demandai si le sort de feu que j'avais tracé dans ma main était toujours efficace.

Il y avait également deux étroites passerelles bordées de lave, constatai-je au bout d'un moment. A l'endroit où elles se croisaient, au centre de la pièce, quelqu'un avait sculpté une étoile imposante, avec un trône, des gardes, etc.

Au milieu de la mer de lave qui entourait cette étoile centrale se trouvaient plusieurs îles plus petites, elles aussi en forme d'étoiles à cinq branches. Les individus qui avaient agacé le nouveau seigneur de Haven y étaient assis, nus et tremblants, avec les yeux écarquillés de celui qui, hier encore, croyait avoir tout vu, et qui savait aujourd'hui que tout cela n'était rien en réalité. Les hautes fenêtres de style gothique et les murs ornés de sculptures représentaient des scènes de souffrance et de mort, mais aussi, remarquai-je, Serein brandissant triomphalement la Clé de Haven, tandis que tous ses ennemis tremblaient devant lui. Elles offraient peu de lumière et en renvoyaient encore moins. Cet endroit ressemblait à un sauna, et les gardes eux-mêmes transpiraient abondamment.

Serein me tournait le dos, en pleine discussion avec deux de ses généraux, et j'entendais un murmure de voix. Les gardes se dirigèrent droit vers le trône et me jetèrent sur le sol de pierre, à genoux.

Je pourrais lui décocher un éclair de mage, pensai-je. *Mais il a sans doute dressé ses boucliers et je serais abattu sur-le-champ avant de pouvoir faire quoi que ce soit d'autre.*

Serein se retourna. Il sourit en voyant son nouvel ennemi à genoux, trempé par l'orage, brûlé par le feu et les éclairs, couvert de sang et tremblotant.

– Excusez-moi, messieurs, dit-il à ses généraux.

Sans me quitter des yeux, il regagna son trône d'un pas nonchalant et s'y assit, tel un paon qui fait la roue. La plupart des gardes qui m'avaient conduit jusqu'ici repartirent après avoir salué Serein ; seuls deux d'entre eux restèrent (dans la salle), avec leurs armes pointées sur ma tête baissée.

– Vous allez fanfaronner, maintenant, dis-je avec un soupir, à peine conscient de parler à voix haute. Avec les gens de votre espèce, c'est toujours pareil. Vous jubilez et vous ironisez, sans jamais vous résoudre à tuer, car vous avez peur que mon fantôme revienne vous hanter ou une connerie comme ça.

– Au contraire, répondit-il, avec une nervosité évidente malgré tout, je ne commettrai pas l'erreur qu'a commise mon père.

– Ah, oui, votre père. Est-ce qu'il ne m'avait pas à sa merci sur cette route à l'intérieur du Vide, quand il a dit : « Je ne commettrai pas l'erreur commise par mes nécromanciens » juste avant que je le pousse dans l'abîme ?

Je sentis un frémissement de colère. La Clé luttait contre Serein et Haven était en train de se disloquer. Il devait se concentrer sur trop de choses en même temps. Si seulement je pouvais le provoquer un peu plus...

– Tu es un homme courageux mais stupide, Kite

– Les deux vont souvent de pair. Au fait, ne devriez-vous pas être en train de combattre une armée qui saccage tout sur son passage ?

– J'en ai bien l'intention. Faites-le approcher.

On me poussa brutalement vers le trône. Serein se concentra et je sentis la réalité qui se modifiait.

Sous nos pieds, l'étoile commença à s'élever. Les deux gardes furent déséquilibrés par ce mouvement brusque mais, à ma grande déception, aucun des deux ne bascula dans le vide. Nous traversâmes un toit qui était soudain aussi immatériel que la poussière et nous nous élevâmes dans un ciel où la pluie tranchait l'air, jusqu'à ce que je voie la ville entière s'étendre tout en bas. L'étoile s'élargit ; le trône était toujours au centre, mais il y avait plusieurs mètres d'espace vide tout autour. Et à l'intérieur de cet espace vide...

Je sentis mon estomac se soulever. La peur, une peur véritable, s'empara de moi et mon cœur s'emballa. Une potence, avec un nœud coulant se balançant dans le vent, dans l'attente de sa prochaine victime, surgit du néant pour venir me narguer.

La ville allait assister à la mort de sa légende vivante. Oubliez ce que j'ai dit précédemment. Les noms ont de l'importance. Tous ces gens verraient mourir un nom célèbre, et avec lui mourrait tout ce qui avait alimenté la bataille.

Peu importe que ce soit mon corps qui se balance au bout de cette corde. Qu'est-ce que ça changeait que ce soit moi ou le jeune garçon inconnu qui venait de tomber sous l'épée d'un chevalier noir ? L'individu qui se trouvait derrière le nom ne comptait pas. Seul le passé importait dans cette bataille qui devait décider de l'avenir.

Les deux gardes me traînèrent vers la potence. *Quelle façon de mourir,* pensai-je. *Au moins, les diables seront obligés de se fatiguer pour grimper jusqu'ici afin d'entraîner ce pauvre vieux Kite en enfer.*

Voyant que leur maître était en danger, les éléments interrompirent leur attaque contre un nuage de dragons furieux pour se tourner vers nous. Serein éclata de rire et une bulle ressemblant à du verre, d'un mètre d'épaisseur, nous enveloppa, en flottant dans le vide. Quelques balles ricochèrent sur la boule scintillante, qui ne se lézarda même pas.

Un faisceau de lumière traversa les nuages pour éclairer notre petite scène. *Oui, c'est ça, que tout le monde puisse bien voir, salopard...*

– Si vous me tuez, vous ne pourrez jamais contrôler la Clé ! m'écriai-je d'une voix enrouée, tandis qu'on m'obligeait à grimper sur un tabouret branlant.

– Tu te trompes, Kite. Quand tu seras mort, la malédiction qui pèse sur la Clé n'aura plus d'objectif et elle se dissoudra. Quand tu seras mort, tous ces stupides espions de ton cher Consortium qui m'ont causé tant d'ennuis replongeront dans l'obscurité qui les a engendrés, et les éléments courront se réfugier chez eux dans le Vide, totalement désorientés sans leur maître pour les guider. Les gens seront démoralisés, aucun autre mage n'osera se dresser contre moi, et le rêveur dont tu t'es certainement servi pour pénétrer à l'intérieur de Haven mourra. Tout volera en éclats.

J'avais beau me creuser la cervelle, je ne voyais aucune raison pouvant inciter Serein à me laisser la vie sauve. Généralement, les monarques fous veulent quelque chose, mais ce type était au-dessus de ça, je le voyais à son petit sourire en coin tandis que les gardes me passaient la corde autour du cou. J'étouffai un petit cri lorsque le gros nœud tomba sur ma nuque. La pression de la corde autour de mon cou me semblait mille fois supérieure à ce qu'elle était en réalité. Serein s'amusait de voir ma frayeur. Pas de grands discours, pas de regard courageux devant le visage d'un être aimé, ni de sourire plein de fierté face à l'œil larmoyant d'un enfant. J'étais trop terrorisé pour mimer la bravoure. *C'est fini, tu vas mourir…*

La foule, simples taches tout en bas sur le sol, tambourinait contre les portes du palais. Les soldats tombaient comme des mouches, abattus par les assaillants qui se servaient des armes dérobées aux morts. Serein rit en voyant mon expression d'horreur et de fascination.

– Eh oui, dit-il, mes soldats vont mourir. Mais ça n'a aucune importance, car ils sont tout en bas, et moi qui suis là-haut je peux faire apparaître mille dragons pour décimer mes adversaires. Haven deviendra un cauchemar, Stormpoint disparaîtra, Skypoint, Silverpoint… tous les rêves mourront.

Le tabouret vacillait sous mes pieds ; la corde m'irritait le cou, ma respiration et mon cœur s'étaient accélérés. Les éléments reculèrent lentement, frappés d'effroi ; leurs formes se mirent à trembloter sous le poids de la réalité qui s'abattait sur eux. Et soudain, ils s'enfuirent tous en même temps, me laissant seul. La foule compatissante sur laquelle je comptais tant avait été obligée de fuir. Serein remportait toutes les batailles.

– Vous êtes un imbécile, Serein ! m'écriai-je. Si le rêve meurt, la Terre sombrera dans le désespoir. Nos deux mondes sont si intimement liés qu'ils dépendent l'un de l'autre. Vous plongerez ce monde dans les ténèbres, mais celui d'à côté aussi ; la Terre sera hantée par un cauchemar sans fin. Le cauchemar s'insinuera dans leur monde, mais quand la Terre riposte, elle le fait avec de véritables armes ! Ils enverront des bombes atomiques et il n'y aura plus un seul mage dans le Vide pour faire apparaître d'autres gens, ni d'objet magique dans quelque royaume perdu pour les sauver. Il n'y aura aucune infinité de « peut-être » pour créer un nouveau Haven. Les humains s'annihileront entre eux, et quand il n'y aura plus d'humains c'en sera fini de ce monde. Plus d'imagination, plus de rêveurs, plus de royaumes. La Terre et le Vide sont trop intimement liés, il faut qu'il y ait un équilibre !

Je priais pour que, rien qu'une fois, il sache voir la vérité.

– Le grand mage dévoile tout ? demanda-t-il d'un air moqueur.

– Le grand mage pense que vous êtes un pauvre imbécile !

Les yeux de Serein lancèrent des éclairs.

– Qui est le grand mage pour dire cela ? Qui est le grand mage pour voir plus clairement que tout le monde ? Comment oses-tu prétendre que tu peux voir, sentir ou percevoir ce que les autres ignorent ? Comment oses-tu prétendre donner des leçons aux rois ? Sais-tu ce que tu es, Laenan Kite ?

La manière dont il avait prononcé mon nom me glaça le sang. Comme s'il l'avait prononcé bien des fois auparavant, avec la même malédiction dans la voix.

– Tu n'es qu'une illusion de mage. Tu es une coquille vide dans laquelle les gens peuvent façonner leurs espoirs et leurs aspirations, et dire « Oui, voici la preuve que c'est possible ! » Mais ça t'est monté à la tête, *grand* mage. Tu crois que tu peux voir ce qu'on ne voit pas, que tu peux prêcher ce que personne d'autre ne peut dire, que tu peux jouer les héros et t'en tirer. Imbécile ! Tu n'es rien d'autre qu'une toile vierge sur laquelle les gens aiment peindre.

Il respirait rapidement, des petits muscles se contractaient sur son visage. Je l'observai longuement, horrifié, tout en essayant d'éprouver de la haine ou de la colère, ou les deux. Mais je ne sentais monter que la pitié, sans pouvoir dire si c'était pour lui ou pour moi.

– Non, dis-je finalement. Je suis peut-être une illusion, je suis peut-être mortel, mais ce n'est point de l'arrogance de dire que je vois ces choses. Quel fou arrogant aimerait voir ce que je vois et ressentir ce que je ressens ? Si j'étais véritablement fou, je me serais aveuglé pour me cacher la vérité, comme vous l'avez fait, et j'aurais trouvé de la satisfaction dans cet aveuglement. Il faut qu'il y ait un équilibre, Serein ! Vous croyez que ça me réjouit de dire cela, de savoir que le monde ne pourra jamais être totalement blanc ou noir, mais uniquement un dégradé de gris douteux ? Il doit y avoir un équilibre, dans ce monde comme dans l'autre ! Que les rêves m'en soient témoin, j'aimerais être un idiot pour ne pas être obligé de voir aussi clairement la destruction qui va résulter de tout cela ! Pauvre imbécile, sale imbécile meurtrier ! ! !

Je m'exprimai avec une colère qu'en vérité j'avais cessé d'éprouver dans mon cœur.

Pendant une seconde, Serein sembla hésiter. Je vis briller dans ses yeux quelque chose qui ressemblait presque à de la compréhension et mon cœur s'emballa. Mais cette étincelle mourut et la colère brute, teintée de folie, reprit rapidement le dessus.

– Tuez-le ! cracha-t-il. Tuez-le sur-le-champ !

C'est tout ? Pas même un « Tu te trompes » ou un « Non, je ne suis pas un imbécile », juste cet ordre : « Tuez-le ! »

Je fermai les yeux. C'est à ce moment-là que vous cessez d'être un humain rationnel et que vous laissez transparaître cette légère modification génétique qui fait de vous un mage. C'est à ce moment-là que la force incontrôlée de l'émotion surgit au premier plan, dans un flot de chaos aveugle, annihilant tout ordre qui ose se dresser sur son passage. Il suffit de trouver la clé qui libère la folie, et de la laisser couler et enfler...

Le tabouret vacilla sous mes pieds. Je me penchai en arrière pour tenter désespérément de le faire tenir en équilibre tandis que je décochais un coup de pied.

Le talon de ma chaussure entra en contact avec une matière molle ; un soldat poussa un grognement de douleur et recula. La douleur brûlante qui irradia dans mon dos lorsque son camarade me frappa avec la crosse de son fusil, et les étoiles qui explosèrent devant mes yeux me prouvèrent encore une fois combien cette résistance était futile. *Je vais mourir...*

Qu'elle coule, qu'elle enfle...

– Qu'est-ce que vous attendez ? hurla Serein. Tuez-le ! Je veux que tout le monde le voie mourir !

Quand cette folie est lâchée, elle attire davantage de folie – la folie provenant de la fissure du Vide au centre de la ville, la folie des cieux.

Quelqu'un me tira la tête en arrière en me tenant par les cheveux, et les yeux enragés de Serein rencontrèrent les miens.

– Il n'est pas facile de te tuer, Kite ! Dois-je faire disparaître la chaise sous tes pieds ?

Il me fallait juste la clé...

Renna.

Je rouvris brusquement les yeux. Si j'ai découvert un jour un symbole capable de libérer des pouvoirs invisibles, ce fut à cet instant. Renna était le lien entre les deux mondes, la preuve de ce que j'affirmais : il devait y avoir un équilibre entre la Terre et le Vide. Renna était la preuve que seul le rêve offrait la possibilité, aussi infime soit-elle, de nous élever. Nous *devions* rêver, faute de quoi nos pauvres petites existences banales nous retenaient prisonniers là où nous vivions et mourions tous, sans jamais rien changer, sans jamais devenir autre chose que ce que nous étions. Renna était la preuve que les deux mondes avaient besoin du rêve, car sinon tout était perdu...

Un des gardes leva le pied pour faire basculer

le tabouret sur lequel j'étais perché. Serein s'était réfugié derrière son trône pour assister à la scène. Cette fois, au lieu de frapper ou de lutter, je laissai monter la colère comme une lame de fond. Je laissai la haine, la douleur et le ressentiment de cinq cents ans passés à mentir et à combattre pour d'autres, que ce soit des rois souriants et fourbes ou des princes d'honneur sincères, jaillir hors de moi. C'était un ruisseau qui se chargeait soudain de toutes les eaux de fonte des montagnes, formant un torrent bouillonnant que rien ne pouvait arrêter et qui broyait les arbres les plus grands sur son passage. Le tabouret disparut sous mes pieds, la corde se tendit autour de mon cou… et céda. J'atterris en douceur sur une des pointes de l'étoile et levai les mains. La corde qui les enserrait se brisa net et tomba.

Je poussai un grand cri, une explosion de magie que je ne pensais pas avoir conservée en moi. Mais le chaos provoqué par cette magie ne serait pas suffisant et, guidé par mon seul instinct, je l'enveloppai de science, dans un monde où même les lois de la gravité, de la pression ou de la lumière peuvent être déformées. Les deux gardes se mirent à saigner du nez et ils tombèrent à genoux, les mains plaquées sur les oreilles. Dans un hurlement semblable au mien, la sphère transparente se fendit, résista un instant à la pression, puis explosa en une myriade d'éclats brillants qui s'éparpillèrent en tous sens et vinrent se mêler au scintillement de la pluie. Le trône s'effrita, avant d'exploser, lui aussi, en une multitude de débris de pierres qui traversèrent le vide en sifflant et emplirent le ciel d'une poudre grise qui reflétait les rayons du soleil. La potence craqua, puis se disloqua en un millier de petits éclats de bois.

Un morceau de pierre propulsé dans le vide m'atteignit sur le côté du visage. Mon long cri faiblit et se brisa en même temps que mourait le sort qu'il avait tissé. Des étoiles dansèrent devant mes yeux, les larmes coulèrent sur mes joues, se mélangeant au sang et à la pluie.

Où sont les éléments quand on a besoin d'eux ?

Le soleil devint rouge écarlate, de la même couleur que le Vide béant et haletant au cœur de la ville. La pluie réapparut, porteuse d'une horrible sensation de réalité. Nous glissions sur les pierres mouillées, sans rien de romantique ni de gracieux : des adversaires ruisselants qui vont combattre pour leur vie, sur une surface devenue soudain très instable.

Les seuls bruits étaient celui de la pluie et les échos lointains d'un cri qui s'éteignait. Tout le monde dans la ville s'était tu. Des chevaliers noirs, en train de se battre à l'épée avec des nomades de Westpoint, levèrent les yeux vers le ciel. C'était un royaume de conte de fées après tout, et l'histoire exigeait que les représentants du bien et du mal se livrent un combat à mort. Les nomades, dotés d'une vision de la vie plus pragmatique, en profitèrent pour tuer leurs adversaires.

Mais les nomades eux-mêmes reportèrent ensuite leur attention sur l'étoile de pierre qui flottait dans le ciel. Ils découvrirent alors les deux silhouettes, dont l'une était trempée et couverte de sang, qui se faisaient face.

Les deux gardes gisaient sur les pierres, morts, leurs viscères transformées en bouillie sous l'effet combiné de la science et de la magie. Curieusement, j'éprouvais un sentiment de culpabilité plus fort vis-à-vis d'eux que de n'importe qui d'autre dans toute cette guerre. Peut-être était-ce le fait de les voir ainsi couchés devant celui qui aurait dû être l'unique cadavre.

Serein, le puissant, le maléfique, le fourbe, abaissa le bouclier qui le protégeait. Dans une main, il brandissait la Clé. Tout le monde pouvait apercevoir la séparation en son centre, et l'éclair à l'intérieur formait comme une couche supplémentaire et intacte.

– Visiblement, elle ne t'obéit pas, Serein.

– Pas pour l'instant. Tu es trop près.

C'est à ce moment-là que je m'effondrai. Je fus incapable d'empêcher ma tête de heurter les pierres. La Clé ne répondait peut-être pas, mais mes jambes non plus.

– Ils nous regardent, Kite. Ils savent qui tu es et ce que tu as fait à mon père.

– Vous n'êtes qu'un imbécile aveugle, dis-je d'une voix enrouée.

– Debout !

– Je ne peux pas.

– Debout !

Il y avait dans cet ordre une magie qui m'obligeait à obéir. Je me relevai en titubant, face à Serein. Il n'avait même pas une égratignure et sa magie brillait de façon éclatante. Il sourit de nouveau. J'étais bien trop épuisé pour me révolter.

– Écoute, dit-il. Tout le monde s'est tu. Ils nous observent. Ils attendent que l'un de nous deux tombe.

Il pointa le doigt sur un des deux gardes morts, puis sur l'autre. Les deux corps s'embrasèrent et se transformèrent en cendres.

– Vous avez toujours été trop arrogant, Serein, murmurai-je. Vous auriez dû faire apparaître une tempête de sable pleine de couteaux ; elle aurait fait rage autour de votre palais. Mais non, vous avez préféré vous exposer aux attaques, persuadé de pouvoir vaincre aisément n'importe qui. Vous, le grand conquérant qui s'est emparé de Haven. Regardez-vous maintenant. Il y a foule tout en bas, des milliers de soldats venus de dizaines de royaumes. Des centaines de mages qui attendent pour frapper. Et la Clé de Haven ne vous obéit pas, car en vous en emparant vous avez été trop présomptueux. Vous allez mourir, Serein.

– Si je meurs, je t'emporterai avec moi.

A travers un brouillard d'épuisement, j'entendis ma propre voix qui murmurait d'un ton résigné :

– Qui vous dit que je ne cache pas un atout dans ma manche ?

En disant cela, je frappai, sans me soucier des conséquences. Un éclair de pure lumière blanche jaillit de mes paumes ouvertes et s'écrasa contre les boucliers du mage. Il s'esclaffa et fit apparaître un nuage tourbillonnant d'énergies noires et rouges qui s'abattirent sur moi comme un essaim de mouches. Sans chercher à me protéger derrière des boucliers, je plongeai sur le côté et atterris lourdement sur la pierre. La magie explosa dans le vide.

Je ripostai dans cette position, en envoyant des grommellements dans son esprit. C'est très facile d'envoyer une pensée, et c'est une arme sous-estimée. < Votre père était un homme faible, facile à tuer… > Des images accompagnaient cette pensée, les images d'un seigneur du cauchemar qui saisit mon poignet et m'attire jusqu'au bord de la route. Le souvenir de son visage creusé par la terreur, le souvenir de ses doigts qui glissent et de son corps qui disparaît dans le brouillard…

Serein poussa un rugissement de rage et libéra une vague de feu dans toutes les directions. Je plongeai pour l'éviter, mais les flammes me roussirent les cheveux et me firent venir les larmes aux yeux. Mon sort de feu, pauvre chose maltraitée, s'embrasa dans une ultime et courageuse tentative pour défendre son maître, avant de s'éteindre. Mais, pour l'instant, cette dernière défense avait suffi à me sauver la vie.

Malgré tout, le fils vengeur venu de l'enfer profitait de son avantage en chauffant au rouge la pierre sur laquelle j'étais allongé. Je l'étouffai sous une couverture d'entropie en obligeant les atomes à rester calmes et silencieux. Tout d'abord, Serein ne comprit pas ce qui se passait. Il utilisait des sorts traditionnels, la magie des duels d'autrefois, consacrée par l'usage. Comme de nombreux mages avant lui, il n'était pas habitué au fait que la science et la magie pouvaient fonctionner main dans la main.

Je profitai de cette seconde d'hésitation pour décocher un coup de pied qui l'atteignit aux chevilles. Serein vacilla et bascula en avant ; ses mains illuminées d'éclairs bleus tentèrent de se refermer sur ma gorge. Je levai un bouclier et repoussai mon adversaire avant qu'il puisse me toucher, puis je roulai sur le côté et me relevai.

Il s'était remis debout, lui aussi ; sa force et son agilité supérieures lui permettaient de rebondir aisément sur les pierres. Je martelai ses boucliers avec une volée de sorts. Il chancela sous les coups, mais résista en repoussant mes attaques.

Je me surpris soudain à lever les mains pour me protéger face à un serpent dont la queue munie d'un dard mortel me traversa comme l'illusion qu'il était. Mais cette seconde de diversion suffit à Serein pour me frapper avec une violence qui me fit tomber à genoux, le souffle coupé.

Un autre éclair de magie jaillit, tout juste détourné, suivi d'une lance de glace. Le froid rampa sur ma peau et s'y accrocha. Toujours à genoux, j'essayai de reculer devant la silhouette de mort de Serein qui avançait, et mes doigts cherchèrent à tâtons le bord de l'étoile de pierre. Je me tenais en équilibre précaire à l'extrémité. Serein continua d'avancer avec prudence sur la pierre glissante.

– Ce n'est que justice, tu ne trouves pas ?

– Question stupide, marmonnai-je.

– Tu n'avais pas d'atout dans ta poche, hein ?

Je souris.

– Vous seriez stupéfait.

D'un mouvement brusque, je tendis le bras en me relevant et j'agrippai Serein par ses vêtements pour l'attirer vers moi et sur moi. Ses mains se refermèrent sur mes bras et la force qu'elles irradiaient me brûlèrent la peau. Je sentis la pierre mouillée glisser sous nous, le monde exécuta un basculement à cent quatre-vingts degrés, de quoi vous donner envie de vomir, et nous plongeâmes cul par-dessus tête au cœur de la tempête.

Je marchais sur une route couverte de glace. Les esprits se retournèrent en me voyant approcher.

– Votre mage du feu et de la colère s'est battu, les entendis-je murmurer. Il a gagné.

– La Terre est trop profondément imbriquée...

Mes lèvres vibraient avec le passage du son, mais malgré cela...

– ... Je ne peux pas me libérer.

Ce n'était pas ma voix. Comment était-ce possible ?

– Tu t'es déjà libérée. Tu penses qu'un être humain, une rêveuse dotée d'un corps pourrait parvenir seule jusqu'ici ? Tu peux faire demi-tour.

– Je suis morte.

– Le cauchemar veut te faire mourir. Les rêves veulent que tu vives.

– Le cauchemar gouverne les rêves.

– Le cauchemar tombe dans les bras des rêves. Tu peux faire demi-tour et sauver les rêves. Les rêves, ton rêve, sont avec nous en ce moment même. Ils regardent à travers tes yeux.

Était-ce une larme, qui se transformait rapidement en glace ? Je ne pouvais pas contrôler mon corps, mais alors que je sentais chacun de mes nerfs et de mes muscles, je n'éprouvais aucune douleur. Je ruisselais d'eaux usées, je n'étais ni trempé jusqu'aux os ni couvert de sang, ni mort ni sur le point de mourir.

– Il va mourir. Et quand il sera mort, je ne pourrai plus faire demi-tour.

– Alors, va le sauver. Il a chassé le cauchemar de la Cité des Rêves, à toi de le sauver maintenant.

– On n'a pas trouvé le paradis !

– Toi, si ! Le Voyage est terminé.

– Mais je suis une rêveuse ! Je ne peux pas trouver mon rêve !

– Tu as trouvé ton rêve, ton paradis au-delà de la Terre. C'est *lui* ton rêve. Le paradis n'est pas nécessairement un lieu, ni un moment. Tu n'as jamais rêvé d'un lieu ni d'un instant. Tu as rêvé de ton mari, alors il était là. Si tu meurs il mourra, car il n'y aura plus de rêveuse pour le maintenir en vie. Il est ici ! Il est avec toi en ce moment même, car vous êtes trop intimement liés pour que l'un des deux puisse survivre sans l'autre ! Il est ton rêve, créé par toi, une *partie* de toi, tout comme tu es une partie de lui !

La glace disparut, mon *corps* lui-même disparut, emportant avec lui les souvenirs d'un monde totalement inaccessible. J'étais un esprit libre, retenu uniquement par les limites de l'imagination...

Les doigts de Serein s'enfoncèrent plus profondément dans ma chair. Aucun de nous deux n'osait lâcher l'autre – nous étions bien trop terrorisés. En dessous, tout en bas, une clameur montait de la foule ; un cercle s'était dégagé à l'endroit où nous allions nous écraser. Les soldats du cauchemar erraient en pleine confusion, trop bouleversés pour continuer à se battre en voyant leur maître plonger vers une mort certaine. La foule pleurait déjà la disparition d'une légende. J'aurais préféré qu'ils se lamentent à cause de moi, mais je voulais bien me contenter de la deuxième place. De nouveau, je regardai Serein en face ; il était la seule chose qui ne tournoyait pas de manière frénétique.

< Deux à un pour le rêve ! > lançai-je mentalement.

< La légende va mourir, et l'espoir aussi ! >

Nous continuions à tomber et la réalité se modifiait, alors que la Clé voyait venir la mort de son maître et faisait disparaître toutes ses créations à l'exception des plus rudimentaires. Les dragons qui rugissaient au-dessus de nos têtes crachèrent un dernier jet de feu et moururent. Les vampires occupés à sucer le sang de leurs victimes explosèrent en une pluie de cendres, les lutins et les goules poussèrent leurs derniers cris stridents.

Et nous continuions à tomber.

Mais les nuages s'écartaient, le soleil essayait de se frayer un passage. La Clé, suspendue au trône, brillait d'une lumière écarlate avant de reprendre sa couleur rose habituelle, et l'éclair qui l'entourait s'effaça. La foule massée qui nous observait et la ville détruite défilaient à toute vitesse, du sol au ciel et du ciel au sol en quelques secondes, mais...

Leur danse folle ralentissait. Je constatai que je pouvais remuer les doigts, malgré la paralysie de la peur, et les obliger à s'ouvrir. Serein s'éloigna de moi en gagnant de la vitesse, comme si j'étais une plume et lui une tonne de plomb. La ville retrouva sa position normale en bas, puis elle se figea.

Et voilà, me dis-je. *Tu es mort, et maintenant des anges te conduisent au ciel.* Je sentis des mains me soulever par les aisselles. Des mains irradiant une lumière argentée. *Tu vois ? Des mains d'anges.* Un souffle chaud me chatouilla la nuque, la pluie cessa complètement et le soleil réussit à percer. *Et te voici en route pour le ciel.*

Je me dévissai le cou, curieux de voir ce qui provoquait l'extase de la foule. Je ne fus pas du tout étonné de découvrir une silhouette de lumière éclatante, vêtue d'une tunique d'un blanc immaculé, avec des ailes dorées. Pas plus que je ne fus surpris par la perfection de chacun de ses traits, par le feu qui brûlait dans ses yeux, ni par le vent mystique que l'ange chevauchait comme un rêve.

En revanche, les chaussures de randonnée semblaient déplacées.

– Renna ?

Elle me sourit tendrement.

– Vous avez gagné.

– Vraiment ?

– Oui.

– Ai-je gagné à temps ? demandai-je avec prudence, sans trop savoir ce qui se passait, ce qui ne m'empêchait pas de poser la question.

– Oh, oui.

– Mais... tu es un ange, hein ? Ça ne signifie pas que tu es morte ?

Elle ricana.

– Un ange ? Ça n'existe pas !

– Mais... les ailes ? Et tu flottes dans l'air, sans magie ni rien.

– Je ne suis pas un ange. Je suis une rêveuse, vous vous souvenez ?

Un déclic se produisit, chose extraordinaire à cent mètres du sol, alors que le monde tourbillonnait dans une brume violette.

– On a réussi à chasser le cauchemar de ta tête, hein ? Tu as réussi à te réveiller.

– J'ai réussi à mourir, Kite. Mais je suis venue ici, et cet endroit paraissait séduisant. Alors j'ai décidé de m'y installer pendant un petit moment, pour voir s'il y avait des choses intéressantes à faire.

Un esprit sans corps, pensai-je, en m'interrogeant sur les implications. Que pouvait bien faire un esprit sans corps ? Que ne pouvait-il *pas* faire, surtout ?

– Est-ce que tu vas tout rendre meilleur, maintenant que tu es... que tu es...

– Une bâtisseuse.

– Qu'est-ce que tu bâtis ?

Je continuais à perdre du sang, mes pensées étaient confuses. *Je connais les réponses à toutes ces questions, pourquoi est-ce que je les pose ?*

– Les réalités.

– Oh. (Quelle était la question, au fait ? Ah, oui...) Est-ce que tu vas tout rendre meilleur, maintenant ?

– Non. C'est à vous de le faire.

– On ne peut pas remettre ça à demain ?

J'avais envie de dormir. Tout s'était passé trop vite, et maintenant que les choses semblaient avoir atteint leur point d'orgue je ne voulais pas savoir. En ce qui me concerne, j'avais fait ma part et la réalité pouvait s'occuper de ses propres affaires.

– Au risque de décevoir la foule ?

Ah, oui, l'immense foule multicolore qui plissait les yeux pour essayer de nous apercevoir, étalée sous formes de petites rangées bien nettes séparées par les maisons.

Sans le moindre avertissement, voilà que nous étions maintenant au sommet de la porte principale du palais, au-dessus de la grande place. Toute les rues qui conduisaient jusqu'à nous, toutes les fenêtres, tous les toits étaient remplis de gens qui nous observaient et qui attendaient, hypnotisés par cette créature qui n'était plus un être humain, mais qui ne ressemblait à rien de ce que j'avais connu. Renna me lâcha et je tombai à genoux. *J'ai envie de dormir...*

La Clé se balançait devant mon nez, l'air aussi innocent que pouvait l'être une boule de possibilités, surtout après avoir aidé Serein à me tabasser.

Je la foudroyai du regard.

– Tiens donc ! Tu essayes de t'excuser maintenant ! (Sans laisser apparaître le moindre tremblement à sa surface, la Clé n'en avait pas moins l'air contrit comme il convenait.) Bon, d'accord, puisque Lisana n'est pas là...

Je tendis mes mains tremblantes et la pris en moi.

Il lui fallut plusieurs secondes pour trouver sa place, pendant lesquelles je vis sourire Renna. Non, pas Renna, rectifiai-je. Quelque chose d'autre.

Mes jambes s'engourdissaient. J'avais des élancements dans la tête. L'air empestait la mort, mais tous les monstres convoqués par Serein avaient disparu, ils s'étaient volatilisés en même temps que leur créateur. Peut-être était-ce lié à la présence de Renna. Mais j'étais trop fatigué pour comprendre laquelle et pour m'en soucier. Qu'est-ce que je devais faire encore ? Ah, oui !

En soupirant, mais avec un sentiment de satisfaction que je n'avais jamais ressenti jusqu'alors, je levai les mains vers le soleil éclatant et glorieux, je fermai les yeux et convoquai toute la puissance de la Clé.

Il se mit à pleuvoir. Des gouttelettes dorées commencèrent à se déverser. Partout où frappait la magie, elle guérissait, réchauffait, revigorait.

Elle brûla les corps des morts, fit éclore des fleurs au milieu des ruines des bâtiments détruits par le feu. Elle s'infiltra dans les plaies sanglantes des blessés et les enveloppa de bandages propres. Elle s'enfonça dans les buissons d'épines noires qui entouraient le donjon et les transformèrent en lierre grimpant aux feuilles vertes.

Elle dansa en direction du soleil rougeoyant qui trônait à l'horizon, elle s'amusa à tournoyer tout autour, pour finalement ne faire plus qu'un avec lui. Il restait des ruines, des incendies et des trous béants dans le tissu de la réalité, des deuils et des larmes, mais la main de Renna posée sur mon épaule suffisait à me dire ce que j'avais besoin de savoir. J'avais tenu mon rôle. Pour une fois, quelqu'un d'autre pouvait se charger de faire le ménage.

Le jour se leva sur la Cité des Rêves.

Épilogue

Il n'y a pas grand-chose à ajouter. Les rêves sont devenus plus grands et plus forts. Nightkeep a perdu presque la moitié de ses territoires et s'est retiré pour aller panser ses blessures. Nous avons perdu environ deux mille hommes, soldats et civils, durant les combats à l'extérieur et à l'intérieur de Haven. Mais, comme l'a souligné T'omar quand ils sont venus le tirer de sous le lit, on en aurait perdu beaucoup plus sans le Consortium.

Stormpoint est plus ou moins nettoyé et il a quasiment retrouvé sa taille et sa population normales. Un groupe de nomades s'est installé près de la rivière pour quelque temps, et un barde a rejoint la cour des elfes pour essayer d'écrire une ballade racontant la grande victoire du Consortium sur Serein. J'ai donné des instructions aux elfes pour qu'ils l'occupent le plus longtemps possible.

Le Consortium ne sera plus jamais le même. Il est apparu au grand jour, et quand T'omar sortira de l'hôpital il devra réfléchir sérieusement à la nature de son organisation. Mais je m'en fiche. Une police secrète peut être une bonne ou une mauvaise chose et, dans ce cas, il est sans doute préférable qu'elle ne soit plus secrète.

La tache de graisse que représentait Serein a été dissoute par les averses bienfaisantes que j'ai fait apparaître quand la Clé était en moi, avant que je la donne à Lisana. Elle l'a reçue gracieusement, et on pourrait presque oublier toutes les fois où elle s'est comportée de manière discutable.

Lisana est maintenant assise sur le trône et la cour vit dans la terreur d'une reine qui commence tout juste à dévoiler le véritable visage de son tempérament mesquin. Ceux d'entre nous qui rêvent de la Terre depuis assez longtemps comparent Lisana à Élisabeth Ire d'Angleterre, réputée pour être une femme parfaite quand elle le voulait, mais aussi une sacrée reine. Après tout ce temps, c'est étrange d'être en si bons termes avec Lisana et encore plus de se dire que je l'ai aidée à monter sur le trône. Mais à défaut de pouvoir y installer Talsin, prétendant illégitime et noble crapule, c'était elle ou moi. Peut-être aurait-il mieux valu que ce fût l'inverse. Peut-être pas. Bien que je laisse croire le contraire, je continue à me demander ce que nous avons perdu avec la mort de Talsin, le plus noble et le meilleur des idiots qui ait jamais existé.

Haven réagit bien avec Lisana. Si j'avais gardé la Clé plus longtemps, cet endroit serait devenu un asile de fous, car ma tête était dans un drôle d'état. En fait, Lisana s'est montrée charmante sur tous les plans. Elle est venue s'asseoir à mon chevet, après qu'une extraordinaire matrone à l'air revêche, amenée spécialement de Healpoint, m'eut ordonné de garder le lit pendant une semaine, et là, elle m'a raconté tous les ragots, visiblement désireuse de tirer un trait sur le passé. Je pensais que c'était plutôt à moi de lui accorder le pardon, et non l'inverse. Mais c'est une qualité si rare que j'ai jugé préférable de l'accueillir avec bonheur, d'où qu'elle vienne.

Windsight est de retour à Skypoint. Récemment, notre amitié a souffert de quelques tensions, mais le temps guérit bien des maux et une explication de Renna permettra, espérons-le, de détendre nos relations. Il a survécu à la fissure du Vide, il est relativement indemne grâce à mes éléments bien-aimés, et il envisage de s'installer une bonne fois pour toutes. Peut-être finira-t-il par se marier. Protéger l'univers peut être une tâche beaucoup plus stressante quand on est célibataire, surtout pour un homme bon comme Windsight. Les méchants dans mon genre ont moins de problèmes.

Saenia est retournée à Haven. Elle n'a pas beaucoup changé, à part qu'elle sourit beaucoup plus et qu'elle a conduit des milliers de réfugiés à travers les rêves. Elle reste ma plus grande et ma meilleure sœur, et moi je suis toujours le petit garçon qui court pleurer dans ses jupes. Je lui ai demandé comment elle avait réussi ce tour de force : faire sortir autant de personnes si rapidement. Elle s'est tapoté le nez en disant : « Tu n'es pas le seul à inventer des sorts, Kite. » Je ne lui ai plus jamais posé la question.

Renna. Il fallait bien en arriver à Renna tôt ou tard. A dire vrai, j'ignore où elle se trouve. Elle est apparue dans ma chambre à Stormpoint le soir où je suis rentré et nous avons bavardé un moment. Mais elle n'a pas voulu me dire où elle allait ni ce qu'elle avait l'intention de faire.

Elle n'est plus comme avant. De toute évidence. Pour commencer, elle peut faire apparaître elle-même ses chaises, y compris à l'intérieur d'une réalité que je contrôle. Et elle peut changer de forme à volonté, préparer de la vraie nourriture sans être obligée de sortir dans le Vide, et faire un tas d'autres choses. Elle a essayé de m'expliquer comment m'y prendre et je n'ai pas compris grand-chose.

Mais si, comme le disent les gens, Renna est devenue ce qu'elle est maintenant grâce à ma victoire, alors je pense avoir créé une déesse en herbe.

Et moi, dans tout ça ? Bah, rien de très nouveau. En outre, après avoir assisté aux défaites et aux victoires que j'ai subies, vous pourriez utiliser pour me décrire des mots différents de ceux que je choisirais. Je pourrais dire « intelligent », vous diriez « stupide » ; je dirais « gentil », vous diriez « cruel », et ainsi de suite. Je ne suis pas impartial quand il s'agit de moi, comme tout le monde. Les crétins se croient parfaits ; les gens parfaits sondent leur âme en quête de défauts. Mon ego a peut-être exagéré certaines parties de cette histoire, d'autres ont peut-être été sous-estimées par ma fierté. Quelques erreurs ont peut-être été gommées, certains actes de bravoure ajoutés. Mais à moins que la Terre se rapproche considérablement du monde véritable, je pense que vous autres, rêveurs, vous ne connaîtrez jamais la vérité sur moi et sur Haven. C'est sans doute préférable ainsi.

C'est Shakespeare qui a le mieux résumé la chose.

Si, ombres que nous sommes, avons fait offense, dites-vous que tout est arrangé ; et vous vous êtes assoupis alors que ces visions apparaissaient.

Mais Shakespeare parlait des fées.

Je n'ai plus jamais rêvé de l'hôpital où avait dormi Renna, ni de mon double, David Kiteler. Ils n'étaient que des rêves pour moi, comme je dois l'être à vos yeux.

Je crois que je vais aller faire un tour dans le Vide aujourd'hui, pour voir quelles possibilités des deux mondes peuvent se réunir en une seule.

Et quand tu t'endormiras ce soir, rêve de moi.

Il se peut que je rêve de toi.

Loi n° 49-956
du 16 juillet 1949
sur les publications
destinées à la jeunesse
P.A.O: Françoise Pham
Imprimé en Italie
par G. Canale & C.S.p.A.
Borgano T.se (Turin)
Dépôt légal: Septembre 2002
N° d'édition: 04917

ISBN 2-07-054945-3